文
景

Horizon

社 科 新 知　文 艺 新 潮

左撇子女人

[奥地利] 彼得·汉德克 著

韩瑞祥 主编

任卫东 王丽萍 丁君君 译

上海人民出版社

编者前言

彼得·汉德克（Peter Handke，1942—　）被奉为奥地利当代最优秀的作家，也是当今德语乃至世界文坛始终关注的焦点之一。汉德克的一生可以说是天马行空独来独往，像许多著名作家一样，他以独具风格的创作在文坛上引起了持久的争论，更确立了令人仰慕的地位。从1966年成名开始，汉德克为德语文学创造出了一个又一个奇迹，因此获得过多项文学大奖，如“霍普特曼奖”（1967年）、“毕希纳奖”（1973年）、“海涅奖”（2007年）、“托马斯·曼奖”（2008年）、“卡夫卡奖”（2009年）、“拉扎尔国王金质十字勋章”（塞尔维亚文学勋章，2009年）等。他的作品已经被译介到世界许多国家，为当代德语文学赢来了举世瞩目的声望。

汉德克出生在奥地利克恩滕州格里芬一个铁路职员家庭。他孩童时代随父母在柏林（1944—1948）的经历，青年时期在克恩滕乡间的生活都渗透进他具有自传色彩的作品里。1961 年，汉德克入格拉茨大学读法律，开始参加“城市公园论坛”的文学活动，成为“格拉茨文学社”的一员。他的第一部小说《大黄蜂》(1966)的问世促使他弃学专事文学创作。1966 年，汉德克发表了使他一举成名的剧本《骂观众》，在德语文坛引起空前的轰动，从此也使“格拉茨文学社”名声大振。《骂观众》是汉德克对传统戏剧的公开挑战，也典型地体现了 20 世纪 60 年代前期“格拉茨文学社”在文学创造上的共同追求。

就在《骂观众》发表之前不久，汉德克已经在“四七社”文学年会上展露锋芒，他以初生牛犊不怕虎的精神严厉地批评了当代文学墨守于传统描写的软弱无能。在他纲领性的杂文(《文学是浪漫的》，1966；《我是一个住在象牙塔里的人》，1967)中，汉德克旗帜鲜明地阐述了自己的艺术观点：文学对他来说，是不断明白自我的手段；他期待文学作品要表现还没有被意识到的现实，破除一成不变的价值模式，认为追求现实主义的描写文学对此则无能为力。与此同时，他坚持文学艺术的独立性，反对文学作品直接服务于政治目的。这个时期的主要作品有剧作《自我控诉》(1966)、《预言》(1966)、《卡斯帕》(1968)，诗集《内部世界之外部世界之内部世界》(1969)等。

进入70年代后，汉德克在“格拉茨文学社”中的创作率先从语言游戏及语言批判转向寻求自我的“新主体性”文学。标志着这个阶段的小说《守门员面对罚点球时的焦虑》(1970)、《无欲的悲歌》(1972)、《短信长别(1972)、《真实感受的时刻》(1975)、《左撇子女人》(1976)分别从不同的度，试图在表现真实的人生经历中寻找自我，借以摆脱现实生存的困惑。《无欲的悲歌》开辟了70年代“格拉茨文学社”从抽象的语言尝试到自传性文学倾向的先河。这部小说是德语文坛70年代新主体性文学的巅峰之作，产生了十分广泛的影响。

1979年，汉德克在巴黎居住了几年之后回到奥地利，在萨尔茨堡过起了离群索居的生活。他这个时期创作的四部曲《缓慢的归乡》(《缓慢的归乡》, 1979；《圣山启示录》, 1980；《孩子的故事》, 1981；《关于乡村》, 1981)虽然在叙述风格上发生了很大的变化，但生存空间的缺失和寻找自我依然是其表现的主题；主体与世界的冲突构成了叙述的核心，因为对汉德克来说，现实世界不过是一个虚伪的名称，丑恶、僵化、陌生。他厌倦这个世界，试图通过艺术的手段实现自我构想的完美世界。

从80年代开始，汉德克似乎日益陷入封闭的自我世界里，面对社会生存现实的困惑，他寻求在艺术世界里感受永恒与和谐，在文化寻根中哀悼传统价值的缺失。他先后写了《铅笔的故事》(1982)、《痛苦的中国人(1983)、《重现》(1986)、《一个作家的下午》(1987)、《试论疲倦(1989)、《试论成功的日子》(1990)等。但汉德克不是一个陶醉在象牙塔里的作家，他的创作是当代文学困惑的自然表现：世界的无所适从，价值体系的崩溃和叙述危机使文学表现陷入困境。汉德克封闭式的内省实际上也是对现实生存的深切反思。

进入90年代后，汉德克定居在巴黎附近的乡村里。从这个时期起，苏联的解体，东欧的动荡，南斯拉夫战争也把这位作家及其文学创作推到了风口浪尖之上。从《梦幻者告别第九国度》(1991)开始，汉德克的作品(《形同陌路的时刻》，1992;《我在无人湾的岁月》，1994;《筹划生命的永恒》，1997;《图像消失》，2002;《迷路者的踪迹》，2007等)中到处都潜藏着战争的现实，人性的灾难。1996年，汉德克发表了游记《多瑙河、萨瓦河、摩拉瓦河和德里纳河冬日之行或给予塞尔维亚的正义》批评媒体语言和信息政治，因此成为众矢之的。汉德克对此不屑一顾，一意孤行。1999年，在北约空袭的日子里，他两次穿越塞尔维亚和科索沃旅行。同年，他的南斯拉夫题材戏剧《独木舟之行或者关于战争电影的戏剧》在维也纳皇家剧院首演。

为了抗议德国军队轰炸这两个国家和地区，汉德克退回了1973年颁发给他的毕希纳奖。2006年3月18日，汉德克参加了前南联盟总统米洛舍维奇的葬礼，媒体群起而攻之，他的剧作演出因此在欧洲一些国家被取消，杜塞尔多夫市政府拒绝支付授予他的海涅奖奖金。然而，作为一个有良知的作家，汉德克无视这一切，依然我行我素，坚定地把自己的文学创作看成是对人性的呼唤，对战争的控诉，对以恶惩恶以牙还牙的非人道毁灭方式的反思："我在观察。我在理解。我在感受。我在回忆。我在质问。"他因此而成为"这个所谓的世界"的另类。

世纪文景将陆续推出八卷本《汉德克作品集》，意在让我国读者来共同了解和认识这位独具风格和人格魅力的奥地利作家。《左撇子女人》卷收录了汉德克70年代创作的三部小说《短信长别》《真实感受的时刻》和《左撇子女人》。这个时期是汉德克小说创作的盛期，继《守门员面对罚点球时的焦虑》和《无欲的悲歌》之后，本卷所收录的三部小说同样是"新主体性"文学的代表作，在当代德语文学发展中占有十分重要的地位。

《短信长别》是一部充满自传色彩的小说。上世纪70年代初，与演员利普加特·施瓦茨的婚姻危机使得汉德克在寻求另一种生存时陷入了矛盾重重的困惑中。可以说，这部小说是作者这个时期自我反思的一面镜子，他把细腻的自我观察和感受转化成了一种虚构的文学形式，并且寻求以这种方式来改变自己："我在这本书里试图描述的是一种希望……一种你有可能如此逐渐发展变化的希望。"（汉德克）。与同年发表的《无欲的悲歌》一样，《短信长别》的表现超越了作者早期所注重的语言批判与实验的叙事态度，采用了客观冷静具体写实的风格，融传统发展、侦探和多愁善感的旅行小说模式于一体，从中演绎出了"一个心灵的童话"（赫尔维格）。

这部小说分为"短信"和"长别"两个部分，每个部分之前分别引用了莫里茨的心理小说《安东·赖泽尔》中一段与旅行相关的名言作为引子。旅行对叙述者"我"来说是逐渐解脱心灵创伤经历的精神空间；他试图通过美国之行来摆脱现实生存的忧虑与恐惧。叙述者"我"是一个三十出头的奥地利作家，与妻子尤迪特分手以后，他心灵里充满了对变化的渴望，因此前往美国旅行。伴随着那一个个梦境和那一个个无意识的过错，叙述者披露出自身经历的深层，从而使小说最隐秘的语言成为普遍的自我精神困惑的表现。叙述者以为，妻子尤迪特在追踪他，要置他于死地。他陷入一种进退维谷的困惑中，爱与恨，追寻与逃避交替，这个横穿美国的旅行因此呈现为这个旅行者在意识危机中发展变化的过程，外部世界被内化为叙述者的意识变化的镜像。他活动在这个“新世界”里，在观察，在阅读，在回忆，在反思，特别是戈特弗里德·凯勒的成长小说《绿衣亨利》是伴随叙述者心灵变化的影子，是其克服生存和意识危机的镜像。这一切使得他逐渐摆脱了一种离群索居独来独往的思维与感知方式，获得了能够有关联地反思自我经历的意识，取代了那种“不伦不类的欧洲个人主义”（汉德克）。叙述者与妻子尤迪特在西部电影导演约翰·福特花园里的会面是这部小说叙述的高潮，他们追随着这个偶像的人生感悟和教诲和平分手。旅行使得叙述者在深切的人生体验中走出了意识危机，感悟到了生存的普遍意义。

小说《真实感受的时刻》进一步延伸了《短信长别》的主题，把对充满危机的生存感受的主体性表现推到了一个极致，因此也引起了批评界众说纷纭莫衷一是的争论。小说主人公格里高尔·科士尼格是奥地利驻法国大使馆新闻官员，他一夜之间突然脱离了自己迄今的生存常规。他做了一个梦，梦见自己变成了一个杀人凶手，变得面目全非，就像卡夫卡小说《变形记》里变成甲虫的格里高尔·萨姆萨一样，突然间与周围的一切都格格不入。这个梦使他一下子意识到了那种完全异化的生存方式，让他变成了另一个人，然而他又不得不装作若无其事的样子，一如既往地照常去生活。这样一来，他变得越来越喜怒无常，觉得这种千篇一律丧失自我的生存节奏日益难以忍受。在痛苦的分裂中，他变成了游离于社会体系之外的人。科士尼格感受到自己的生存陷入了一种茫然无措的境地，“无言以表，无力行动，迷失在死亡的恐惧中”。他的妻子离他而去，他又丢失了孩子。于是他萌生了自杀的念头。而在小说叙述中，找到孩子的幸运时刻成为拯救危机的转折。科士尼格从孩子身上获得了新的感知。他随之所发现的“三个神奇之物”——“一片栗子树叶，一块小镜子，一个女孩辫子发夹”——突然间为他打开了一扇通往世界的神秘之门：“我在它们身上发现的不是我个人的秘密，他心想着，而是一个为大家而存在的秘密的核心所在。”他因此拥有了真实感受的能力，赢得了一块生存的新天地。小说结尾，在经历了生与死的危机后，读者看到了主人公科士尼格身着新装，“目标明确地”走在巴黎的大街上。

《真实感受的时刻》是汉德克在新主体叙事上的又一大胆尝试，细腻的外在世界描写融化在对主人公意识过程发展变化的精心刻画之中，从而使主体性成为小说叙事的根本原则。尽管有批评家认为这种表现是不合时宜的标新立异，但这部小说无疑不是作者无病呻吟的心灵披露，而是以汉德克式的叙事映现出作者对现代人生存问题“更加神秘的”反思（汉德克）。

小说《左撇子女人》标志着汉德克这个时期创作的巅峰，与其同期导演的同名电影又一次轰动了德语文坛。这部小说表现的主题同样是自我经历和生存问题。可以说，它是《无欲的悲歌》的姊妹篇，因为它们同为汉德克新主体文学的经典之作，同为作者赢得了巨大声誉，女性形象同为艺术表现的中心。如果说《无欲的悲歌》悲叹的是一个生存被社会现实异化了的不幸的母亲的话，那么《左撇子女人》则以饱含着渴望女性解放的艺术之笔把一个女人的生存有意识地移植到一个“更好的世界”里，“要让这个有梦想的女人活着，永远活下去”（汉德克）。

小说主人公玛丽安娜似乎毫无先兆突如其来地解除了与丈夫的婚姻，要过上一种独立自主的日子，她好像神秘地幡然醒悟了一样。她独自承受着寂寞、忧虑、考验和时间的折磨，竭力保持独立，不屈从于任何世俗理念。她被丈夫称为走火入魔的“神秘主义者”。在独善其身的生存中，为了保证经济上的独立，她重操起当翻译的旧业。她拒绝了丈夫要重新赢得旧情的种种努力，摆脱了加入一个女性主义者圈子的诱惑，寻求志同道合的交往，毅然决然走自己选择的路。小说叙述中，镜子成为主人公自我审视、自我反思的媒介，形象地展现出一个女性心灵世界从沉思走向自信的意识发展过程。小说结尾，玛丽安娜在家庭聚会结束后无语的绘画情节极具象征意义，它既象征着主人公追求独立和自由的艰难，又预示着未来的希望，与小说之后出自歌德小说《亲和力》的名言遥相呼应。

《左撇子女人》叙述的中心是主人公的意识世界，从她的心灵深处所迸发出的独立生存的潜在力量；“她最本原的领域就是那纯粹的精神世界”。小说客观的叙事风格使得外在的情节始终呈现为这个女人意识状态的折射，是其内在观察和感知的映像。《左撇子女人》无疑是当代德语中篇小说一部独具特色的杰作。

我们选编出版汉德克的作品，意在能够不断地给读者带来另一番阅读的感受和愉悦，并从中有所受益。但由于我们水平有限，选编和翻译疏漏难免，敬请批评指正。

韩瑞祥

2013 年 3 月

目 录

短信长别

王丽萍　译

“很久以前，因为她是在温暖的晨曦中走出大门，伊夫兰说道，这是个出走的好天气——这天气看来确实适合旅行，天空贴着地面，周围的景物黑蒙蒙，这样一来，人们的视线似乎只有盯在脚下行走的路上。”

——卡尔·菲利普·莫里茨《安东·赖泽尔》

1 短信

杰斐逊街在普罗维登斯是条宁静的街道，它绕着商业区通向城南，在这儿它叫挪威街，可以驶上通往纽约的辅路。杰斐逊街错落变宽的地方，形成了围着山毛榉和槭树的小广场，其中韦兰广场旁有座英式楼房，这便是韦兰酒店。四月底我到达的时候，门房打开信箱取出一封信，连同钥匙一起交给我。尽管电梯工已候在那儿，我还是在开着的电梯门口，扯开没有完全封上口的信。信很短："我在纽约，请别找我，找到我，不一定会是好事。"

据我所能记起的事来看，我就是专为吃惊受吓而来到这个世界的。美国轰炸时我被抱回家中，院中到处散落柴禾，阳光静静地照在它们上面。门一侧周末杀兔子的台阶上面，血迹泛着光。有天黄昏，正是夜幕即将降临时，因而更显恐怖，我盲目地挥动着手臂沿着已陷入昏暗的森林跌跌撞撞地奔跑，林中只有最前面的树干隐约可辨。我时而停下呼唤着什么，因羞涩而不敢大叫出声，时而又从心灵深处向森林里大声喊去，恐怖使我忘却了羞涩，我呼唤着我至爱的人，他早晨走进森林，晚上还没走出来。院子里又是逃跑的母鸡落下满地轻飘飘的鸡毛，阳光下的院墙上也粘着许多。

我走进电梯，就在年迈的黑人提醒我注意脚下台阶时，我差点儿被电梯间高出的地面绊倒。黑人用手关上门，又拉上一道铁栏，用手柄启动了电梯。

载客电梯旁边想必有个货梯，因为在我们上行时，旁边一直有声响，就像一摞盘子不断摇晃发出的声音。我从信上抬起头，打量着低头不与我对视、靠着手柄站在暗处的电梯工，只有他深蓝色制服下的白色衬衫还算醒目……突然，就像总是发生在我身上那样，当我和别人同在一个空间，又一直没人说话时，我觉得，对面的黑人肯定马上就要发狂似的扑向我。我从大衣里拿出今早在波士顿出发前买的报纸，边用手指着大标题，边试着向他解释，因为欧洲货币对美元升值，我只得将我换来的钱都用在这次旅行中，因为回到欧洲再换回去就不划算了。电梯工指了指电梯凳子下的报纸作为回答，最上面放着一些他卖报纸所得的硬币，并向我点了点头。下面这一摞《普罗维登斯论坛报》上印着与我手中的《波士顿环球报》上一样的大标题。

电梯工乐意与我交流使我松了口气，我在裤子口袋里摸索着纸币，一旦他把箱子放进房间，我就可以立即塞给他。到了房间，我手里却拿出一张 10 美元的纸币。我将它换到另一只手里，试着不将整个钱包都给带出来并掏出一张一美元的票子。我摸到一张钱，立即从口袋里拿出递给了他。那是张 5 美元纸币，那黑人立即将它攥在手里。“我只是刚到不久。”当剩下我一个人时，我对自己大声说。我没脱大衣就走进浴室，在镜子里端详自己。我看到了大衣上有几根头发，“这一定是在公交车上掉落的。”我诧异地坐到浴缸沿上，因为自童年以来，这还是我头一次又开始自言自语。孩童大声自语，是在想像着面对听众。我到这里只想先看看，并非想和谁有来往，我的自言自语让我莫名其妙。我不由自主地窃笑，用拳头捶打自己的头，差点滑倒在浴缸里。

浴缸的底部纵横贴着淡色粗条纹，像是防滑条。观察防滑条和思考自言自语之间立刻产生了一种不可思议的吻合，于是我收住窃笑，走回房间。

窗外望去是一片小屋，窗前并列着桦树，树干上的叶子还小，阳光从其中穿透过来。我将窗户向上推开，拉过一把靠背椅坐下，将脚搁在尚留有早晨余温的暖气片上，我来回滑动靠背椅的轱辘打量着信封。这是一个淡蓝色的酒店信封，背面印着：“德尔蒙尼克酒店，59街派克路，纽约。”信封正面的邮戳却是“费城”，信是五天前从那儿寄出的。“是下午寄的。”当我看到“p.m.”时大声说道。

“她哪来的钱旅游呢？”我问自己，“想必她身上有很多钱啊，那儿的房间至少要30美元一晚。”我只是从音乐剧里对德尔蒙尼克有一些了解：剧中的乡下人从街头迈着舞步走进来，在包厢里笨手笨脚地用起餐。“再说，她对钱没有概念，起码不像普通人那样。她总是像小孩子那样乐于交换，钱对她而言不过是个交换工具。她喜欢一切容易消费，或者至少可以马上换掉的东西，而在她看来，钱正好合二为一，既可以消费，又能够交换。”我极目远眺，注视着一座笼罩在一家棉纺织厂雾气中的教堂，从城市地图上看，它准是浸信会教堂。“信在路上走了好长时间。”我说道，“她此时会不会已经死了？”有天傍晚，我在一座小山包上寻找过我的妈妈，她时常会情绪低落。我认为，她不是掉下去，或许就是自己跳下去了。我站在小山包上往下看那块慢慢变暗的地方，并没有看出有什么异样。只有一些女人站在一起，她们的购物袋放在地上，似乎受到了什么惊吓，而且又有人加入她们的行列，这不由得让我在岩石突出的地方又开始寻找起衣物的碎条。我张不开口，空气使我疼痛，因为害怕，周围的一切都深深地陷入我的体内。后来下面的灯亮了，有些车已经开着大灯行驶。小山包上方十分宁静，只有蟋蟀还在叫。我心事越发沉重。这个地方入口的加油站里，灯也亮了起来。天还没黑呢！街上的行人匆匆忙忙。我一边在小山包上迈着小步走来走去，一边观望着下面的行人，有一个人走得十分缓慢，我认出来那是母亲。在最后的日子里，她做什么都慢腾腾的。她不再像以往那样直接穿过马路，而是走很长的斜线。

我将靠背椅滑向床头柜，让人给我接通纽约德尔蒙尼克酒店的电话。等我通报了尤迪特的娘家姓后，他们才在登记簿上找到了她。她五天前已经走了，并没有留下地址，倒是把相机落在了房间里：要不要把它寄到她在欧洲的住处呢？我说我明天去纽约，自己去取那相机。

我放下电话重复道："是的，我是她丈夫。"为了不再吃吃发笑，我赶紧滑回窗前。

我坐着上下摸着大衣，将我在奥地利用现金兑换的支票数了一遍，大家都相传这儿会有抢劫。银行职员虽然向我保证，会以同等的汇率回购我的支票，但现在汇率的开放使他不必恪守承诺。"我该怎样花掉这三千块钱呢？"我问自己。突然间，我决定用我一时心血来潮而换来的这么多钱在这儿过一段懒散和忘我的日子。我给德尔蒙尼克酒店又打了电话，想在那儿订个房间。那儿已经没有空房，我即刻想到让门童帮我在华尔道夫饭店[1]订一间房，随即又打消这个念头，想到常在那儿的菲茨杰拉德，我正读着他的书，便在44街上的阿尔贡金饭店[2]订了房，那儿还有一间空房。

后来，在放水准备洗澡时我想起来，尤迪特一定把我账上的钱都取走了。"我不该授权给她的。"我自语道，其实我对此当然也无所谓；我甚至觉得好笑，并且怀着好奇的心理等待着接下来会发生什么，不过只有片刻，因为我最后一次看见她时，那是一个下午，她四肢横着躺在床上，已无法跟人说话，她看着我的目光使我停住走向她的脚步，因为我不知道怎样来帮她。

我坐进浴缸里，把菲茨杰拉德的《了不起的盖茨比》读完。这是一个爱情故事，说的是一个男人在河湾边上买了一座房子，就是为了每天晚上看着对岸自己所爱的女人与另一个男人一同生活的房子里的灯光亮起。盖茨比深陷此情中，有多么难以自拔，就有多么羞愧难当，而那女人，她的爱变得越热切，越无所顾忌，她就越发胆小懦弱。

---

[1] 华尔道夫（Waldorf）饭店，位于纽约，著名的豪华饭店。——中译注，下同

[2] 阿尔贡金（Alqonquin）饭店，纽约豪华饭店，菲茨杰拉德曾在此长住。

“是的，”我说道，“一方面，我很羞涩，而就我对尤迪特的情感而言，我又很懦弱。在她面前，我总是感到不自在，我就不是我了。我越来越意识到，我那羞涩的天性，当它成为我情感的标准时，便是一种胆怯。我始终坚持我的天性，因为我觉得，她不会随随便便地接受我的一切。了不起的盖茨比只是在他对待爱的方式上羞涩，因为他太痴情了。他彬彬有礼。如果还为时不晚的话，我真的愿意像他那样既彬彬有礼又无所顾忌。”

当我还坐在里面时，我就开始放走浴缸里的水。水流得很缓慢，我闭起双眼向后靠着。这时，我感到自己随着流水缓慢的咕嘟声而变得越来越小，最终溶解了。直到感到了冷我才重新感觉到自己，因为我躺在已没水的浴缸里。我站起来擦干身子，并从上到下打量着自己的身体。我抓住自己的阳具，先是裹着毛巾，然后直接用手开始站着自慰。我用了很长时间，有时睁开眼睛，从浴室雾蒙蒙的窗子向外望去，那儿桦树叶的影子上下摇曳。当精液终于流出来时，我屈膝跪了下去。事后我清洗自己，冲净浴缸，穿上衣服。

我在床上躺了一会儿，什么也不能想像。开始那会儿是非常痛苦，后来我感到很舒服。我并不瞌睡，但脑子一片空白。窗外稍远一些的地方时不时传来一阵不大的响声，像是噼里啪啦的声音，随之而来的是在布朗大学校园打球的大学生的呼喊声。

我从床上起来，用酒店的肥皂洗了几双袜子，然后走进楼下大厅里。电梯工坐在电梯旁的凳子上，用手撑着头。我走出饭店，几乎已经是晚上了，外面广场上，那些出租车司机互相聊着天，当我从他们旁边走过时，他们和我搭上话。我已走出很远，才发现自己懒得理睬他们，连个手势都没打，这样事后才觉得挺开心的。

“我现在到美国已两天了。”我边说边从人行道走到马路上，又从马路走回人行道，“我有没有什么变化呢？”我走着走着，不由自主地四处张望，然后简直急不可耐地看看手表。犹如常常阅读到的东西促使我急着去体验一样，了不起的盖茨比催促着我立即去改变自己。改变自己的需求突然如此真切，成了本能的冲动。我思量着，我可以将那些盖茨比带给我的感受表现出来，并且在我的周围加以应用。那是热情和专注的感觉，爽朗与幸福的感觉，我感到它们会永远驱走我与生俱来的惊恐与慌乱。这些感觉是可以运用的，我再也不会因恐惧而窒息了！可是我最终要表现自己的环境在哪儿呢？我能够改变自己的环境又在哪儿呢？我暂时把固有的环境抛到了身后；在眼下这个陌生的环境里，我不过是一个使用公共设施的人，一个在马路上行走的人，一个乘坐汽车的人，一个住酒店和光顾酒吧的人。我也不愿意有更多身份，因为那样我恐怕不得不去装腔作势啊。为了讨得人家多看你一眼，你到处去装腔作势，我觉得我终于摆脱掉了这种强迫感。尽管如此——面对这个环境，尽管我受到强烈的驱使，要处处留心，落落大方，可是此时此刻，我急切地避开人行道上每个向我迎面走来的人，不愿表现出另一副面孔，首先是那固有的恶心，因为那就不是我自己了。当我沿着杰斐逊街一直走下去时，尽管突然无意间想起了尤迪特，可是我深深呼着气跑了几步，要将她驱赶掉，让我的意识中无人存在，直到我怒火中烧，气愤得几乎产生杀人的欲望，因为我无处发泄这愤怒，既不能冲着自己，又不能冲着别的什么东西。

我穿过几条横街。路灯已经亮起来，天空显得一片湛蓝。树下的青草闪耀着夕阳的余晖。房前花园里，一片片花瓣飘落在地上。在另一条街上，一辆美制大轿车关上了门。我折回杰斐逊街，在一家小吃店里喝了杯姜汁汽水，那儿不卖酒精饮料。我直等到两块冰块在杯中融化了，才将水喝下去；水有点苦，可喝过甜的姜汁汽水后倒不错。每张桌子旁边的墙上都有个自动点唱机，你可以按下去选放唱片，不用站起身来。我投了25美分，选了奥蒂斯·雷丁的《坐在海湾码头上》。这时，我想起了了不起的盖茨比，因而变得从未有过的自信：直到我再也感受不到自己的存在。我或许会如愿以偿，做出让人刮目相看的事来！我点了个汉堡和一杯可口可乐。我有些累，打着哈欠。而就在打哈欠时，我的体内出现了一个空洞，它马上又被一幅布满阴森森的矮木丛的画面充满，就像旧病复发一样，尤迪特死了的念头又攫住了我。当我向快餐店外越来越深的黑暗望去时，那充斥着阴森森的矮木丛的画面也越加黑暗，我的恐惧如此强烈，我突然又变成了一个什么东西。我再也吃不下饭，只能小口地吸着饮料。我又点了杯可乐，心神不宁地坐在那儿。

这种恐惧和这种尽快改变自己、最终摆脱恐惧的欲望使我厌烦透顶。时间似乎停止不动，我又一次去看看自己的手表。那种熟悉不过的歇斯底里的时间感又出现了。几年前，我曾看见一个胖女人在海里游泳，每隔十分钟我都向她望一下，因为我正儿八经相信，想必她此时会变得苗条一些。而在这家快餐店里，我一次次地去看那个男人额头上结痂的伤口，因为我想要知道，伤口是否在此时已经长好了。

尤迪特是没有时间概念的，我心想着。她虽然不至于忘了约会，但事事都迟到，犹如笑话中的女人。她简直就感受不到什么时间该干什么。她很少知道今天是几号。只要有人告知她时间，她总是吓一跳。而我则每隔一小时就去打电话收听电话报时。她每次都跳起来说："嗷，都这么晚啦！"她从来都不说："啊，还这么早！"她根本不可能想到，什么时间会做什么事。我对她说："这可能是因为你小时候经常搬家，在很多地方生活过。你虽然一直知道你待过的地方，却从不知道那究竟是什么时候的事情。你的方向感比我强，我常常迷路。或者是因为你太早地从事了一项具有固定工作时间的职业。其实我确信，你之所以对时间没感觉，是因为你对其他人没感觉。"她回答说："不，不对，我只是对自己没感觉。""还有，你对钱也没有概念。"我又说。她答道："是的，我对数字没概念。""你的方向感也让人头晕。"我接着说，"如果你要去对面的屋子，你会说下去；当我们已从屋里出来了，你还说汽车依然停在外边；当你开车去下面的城里，你却说去上面的城里，只不过因为这条路是向北边去的。"

我现在认为，我对时间的夸张感觉，就我而言，阻碍了我的自如和专注，而这些是我想拥有的。

我站起来，回忆是如此可笑。迷迷糊糊地拿着账单走向付款台，一言不发地递上钱，这正是我当时的状态。我连姿势都无须改变，这让我很受用。一种对概念、定义和抽象强烈而又滑稽的厌恶，使我在出门后停留了片刻，我刚才就是依靠这些来思考的。我试着打嗝，可乐帮了我。一个短发圆脸大学生，穿着沙滩裤，露着粗壮的大腿，脚上穿着运动鞋，在外面与我迎面相遇。我吃惊地望着他，脑子里想着人们竟会对惟一的他统而言之，把他归类并让他成为什么的代表，让我觉得不可思议。我不由自主地用“哈啰！”招呼他并直视他的双眼，他也回应了我。他成了一幅突然鲜活的图像，我现在明白了，为什么我一段时间以来总是愿意读有关各种人物的故事。刚才快餐店付款台旁那个女人！她的头发是漂染过的，黑发根已露了出来，她身旁插着一面小小的美国国旗，还有呢？没有什么还有了。她的面孔在回忆中竟然开始明朗起来，变得如圣像般奇特。我回头又看了一眼那个胖学生，他的T恤背后印着罐装燃料乐队歌手阿兰·威尔逊的头像。威尔逊是个小个胖男孩，脸上的青春痘从电视上就能看得真真切切，戴着一副眼镜。几个月前，在他洛杉矶的月桂树峡谷的家前，人们发现他死在睡袋中。他用温柔的高音演唱了“又在路上”和“到乡下去”。不像吉米·亨德里克斯和詹尼斯·乔普林，还有其他的摇滚乐让我无动于衷，他的死让我至今还感到受伤。他短暂的，我自认为能理解的一生，常使我在似睡非睡的思考中痛惜不已。在回酒店的路上，我想起我常常需要重新寻觅的两句话：

“我告别了科罗拉多——

走在加州是如此惬意。”

酒店地下理发店旁有个酒吧，我在黑暗中坐到一张桌边，吃着薯片，喝着龙舌兰酒。酒吧女时不时走来将新袋子里的薯片倒到盘子里。旁边桌坐着两个男人，我听着他们交谈，直到弄清楚他们是邻城福尔里弗的商人。酒吧女坐到了他们那里，我仔细地打量他们三人，却并不好奇。那张桌子对他们三人来说有些小，他们在威士忌酒杯之间玩掷色子游戏，掷出的色子像玩纸牌一样排列开，那些杯子也许是酒吧女故意没有拿走。除此之外，酒吧里几乎很安静，只有吧台上的风扇轻声转动着，再就是色子碰到杯子时发出的响声；吧台下偶尔传来录音机倒带的啪啦声。我发现自己渐渐开始轻松自如地接受着这个环境。

酒吧女用手示意我坐到那张桌旁，直到其中一个商人拉来一把椅子并用手指了指时我才走过去。开始我只是观看，后来也玩了一下，就又不想玩了，因为我总是把一个色子弄到桌子下面。我又点了一杯龙舌兰酒，女人去吧台拿酒时打开了录音机。在桌旁她把盐撒在手背上去舔，掉了些在桌子上，用我的杯子接着喝酒。酒瓶的商标上是金黄沙漠中的一棵龙舌兰，录音机里传来西部音乐，由男声合唱的一首美国骑兵队的歌曲，接着是不带演唱的尾声部分，号声渐去渐远直至最后只有口琴在低吟。吧女说她儿子正在服兵役，我对她说，我还想和他们再玩一次。

掷色子时我觉得很奇怪：我将色子从杯子磕出，所有的色子都停止不动了，单单一个色子在杯子之间转动，而我想要的那个数字闪现一下又转没了，最后还是另一个数字向上停住了。就这一闪现的数字居然让我觉得它似乎真的出现过，只是不是刚才，而是在**另一个时间**里。

这另一个时间并不意味着将来或者过去，它之所以是**另一个**时间，是因为我生活在其中却思前想后。这是对**另一个**时间非常强烈的感觉。在那个时间里，想必也存在着与现在任何地方都不一样的地方；想必一切都拥有与我现在意识中迥然不同的意义；感觉也跟现在的感觉不一样，并且人们在这个瞬间正好才处于那样的状态，其中也许这个无生命的地球就是当初的情形，在千年之久的雨季之后，第一次落入了一滴没有立刻蒸发掉的雨水。然而，这种一闪即逝的感觉如此揪心和痛苦，以至于它依然闪现在酒吧女那短暂和淡然的目光中。这样的目光，我立刻感受为那**另一个**时间中**另一女人**既不闪烁也不呆滞、只是无限遥远、永远觉醒同时又熄灭不尽，直渴望到视网膜撕裂和发出轻轻一声呐喊的目光。我迄今的人生，不能就此而已啊！我看了看表，付了钱，回到楼上房间里。

我睡得很沉，无梦，整夜全身都感到一种充满期待的幸福。快到早晨时，这种感觉才消失，我开始做梦，醒来时很不舒服。袜子挂在暖气片上，窗帘随意拉开一条缝。它上面印着美国历史上的各种场景：沃尔特·雷利爵士在弗吉尼亚殖民地上悠闲抽烟；满载移民先驱的“五月花号”在马萨诸塞靠岸；乔治·华盛顿让本杰明·富兰克林朗读美国宪法；路易斯和克拉克船长在从密西西比河沿哥伦比亚河流至太平洋入口处的途中射杀黑脚印第安人[1]的场景（画中山坡的远处一个印第安人对着枪口半举起双手）；阿波马托克斯战场旁，亚伯拉罕·林肯身体后靠着向一个黑人伸出手。

我将窗帘拉到一边，并没向外多看一眼。太阳照到地面上，温暖了我光着的脚。我把床头柜上的教友派圣经拿来翻阅，并没去翻找有关犹滴与和罗孚尼的章节，我却一下子想起她在他酣睡中割下其头颅的故事。[2]“她只是总踩我的脚，”我说，“或者是绊了一下。总而言之，她总是绊

[1] 美洲土著居民，名字来源于他们的鹿皮靴底，一说源自他们的肤色。

[2] 指《犹滴传》中，希伯来女子犹滴为保护耶路撒冷，设计刺杀亚述大将和罗孚尼的故事。

到什么东西。她步态轻盈、高雅，同时又磕磕碰碰。边跳边舞地向前，又绊到了什么。她跳过去后，接着撞到迎面过来的人。不一会儿她又滑倒，戳到毛线针上。她总是把针带在身边，尽管她从未织完一件什么东西，每次都是织了又拆。”“她其实是个很实在的人。” 我在卫生间刮着胡子接着说。回到房间穿衣服和装箱子时我又说：“她钉钉子竟然一个也不会锤弯，她会铺地毯、刷墙、裁衣服、做木凳，还会把车上的瘪坑敲平。可她总是会滑倒、绊着或踩到什么，直弄得我看不下去。特别是她的表情！有一次她进房间想关掉留声机，她停在门口不动，只是将头朝留声机那儿摆了摆。还有一次是门铃响了，她先我一步到了门口，看到门前的垫子上放着封信，她把门轻轻掩上，待我过来时再打开，为了让我来捡起信。她当时没想什么，可我的手却不由自主地挥了出去，朝她的脸上打去，还好我比较笨拙，没有打到她。这让我们不一会儿就又和好了。”

我在楼下用支票结了账，乘出租车去灰狗大巴车站。这里的出租车不是黄色的，而是和英国一样的黑色。

在去新英格兰的途中我有时间做……什么呢？我思量着。不一会儿我就对窗外的景色失去了兴趣，大巴玻璃的颜色使窗外看上去更加灰暗。收费站使行程偶尔中断一下，司机向车外一个漏斗状的桶里扔几枚硬币。我推开窗户想看看外面，便有人说，开着空调呢，我只好将窗户关上。离纽约越近，广告上的文字越来越多地被画面取代了：冒着泡沫的巨大啤酒杯、灯塔般大的番茄酱瓶子、和原型一般大的喷气飞机飞在云端。我身边的人正吃着花生米，打开啤酒喝。尽管车内禁止吸烟，香烟却从这张嘴上消失又出现在另一张嘴上。不需我抬头去看，就知道他们在干什么。地上是核桃和花生壳，有些包在口香糖纸中。我开始读戈特弗里德·凯勒的《绿衣亨利》。

亨利·雷的父亲在他五岁时去世，他只记得父亲如何把土豆藤从土中拔出来，让他看上面的土豆。由于他总是穿着绿色衣服，大家都叫他“绿衣亨利”。

汽车沿着布鲁克纳高速公路穿过布朗克斯城区，向右拐，越过哈莱姆河到达曼哈顿。车速慢了下来，却尽力快速沿着公园大道穿过哈莱姆。车里的人开始拍照、摄像。这是周六，哈莱姆的黑人居民在破车和废墟之间散步。那些废墟只有底层还住着人。他们在读报，有人在街上玩棒球，姑娘们打羽毛球，那些常见的标识如**汉堡包**、**比萨**在这里使人感到如此怪异和不协调。大巴继续前行，驶过中央公园，最后拐进50街附近一个昏暗的车站里。在那儿我上了辆出租车，它们在这儿是黄色的，前往阿尔贡金饭店。

阿尔贡金饭店是座又高又窄的楼房，房间较小。房间的门全关上，也依然有个大缝隙，像是经常被摇晃过。我路过时发现，有些锁上还有划痕。这次我很麻利地塞给那个帮我提箱子的日本人一张一美元的钞票。

房间朝向后院，厨房也是朝向后院，因为我看到排气口冒着热气并听到碗碟和刀叉的撞击声。房间里很冷，空调声音很大。坐了一整天车没怎么动，我开始冷得发抖，同时为了能够静下来，我一动不动地坐在床上。我试着关掉空调，却找不到开关。给前台打电话，他们从那儿把空调关了，空调的嗡嗡声也停止了。安静下来后，房间显得大了起来。我躺在床上，吃着床头柜上与其他水果一同放在盘子里的葡萄。

开始我以为是葡萄让我有点胀气，身体开始膨胀，而头和四肢缩成了鸟脑袋和鱼鳍。身体里面燥热难忍，手脚却冰凉。得想办法控制身体状况的发展！手上的一根血管抽搐着，鼻子直冒火，犹如里面被用力挤压进什么东西似的。这时我才明白，又是死亡的恐惧，不是害怕自己死去，而是几近疯狂地害怕另一个人突然死去。经过长途旅行后，这种刚摆脱掉的恐惧变成了生理性的。鼻子一下子不再冒火，抽搐的血管也突然舒缓了，在我眼前出现了一个使人窒息的死寂、黑暗的深渊，看不到任何生灵。

我打电话去普罗维登斯的酒店问有没有人给我留言，回答没有。我一边把我在纽约住的酒店地址告诉他们，一边翻看一本旅游指南。保险起见我也留下了我在费城住的酒店通讯地址，即利顿豪斯广场旁的巴克利酒店。然后我在巴克利酒店订了往后几天的房间。我又给楼下打电话让门房替我买去费城的火车票，又给德尔蒙尼克酒店打电话询问我妻子有没有去取相机，很遗憾没有。我说一小时后我自己过去取。略等几分钟，我拨了“0”，要了去欧洲的长途连接。酒店接线员帮我接通了越洋长途接线员，我便将母亲在奥地利邻居的电话号码告诉他。“您是想与某个人直接说话还是随便谁接听都无所谓呢？第二种情况话费会便宜些。”“谁接都行。”我说。作为陌生人接听电话比较轻松，你可以做一件事并且乐在其中。接线员要我这里的号码，我把电话机上的号码读给他后，他让我放下话筒。

我静静地坐着，望着刚刚打开的衣橱里的空衣架，厨房里传来很响的声音，想必已是下午了。其他房间的电话偶尔响起，接着我的电话响了，越洋长途接线员让我等一等。听筒里传来咔哒咔哒的声音，我对里面叫了几声，没人回答。很长时间我只能听到一种空洞的声响和低微的嗡嗡声。随后响起咔哒一声，我又听到了同样的声响，不过与先前有些不同。紧接着不知哪里响起了长音，持续了几次。我仍握着听筒，维也纳电话局接听了，我听到维也纳越洋接线小姐通报我的号码，也听到拨号的声音，铃声又一次响起，我听到另一条线上一个女人的笑声并用奥地利方言说“我知道！”，另一个女人说“你知道个屁！”。声音中断了，邻居的孩子像用假嗓对着话筒叫着自己的名字。我试着告诉他我是谁，在哪儿，可惜他像刚被叫醒一样糊里糊涂，只是一个劲地说：“她坐末班车回来！她坐末班车回来！”直至我很快、却是下意识地轻轻放下了听筒。这时我又一次看到了一个场景，在一个路边有一个狩猎台，狩猎台旁是个岔路口，岔路前一棵沼泽草正在慢慢地直立起来。

“我永远没法适应打电话，”我说，“上大学时我才第一次从电话亭里打电话。很多事我开始做的时候，都已过了恰当的年龄段，因而很多事我没法习惯。即便我有那么一次不用多想便能与某人熟悉起来，第二天也得从头开始。与一个女人相处，我迄今依然觉得就像是个装模作样的情景。我如果在饭店里为她点菜，这让我觉得过分；如果我与她并肩而行，并排而坐，我马上觉得，好像是一个哑剧演员在演戏，觉得自己只是在装模作样。”

电话又响了，由于我刚才等候时，把话筒握得太久，它还是湿的。酒店接线员告知我刚才的通话费，并问是否将7美元与房费一起结算。我很高兴，又花掉了7美元。我回问，这附近什么地方能买到世界各地的报纸。这时我想起欧洲现在已是晚上了。接线员告诉了我一个时代广场附近的地址，接着我前往那儿。

我沿44街向东走去，“向西！” 我转身朝相反方向而去。我要去百老汇，可直到越过了美洲大道和50街我才发现，其实我并没有转身往回走。由于总觉得是往回走了，所以我停下来，想来想去，开始有点晕。接着，我沿着麦迪逊大道走到42街，在这儿我又拐了个弯慢慢走下去，的确走到了时代广场旁的百老汇大道。

我买了份费城的《星期六晚邮报》，随即在卖报处打开阅读。没有什么与尤迪特相关的内容。因为我也没期待找到什么，就把它随便放到一旁什么地方，然后又买了几份德文报纸，在杂货店的吧台旁边喝着美式啤酒时读了起来，却发现这些我在去波士顿的飞机上都已看过了。我虽然只是翻了一遍，却真的都读了，因为现在我能想起每个细节来。

我穿过几条大道回去，拐入公园大道，感到自己又像前一段时间那样，当向某人描述刚刚做了什么时，我总是不能放下构成整个过程的任何动作。我走进一座房子，我不是说“我走进房子”，而是“我蹭干净鞋子，按下门把手，推开门，走进去，然后将身后的门再关上”。还有，当我给谁寄信，我总是（而不是“我寄信”）“把一张干净的纸放在一张垫纸板上，拔下钢笔帽，在纸上书写，将纸折起来，装入信封，填写信封，贴上邮票，投入信筒”。就像现在陌生的环境中一样，那时我因缺乏知识与经历，便去将自己仅有的几件事情在描述中分割细化，迷惑自己，似乎这样它们才会意义非凡。我现在也如此这般地越过美洲大道，50 街和麦迪逊大道，沿公园大道直到 59 街，跨过一个拱门，走近旋转门，推动转门，走进德尔蒙尼克酒店。

门卫手里拿着相机在等我，他没看一眼我的护照就把它递给了我。这是一部宝丽来相机，是我在一个机场买的，比在其他地方买贵得多。从粘在一侧的小条上的数字可以看出，尤迪特已拍了一些照片。她看了什么并且还想用照片留住它们！这对我来说是个好兆头，使我在走出饭店时已不再担忧。

这是晴朗的一天，而风使天空更明亮，云彩在天际飘移。我一度只是站在街头东张西望。在地铁入口旁的电话亭里靠着两个姑娘，一个对着话筒说话，另一个偶尔将身子弯过去，一边用手把头发别到耳后。刚开始看到她们时，我愣了一下，她们的样子使我兴奋，以至于我真的来了兴致观看她们在这个小亭子里嬉笑，将话筒推来让去，互相耳语，还一边不断地投着硬币，然后又弯着身子靠近电话。她们旁边地面的盖子里涌出地铁的热气，向一旁的柏油马路上涌动。这情景让我解脱，使我放松。我轻松地观看着，处于一种天堂般的状态，一种只是想观看，观看就意味着认知的状态。我这样走回公园大道，直到它变成了第四大道，接着一直走向 18 街。

在爱尔金影院，我看了场由约翰尼·韦斯穆勒出演的《人猿泰山》。一开始我就有像观看禁片的感觉，而且事先知道是禁止观看的。画面唤回了一个已经忘却的梦幻，一架小型客机紧贴在丛林上空盘旋，从飞机的内部能看到坐着一男一女和一个婴儿，飞机轰鸣着急速地飞来转去，其实真正的飞机几乎不可能那样转来转去。就在它急剧地飞转时，我儿时坐在上面看这部电影的凳子跳入我的脑海。“他们是去内罗毕，”我大声嚷道，但电影并没提到这个城市，“飞机马上就要掉下来了！”机舱内这对夫妻紧紧相拥。这时镜头切换到飞机外面，只见它摇摆着跌下来，坠入原始森林。随着一声巨响，升起的不是一股浓烟，而是从一片可笑的场景中冒出的一个个气泡。后来我才搞清楚，这下面是池塘，泰山口衔一柄匕首，那个已长成男孩的昔日孤儿先后从相隔甚远的气泡中冒出水面。他不紧不慢，梦幻般地游来游去，水泡随之富有节奏地从深处冒出水面。然而，就在飞机坠毁的瞬间，那种观看时定型的回忆过程在一种神秘的预感中伴随着同样的节奏，逐渐成为固定的回忆图像。

尽管电影让我觉得无趣，我还是没走开。我想，连漫画书也不再让我感兴趣了，这并不是从我到这里才开始的。有段时间我看了很多漫画书，我不该看合订本。一个接一个的冒险故事此起彼伏。有一次我看了几本《花生漫画》[1]，结果夜里直犯晕，因为每场梦都是出现四格画面后结束，又以新的四格画面形式开始。我感觉就像是到第四个画面时，双脚生生地被截去，我的肚子直接戳在地上一样。现在却是这么个故事！即便是无声喜剧片我也不想看了，它们对笨拙的欣赏已不再能打动我。那些帽子不被风吹掉就不能过马路，向女士鞠躬就必定要弄翻咖啡的主人公，让我越来越觉得是难脱幼稚、不近人情的典型：这些形象慌乱不安，内心挣扎，自我扭曲，也同时扭曲着环境，因为他们只想**仰望**一切，事也好人也罢。卓别林固有的讥讽式的**幸灾乐祸**，可是看他那样子不是畏畏缩缩，就是唯唯诺

[1] 花生漫画（Peanuts），美国漫画家查尔斯·舒尔茨（Charles M.Schulz）创作的漫画，从1950年起一直连载至作者逝世，主要角色有史努比等。

诺；哈里·朗东的习惯总是缩手缩脚。惟有巴斯特·基顿努力寻找一个出路，板着一副警觉而誓不罢休的面孔，尽管他从来都没有搞清楚自己的状况。他的样子我还是挺喜欢看的。在一部电影中看到梦露皱着眉头一副无助的样子和斯坦·劳莱如何望向她，也是挺不错的。

电影院外已是黄昏，我思考着要去哪儿，于是放慢了脚步。我前面走着一位高大的姑娘，似乎被她那摆来摆去的书包牵引着，也在人行道上不紧不慢地走来走去。她的头发是黑色的，穿着牛仔裤。她不经意地走着，裤子却不像一般牛仔裤随着步子的起落，后面会起个皱，也不像其他布料在膝盖后有折痕。她左顾右盼，略带雀斑的脸庞很白，慢腾腾地走着，一如既往。我突然感到被挑逗了起来，因为我知道我会去跟她搭讪。我们就这样走着，一会儿几乎并排而行，一会儿她在我前面，一会儿我超过她，直到走到百老汇大道。我后来实在抑制不住自己，真想把她当街按倒。当我跟她说话时，却只问她是否愿意和我去喝一杯。

她说，“为什么不呢？”可一切稍纵即逝，尽管两人的脸色还因刚才相互靠近的兴奋而发红，现在我们却并肩而行。如果我们俩有意的话，那么，急促的脚步可能会让我们更加兴奋，并随即消失在一个门后。可我们只是继续向前走着，比先前不快也不慢，还得从头开始。尽管如此，我还是试着去碰她，她只当是我不小心而已。

我们来到一个咖啡馆，这里一切都要自助。我要走，她却排起了队。我也拿起托盘放上一块三明治。我们坐到桌边，我吃三明治，她喝咖啡。她问我名字时，我自己也不明白为什么要撒谎，说自己叫威廉。之后，我立刻觉得自在了许多，并问她，要不要尝尝我的三明治，她掰了一点儿。过了一会儿她站起来，说头痛，对我摆摆手就走了出去。

我取了杯啤酒又坐下来，从挂着帘子的窄门向路上望去，能看见的空间很小，以至于其间的景象越发清晰。里面的人行动似乎很缓慢，像在演戏。他们好像不是从门前走过，而是在门前信步。女人们的胸部从来都没有现在这般好看和充满魅力，她们的样子几乎是忧伤的。好在我并无所求，只是想看看她们如何在宽大的广告牌前自得其乐地走来走去。有个女人几乎停在了门中，寻找着什么。我着实被自己欲冲向她的渴求吓了一跳，却立刻又想道："我真的能和她怎样呢？那样无非就是不负责而已！"随之又释然了。我不可能想像与一个女人缠绵，就在我想着要向女人伸出手时，随即便兴味索然，疲倦不堪。

旁边的桌上放着一份报纸，我拿过来看起来。我看着发生了的和该发生的事情，一页接着一页，感到越来越舒服。在开往长岛的城际列车上有个孩子出生；一个加油站工人手足并用行走在从亚拉巴马的蒙哥马利到大西洋边佐治亚州的萨瓦纳的路上；内华达荒漠中的仙人掌开花了。我内心对所有的事都产生了一种必然的好感，只要它们能够被描述。每个地方都吸引着我，每个出现的人都合我的意，即便面对一篇报道，看到法官把一个躁动的被告粗暴地用链子绑在椅子上时，我也命令自己，即便是不理解，也要表现出没有什么不对劲的样子。我读到的每一个人都让我有亲切感。我看着一个女人的专栏，其中谈论的是拒服兵役的人，她说要是自己生出这样的孩子的话，她就会躲起来不见人。没有一种顿时休戚相关的感觉，我是不可能观看她的照片的。一个上尉说他从直升飞机上看到稻田中的东西，像是一群女人和孩子，但也可能是“一个男人和两头水牛”。哪怕只是看到这些词语，我都会突然感到遗憾，没能像这个上尉一样亲眼目睹如此情形。所有的人，特别是我还不知道的每个地方，都会让我在阅读时感到亲切，从而使我对它们产生一种渴望。我读到有关蒙大拿一个电报局和弗吉尼亚军营中的一条街，立即就希望自己在那儿并能在那儿生活一段日子；不然的话，我就会觉得像错过了永远再也无法弥补的东西一样。

这种感觉我太熟悉了。小时候，我就常常在争吵或打架当间，突然觉得一切都是合情合理的：我便停止说话或干脆躺在地上；即使我正在大喊大叫着逃离某人时，有时也会停住步子，甚至会坐下来直直地看着对方，大多数情况下，对方也就从我身旁走过去，仿佛追赶的是另一个人。如果我去骂人，很少能坚持到底；一说话我就变得和善，我不再责骂，立即和解。就拿我和尤迪特的争吵来说，我一直认为一个争吵重复着另一个争吵，并不是争吵本身让我觉得可笑，而是在说着话的时候，什么东西突然对我来说变得不那么重要了。后来虽然还正处在敌对情绪之中时，我则觉得自己随时都会笑出声来，而且我或许也不得不很快笑出声来，但我们相互已经伤害得如此之深，每次中断争吵，也包括和解的笑声，似乎只会伤害对方。又是长久以来，在纽约这儿，并且看着报纸时，我觉得自己以这种不可名状的方式陷入这一切之中，实在让我吃惊；可是我现在不想去想这些。这种感觉也只是短暂的；当我去考虑它时，它也随之消失，就像从未有过一样；等我站在外面马路上时，我又是独自一人。

我漫无目的却充满好奇地荡来荡去。在时代广场上，我看着裸体照；我从百老汇上空的霓虹灯字幕上读着当天新闻；对着报社大楼的钟我对了对自己的手表。街道灯火通明，就算走进没有照明的小巷里，头几步时还觉得晃眼。我从报上读到，在中央公园有一家被烧毁的饭店又重新开业，有些燃烧的痕迹又被利用到新的装饰中。我在人行道上边走边寻找出租车时，有人问我要不要音乐剧门票，我想走开，又想到劳伦·巴考尔在里面出演。几十年前在霍华德·霍克斯的电影《逃亡》中，她演一个十分年轻的女郎，在一个港口酒吧里倾身围住钢琴伴奏者的肩头，斜靠在钢琴旁，用低沉沙哑的声音唱着一首歌。我给那人 20 美元，手拿着票跑向剧院。

我坐在前排。乐队的声音从乐池下震荡而出。和其他人一样，我把大衣放在膝上。劳伦·巴考尔是台上年龄最大的演员，那些男人都显得比较年轻。她不再像从前在酒吧那样坐下和轻步走动，而是跑来跑去。有一回，她和留着长发、戴着项链的年轻男人在桌上跳舞。她吃力地落下来，下落时还得重新跃起并带着表情。她的每个动作必须连贯并富有娱乐性。打电话时她也得边穿鞋，为了不耽误时间又能随即离开。她每说一句话就变换一个姿势，起码会变换双腿的位置。她长着一双大眼睛，眼球随着她的动作转动。每演一个新场景，她就换一身行头，尽管她似乎没有换衣服的时间。只有当她伸开长胳膊端着威士忌酒杯时，大家才开始为她感到自在。她让人觉得，离开银幕以后，在这儿不得不靠出演不属于自己的节目为生，这让她并不开心。于是，人们观看她也像观看任何别的人一样，虽然他们为了尊严在演出，可是观看势必只会使他们受到伤害。我突然想起尤迪特：她的日常行为就是由很多小动作组成的，而劳伦·巴考尔的身体犹如一台机器将它们一一复制出来了。在一家时装店里，她不自觉地换了一副趾高气扬的顾客面孔，我心想着：她会立刻停在门口，四面环顾，却把谁都不放在眼里；只有当售货员走上前来时，她才会向她转过身去，仿佛她十分吃惊居然会碰上什么人。而一上舞台，她就变了样：她做出各种动作的简练并不是那种傻气的潇洒，那种不管是常人还是演员故作的潇洒，而是她只有面对舞台时才有可能展示出的严肃和放松。无论她平常怎样表演，可在舞台上始终镇静自若，忘我地面对他人；尽管她如此自如地表演了自己的角色，可人们几乎过后就忘了她。

剧院前一辆警车开进了我的思绪，嘶鸣的警笛几乎盖过了乐队。我从楼上栏杆旁看到从节目单中掉出的一张纸摇曳而下。这时，这张上下舞动的纸一下子使我全然断定，尤迪特此刻坐在一个饭店里漫不经心地用餐，翘起小手指还要点什么。她如此地专注，根本不会想其他什么事了。

乐队指挥在乐池中上下跳动！演员的裤子熨烫得多么平整！此刻还有舞台上那个女对手正顺着橄榄舔吸着马提尼酒，然后又将橄榄塞进口里！她反正不会有什么事的。很难想像她会让自己过得不好。靠我的钱！我饿了，中场休息时我就去了中央公园旁的饭馆。

公园中树木沙沙作响，像是要下雨一样。饭馆中菜单的边角，都有故意烧焦的痕迹。衣帽间旁有一本贵宾册，里面的字迹如报纸的黑体字那么醒目。外面又有一辆警车在鸣叫。有一个服务员拉开面前的窗帘站在那里，另一个交叉双臂走到门口往外看。警笛十分刺耳，在立刻就给我端到桌上的玻璃水杯中，冰块短暂晃动着漂了上来。只有几个人还坐在桌边，脸部半明半暗。餐厅几乎空空如也，显得很大，随着警笛声在远处消失，我越来越感到疲惫。我一动不动地坐在那里，脑袋里开始有东西动来动去，伴随着我一整天在纽约穿来穿去的同样节奏。它卡了一下壳，然后好长时间勇往直前，后来开始拐弯，绕了一会儿圈，最后停止了。这既不是一种想像，也不是一种声音，只是一种时不时会造成这两种错觉的节奏。现在我才开始在内心感受着这座我先前几乎忽略了的城市。

一个我白天只是擦肩而过的环境攫住了我。一排排大楼和一条条街道事后由留在我大脑里的颤动、停息、纠结和冲击组合而成。当这些颤动也变成响声时，一种呼啸和鸣叫犹如发自一片沉寂的、被洪水淹没的大地的河床里，共同加入其中。窗前那些厚实的窗帘挡不住这些声音和图像，因为它们就发生在大脑里；一旦这些声音和图像陷入颤动和节奏，它们就会一再被大脑加速，从而重新开始剧烈震荡，并且闪现为更长的街道、更高的大楼、遭到撞击似的越来越远去的地平线遁点。尽管如此，这个过程依然让我感到惬意：纽约的面目祥和地在我内心展开，并没有对我施加什么压力。我坐在这儿，既放松，又好奇，吃着一块羊排，这是我自己请的客；喝着加州的红葡萄酒，这酒让我越喝越渴。就这样，我把这个拥挤不堪的、隆隆声不绝于耳的城市当成一个温情的自然剧来感受。我刚才就近可以看到的一切，如玻璃窗、停车牌、旗杆、霓虹灯字幕，正因为我几个钟头之久难以看得更远，此刻分散成了一种你可以在其中极目远眺的景象。于是我有了融于其中和读本书的兴致。

吃完饭我又将菜单从头看到尾，津津有味地读着菜名，就像我以前读祷告书中圣人身世一样，有阿来摩牛排、路易斯安那小鸡、丹尼尔·布火腿、汤姆叔叔式大排。零零散散的客人都还没走，大声交谈着。一个卖报的走进来在衣帽架上丢下几份报纸，一个化了妆的老妇人拿着花从一张桌子走向另一张，一个服务生漫不经心地在一对胖夫妻旁将法国白兰地倒在煎蛋饼上。这女人替他划着一根火柴，他鞠躬接过来放在平锅边，蛋饼升起火焰，这对夫妻拍起手来。服务生微笑着将蛋饼分到盘中端给他们，然后他用餐巾纸从冰桶里拿起葡萄酒，一只手背在身后，给他们斟上白葡萄酒。一个钢琴师不知从何而来，开始演奏，一个厨师走到厨房门上的圆窗旁向琴师张望。我又点了一瓶红酒，喝干了后依然坐着没动。一个服务生走进厨房，嘴里嚼着什么又走出来。负责衣帽间的女人正玩纸牌，嘴里含着大头针，搅着柜台上一小杯咖啡，然后她放下勺子，让嘴里的针落下，一口气将咖啡饮下，接着晃动杯子想让下面的糖溶化，晃动着倒入口中，继续玩她的牌。两个妇人从外面进来，一个用宽手包向服务生打招呼，另一个马上走到钢琴旁，琴师换了一个曲调，她唱道：

“在那过去的年代，那黄金的岁月，那 49 年。”

午夜很久以后，我才步行回到酒店，让门房把去费城的火车票给我，然后坐到那个叫蓝吧的酒吧里又喝了一杯肯塔基威士忌，慢慢地喝，不让自己喝醉。我从一张桌上拿了些酒店的明信片，写给很多人，包括那些我从没写过信的人。我从酒店一台自动机上买了航空邮票，随后将明信片投进了店内的邮筒里。我又回到吧间，坐在一个我能将身体转来转去的宽大皮沙发上，伸开手托着杯子，时而弯腰喝上一口。服务生过来把我桌上的烟灰缸拿到另一个时而笑出声的女人桌上。她每次笑完后都从那皱皮包里拿出笔记本，用银色小圆珠笔往里面写着什么。然后，我今夜第二次感到了累，拿了一张明信片上楼回到房间。我边走边在上面写地址，把它投到楼道里的邮箱中。它哗啦啦地响着，滑落到下面。

我房间地上有一张白纸条，我马上确信，一定是给我的留言，捡起来，却只是酒店经理原本放在果盘上的推荐条。我给楼下打电话让他们把空调重新打开，接着我没有洗漱就上了床，打开了《绿衣亨利》。

我读着亨利在学校如何遇上他第一个敌人。一个同学和他对大自然现象打赌：鸟落在哪根树枝上，树在风中摆动的最低幅度，湖里是五个还是六个小波浪后会起一个大浪。亨利打赌成了瘾，他总输，已付不出钱来，两人成了敌人。后来仅有一次在狭窄的山路上相遇，他们马上就扑向对方，一言不发拼死搏斗。亨利以致死的冷静摁住对方，逮住机会就用拳头往他脸上打，感到的却是一种疯狂的痛，永远再也不会更深切地感受到的痛。不久他就离开学校去了乡下。在那儿，他第一次自由地领略大自然，兴致盎然地要把它们立即都描绘下来。

我自己在农村长大，很难理解大自然怎么就会让人重新解脱，它只是让我感到压抑，或者至少让我不舒服。谷场、果树和草地让我觉得不舒服，隐藏着一些吓人的东西。我对它们有着切肤的了解：赤脚在谷场上奔跑，爬树时树皮划破皮肤，雨天穿着胶靴跟在奶牛后面在泥泞中行走。今天我才明白，之所以我对那些小小的不如意感受那么深、那么强，是因为我在大自然中从不被允许自由活动。果树是属于别人的，主人来时必须穿越田野逃跑，照看牲畜，也是为挣钱买照看牲口穿的靴子。孩子很早就被迫在大自然中劳作，没有人教给他们那样的眼光，至多只是对岩缝、朽空了的树以及地洞有些许关注，那里可以藏身，特别引起注意的是各式各样的地下洞穴。矮树林也吸引我，还有玉米地、密密麻麻的榛子树丛、狭道和河谷。我喜欢房屋和街道胜于自然，在这里我做不了那么多禁止的事。当风吹过麦田时，我讨厌它将我的头发吹到脸上，尽管后来我常常想像着一片**在风中来回舞动的麦田**，无非为了给自己找借口说，在自然中自己是多么的不舒服，其实只是因为我从来就没有能力去欣赏大自然。

我已把书放在一边，躺在黑暗的房间里。空调嗡嗡作响，我慢慢开始看着自己是如何入睡的。浴室的门变成山丘上一座白房子。有人正用鼻子呼吸，在我下面的岩壁脚上，有条狗呻吟着回应。我翻个身，马上从坡上滚了下去，掉到一个干涸的小河床上，那里有衣架和开了口的胶靴，我蜷缩成一团睡在那里。雨沙沙地下个不停，还有潮汐隆隆逼近，却并没有来到近前。“我忘记在贵宾册上登记了！”

第二天临近中午时，我在宾夕法尼亚车站登上了开往费城的火车。

回想起来，我再也弄不明白：然而，我觉得这一天过得如此之快，就像吸血鬼电影里的日子一般。你走进一个地下火车站，滚梯把你一直带到下面，最后一级立刻就把你推进一扇敞开的门内。等到你在座位上坐下了，车开动了，才感到心定，觉得真的身在车厢里了。窗前先黑了几分钟，火车穿过哈德逊河下的隧道，在新泽西这边驶出地面，出现在一片朦胧的大地上，车窗的有色玻璃使窗外显得更加昏暗。车厢内很亮，书页在翻动时都反光。可是只要朝外望去，云彩显得越发昏暗，这个笼罩在昏暗之中的地方看来看去都空空荡荡：看不到房屋，到处是垃圾堆，地平线上升起黄烟，看不见烟囱，一辆汽车四轮朝天，没有了轮胎，卧在荒野里，一片片森林荒芜不堪，被大风连根拔起的树木枯萎地挂在返绿的树上，其间还挂着像降落伞布的破布条，迷失在这个地方的海鸥卧在沙丘上。由于这家铁路公司不久前已经破产，火车直接驶过一个个关闭的车站，穿过一座座城市，其间的大楼背离铁路而去，因此看上去好像被疏散和无人居住似的。两个半小时后，当那些黑乎乎的、钉死的窗上画着毒鼠药的房子突然紧逼轨道时，车厢里瞬间暗了下来，还没看清隧道入口，火车就钻入了费城地下车站。

又是滚梯；不用下楼梯就可以直接迈上一个大广场。我环顾四周，看有没有人来接站。“你不用躲，正在哪棵树后偷窥我吧？我才不会去找你呢！”我说道，“你别拿我自己来吓唬我，我生来就没有惧怕的感觉，反正早就没有了，我对此不会再无招架之力了。”两位身穿着长袖黑袍、头戴宽边小礼帽的教友会牧师穿过广场，走向一辆开着门的汽车，黑人司机立在车旁，衬衫口袋里装着一个小收音机。一个我在火车上见过的海军士兵追上牧师给他们看什么东西，他们只是微笑，其中一个摇着手拒绝，另一个已上了车，他突然又从车里出来指向我。我吓了一跳。他们向我招手，我便向他们慢慢走过去。大兵抬起胳膊把我的相机晃来晃去；我把相机忘在了火车上。

然后，我和大兵一同走过广场，两人都不知去哪儿，互相陪伴着。到威廉·潘纪念碑前，我给他照了张相，等相片干了后，他就塞进钱包里。他随之掏出一张剪报来，打开它，就像捏着一张证书似的紧紧地捏着边缘。这是一篇关于士兵返回家乡明尼苏达雷德温的报道。他受到老兵俱乐部的欢迎并作了演讲，尽管简单，却很轻松，让人信服。大兵说："其实我只是讲了鲍勃·霍普[1]带着女友来看过我们一次。我还给他们讲了他给我们说过的几个笑话，气氛不错，没人问我什么。"大兵接着又说："是我把摇滚乐带到了雷德温，我们在家里先和我的姑娘练习过，然后有一天晚上我在自动点唱机上选择了《监狱摇滚》[2]，仿佛我们要跳华尔兹似的。突然间，我将她扔过我的肩头。"大兵又说："我崇拜猫王，他在部队待过两年多，现在又回到老本行。我并不喜欢待在海军里，可那是工作啊。有一次，我在浅水里看到了一根芦苇秆冒了出来。那儿附近还有一些芦苇秆，可是它们都移动过。这一个却没有动过。有时候，你非得杀死什么人不可，不然你自己就会被人杀掉的。"这个大兵长着圆圆的脸庞，大大的鼻孔。他戴着一副眼镜，镜片粘着从他眉毛上落下的皮屑。他的嘴唇苍白，嘴里有

---

[1] 鲍勃·霍普（Bob Hope，1903—2003），美国喜剧演员，多次赴海外美军驻地慰问演出。

[2] 猫王演唱的歌曲。

颗金牙，说话轻声细语，每句话结尾时总是像唱歌一样扬起来，仿佛他要等人点头后才能继续说下去。他拉下帽子，让我看他的摇滚发型。这时，他的眼镜滑落到鼻子上，他的眼里流露出一种盲目而无所谓的热情，并没真正地注视我。我发现，好久以来，我第一次又能够近距离而且不紧张地打量别人。你看着这个大兵。同时我却受到伤害，因为他偏偏给我讲了他的故事。为什么偏偏总会有人给我讲故事呢？我心想着。人们总该看得出来，其实我从一开始就什么都不想听。尽管如此，还总是有人把这些愚蠢的故事讲给我听，如此慢条斯理，仿佛谁都根本想像不到我不会像个同谋一样洗耳恭听的。

“难道我非得干些什么名堂来让别人注意到我吗？”我自问道。然后，我借口要去打个电话而离开。“难道我想怎样或不想怎样的方式，总是在我说话或拒绝时才表现出来吗？难道人们从我如何行动，如何保持脑袋姿势，如何四面环顾还看不出来我的态度吗？”“或者难道我的表情还和以前一模一样吗？”我坐在去酒店的出租车里想着，“难道我得一步一步地想像出一个新姿态来吗？那么人们会不会发现，我总是不得不从许多表情中先选一种来？也许人们因此会觉得，我对任何可能的观点都会同意？”

“或者他们只是想吓唬我吧。”我心想着。这时，我站在酒店门口看着出租车司机把我的箱子交给一个服务生。“也许我看起来属于那类人，人们可以随便玩弄他们；面对这样的人，人们立刻就会无所顾忌，不像对待别的人那样小心翼翼：难道面对这样的人，人们马上会一见如故，因为你觉得他们没什么可怕的，无论怎么对待他们，他们都会听之任之？”

我不由自主地将脑袋朝后仰去，就像流鼻血时那样。这时，云彩耀眼夺目，我却害怕夜晚越发来得快了。我差不多一大早才上了火车，然后就和那个当兵的在广场上走了走，而现在已经快傍晚了：太阳短暂露出脸时，影子拉得长长的，而且这也表明天快要黑了，那么一切都将不复存在。我觉得迈向前的脚轻盈，而拖在后面的脚沉重。就这样，我跟着行李员走进位于酒店深处的前台。我填好登记表，在电梯里久久地等待着，直到又有人被塞进来后电梯才开动。等我到了房间时，太阳已经落山了。我从浴室出来，天色已经暗下来；我把大衣挂到衣橱里，也许比平时做得仔细些吧，转过身时，天已经全黑了。

“你这个臭家伙！”我说道，“我要打你个稀巴烂，我要打你个稀巴烂，我要打你个稀巴烂。你可别让我看见你，你这个捣蛋鬼。要让我捉住你的话，可就没你的好果子吃了。”

有人在挣扎，他被抬了出去，我跑过去，看到他在门口窒息，“是花粉过敏！”那个扶着他的人滑了一下，摔倒了，我帮着把人抬进屋，然后慢慢走开。当我赤脚踩到一个并不尖锐的小石子上时，一种刻骨的痛如电流从脚底窜到大脑里。接着，女人们在我身后窃窃私语地传递着死亡的消息，小心翼翼，她们并没有窃窃私语，只是她们的衣服在沙沙作响，从一个泥潭里露出一对癞蛤蟆的眼睛，一只门把手慢慢地上下移动，小心翼翼，我伸出光着的腿，碰到荨麻草。一只壁虎从我视线旁跑过，那不过是钥匙旁的酒店招牌，还挂在门上荡来荡去。“我再也不愿孤单一人。”我说。

我已给住在费城西部菲尼克斯维尔的一个女人写信，告知她，我也许会去看她。她叫克莱尔·麦迪逊，三年前我来美国时，我们上过一次床。我们几乎互不相识，我当时是那么地急切，所以才老会想起。

我在电话簿上找到她的名字，和她接通电话。“你在什么地方？”她问。“在费城。”我回答。“明天我和孩子开车去圣路易斯。”她说，“你想一起去吗？”我们说好，我明天中午时分去菲尼克斯维尔，等孩子睡完午觉后我们就会出发。

她马上就挂了电话，我还留坐在电话机旁。床头柜上有一个小电子钟，钟面的微光在黑暗的房间里照得很远，每当分针移动一格，它会轻声地响一下。我把钟的插头拔出来，房间里顿时一片漆黑。我们第一次见面时，克莱尔三十岁左右，高个子，长着一张大嘴，微笑时她的嘴不张开，只是双唇变得更薄更长了些。她的脸也很大，抚摸她，不太合适。几乎不太可能去亲近她，她从不谈论自己，我也从来没想到要说说她的什么事，她总是真真切切地在那儿，以至于没必要再说什么。我跟她谈论自己或窗前的东西，这是我们惟一能够亲密的方式。要是会有其他什么过渡的方法，我们俩都会觉得太累。第二天我去找她，她从房间里向外叫我，让我进来就是，门是开着的。我进去时，她靠在另一扇门旁。一切突然像是在梦中安排好的，我走向她，拥抱她，马上将一条腿伸到她两腿之间。当意识到该站起来时便站起身，再坐下，使劲闭上眼，闭到双眼发痛。经过那么长的呻吟，她开始脱衣服！我们相互转过身去，说话声音陌生，默默地投去发自内心但空洞的目光，长久地打量对方，一次次地亲吻爱抚，直到欲火使两人大声喘息，只得分开身体，眼光从对方下身移向上方，又不得不转过身，一个开始娇气地呻吟，直到另一个夸张地给予爱抚。而她刚才倚着的不过是一扇美国大冰箱的门！后来在我们三心二意的亲热中，我突然进入了她的身体。我要叫她的名字，却叫不出口。她在一所学校教德语，她父亲战后随军驻守在海德堡，没让她跟着，而只是在信中让她学德语。她有过一段婚姻，她身边这孩子不是我的。

深夜，房间很高，在顶层，路灯也照不进来。那些大楼都是黑洞洞的办公楼；清洁工也都走了。只有当一架飞机低低飞过时，房间的墙壁闪亮了一下。我给费城几家豪华酒店打电话，那儿的高价会使尤迪特选择去住：喜来登酒店、华威酒店、阿德菲亚、诺曼底酒店。我突然想到她也可能就住在这个酒店里，我给下面打电话。她在巴克利酒店住过，两天前刚走，没有留下或忘了什么东西，房费是用现金付的。

我气愤起来；愤怒随后消失，而一种厌恶如此强烈，房间里的物件似乎如蝙蝠的翅膀开始抖动起来。接着，厌恶也随之而去，我感到一股强烈的厌倦，我依然还是那个我，不知该怎么办。我向厨房订了一份吐司和法国红酒，把房间里的灯全都打开，就像人们平常看到的酒店房间广告画那样。我也打开了卫生间的灯。当服务生把餐车推进房间时，我把电视也打开了。餐车上面的吐司和红酒奇怪地并列着。我边吃边喝，当有女人在影片中尖叫，或者好长时间没动静时，便抬头看一下。有一次，当电视长时间地只有电流声时，我抬头看到由空空荡荡的德国市民房子组成的电影画面。屏幕前方突然有一头怪兽走过，图像很大，只见到它的头。其间，画面里一个戴着厨师帽子的男人正不断地介绍着由五道菜组成的晚餐，这些菜只需要简单地包在袋子里放进开水中浸泡几分钟拿出来即可。他还示范如何用剪刀把袋子剪开，将食物倒出，并用近镜头展示食物倒入盘子时热气腾腾的样子。我只喝了酒，换到另一个频道看动画片，演的是一只猫在吹泡泡糖，直到吹爆，把自己给憋死了。我还头一次在动画片中看到有谁死了。

后来我还想出去走走。没有关电视，灯也亮着，我就下楼了。因为是星期天，酒吧关门，我走到街上。费城的马路平行排列，纵横交叉形成直角。我朝前走去，拐进栗树街。这是一条主街，我继续往前走。街上静悄悄的，在一个地下音乐厅里我又遇到了那个大兵。尽管这里不卖酒，他像是喝醉了，靠在墙上看着那些年轻人跳舞，没穿军装，穿着一件皮衣，眼镜插在口袋里。我对他点头，他挥手回应，似乎并没有认出我。我端着一杯叫“根汁汽水”的饮料，颜色很暗有点焦味，在桌旁坐下，目光却不能从他身上移开。

乐队已经撤走了，只剩下那个歌手。这歌手拿来一把吉他，坐到麦克风前的凳子上，开始一边歌唱，一边叙述着或许他自己经历的故事。大家都不再跳舞了，站在周围倾听着。他讲述了一个傻姑娘的故事：她在农庄工作，被农庄主强奸后生下一个孩子。“这个孩子就是我！”歌手用力拨响吉他说，吉他声余音未止，他又接着讲下去。“就在她去井旁打水时，生下了这个孩子，她用围裙裹起他，把他抱回了家。于是我就成了农庄主和他太太的儿子一天天长大。有一天，我翻铁丝网时挂在上面下不来。这时，那傻子奔过来将孩子抱下来，她甚至连话也说不出来。那孩子对农庄主太太说：‘喂，妈妈，为什么这傻女人的手这样柔软？’而这个傻女人就是我的母亲！”歌手喊叫着。他举起吉他，蜷缩着身子，开始用缓缓而颤抖的和弦演奏着。

当音乐越来越激烈和急促时，那个大兵突然激动起来。他举起手臂，仿佛要伸展四肢似的。可是他此刻碰到什么不能完全掠过头顶的东西：他双手停滞，颤抖着攥成一团。他紧闭双眼，连眼珠都开始颤抖起来。他顶着无比巨大的阻力将头扭向一边，然后耸了耸肩，试图顶住自己的耳朵。这时，他张开嘴巴，牙咬得咯咯响。他所开始的每个动作都立刻停滞在一个同样强大的反动作中。他面孔歪斜，脑袋扭曲，仿佛它马上就会弹回来一样。他一再试图高高地推开什么；双臂一次次努力举过肩，举到那儿就开始颤抖，稍稍垂落下来，又重新使劲举起来，后来甚至连两臂垂落好像对他来说都不堪重负。他接着抬起一条腿，将脑袋硬抵在膝盖上，额头在上面蹭来蹭去。汗水从他的鬓角流出，牙床因白沫而闪亮。然而，我怀着崇敬和爱慕注视着他。他的陶醉不像其他此时又开始跳舞的人那样做作和讨厌，而且这种陶醉使他诧异，连他自己也不知道怎样来收场。他再也说不出话来，甚至连结结巴巴都不能，就这样，他试图让自己解脱，因为他的一举一动看上去仿佛有个史前的魔鬼在他的身上死去了。然后他突然安静下来，手上拿着一把刀。那个盯着他的人立刻朝他小臂打去，刀随之掉在地上。只有几个人眼看着这个士兵怎样被带了出去。

后来，我回到酒店，又看了《绿衣亨利》，亨利怎样开始模仿自然作画，然后才在其中寻找那些遥远和神秘的东西。他凭着对残缺树干和岩石幽灵的想像要超越自然，为了使自己这个观察家更开心。他虚构出怪模怪样的树木和岩石，并画上一些神奇而衣衫褴褛的形象作为陪衬，因为他对自己了解如此之少，连那简单存在的大自然都对他一语不发。直到有一个生活在大自然中的亲戚让他意识到，他画的那些树，棵棵看上去都很相像，统统堆在一起，没有一棵像真的。“这些岩石和石块一刻也不可能如此垒在一起，肯定早就垮塌了！”这位亲戚让他画他拥有的财产；

尽管他只是这样说说，可亨利则不得不仔细端详那些东西。此时此刻，那些寻常不过的东西，哪怕是屋顶上的瓦片，都比他想像的要难多了。我突然又想起来，有好一阵子，我也对环境抱有一种古怪的看法：当我要描述什么时，我从来都不知道它是什么样子，最多莫过回想起怪异的特征，如果没有什么怪异的话，我就虚构。所以，在我的描述中，出现的总是长着红痣的巨人，说话嗓门尖细。他们大多数都是些逃犯，在雨中几个小时坐在林中的树桩上，冲着风讲述着他们的故事。残疾人、瞎子和傻子我一眼就看出，但却根本无法详细描述他们的模样。我对废墟比对房子更有兴趣。我喜欢待在墓地里，站在墓地围墙边数起有多少自杀者的坟墓。我可以与某人在一起待很长时间，然后他出出进进时，我却认不出他来，至多还记得他脸上有颗痘痘或者他咬舌。只有不同寻常的特征和不良的习惯动作会吸引我多看一眼，别的看一眼就不会再去看了；如果我要讲述的话，那只有去想像了；如果想像不出来的话，那我就编造出一些特征，像通缉令一样。于是，这些特征取代了整个场景、关联和命运。而在尤迪特那儿，我才第一次开始感受起什么；我获得了观察环境的目光，而且不再一味是邪恶的目光。我不再去收集特征，开始变得耐心了。

我睡着了，没有关灯，所以做梦时太阳照在脸上。有一次，我等在十字路口；身旁停着一辆小车，我立刻将身子俯在上面，用手将雨刷推到挡风玻璃上。一个坐在副驾驶位子上的女人探出身子将雨刷拉回原处。与此同时，她指了指天空，我发现太阳当空。我笑了，开车的也冲着我笑了，他是个法国人。可这似乎是个噩梦，我醒来时，阴茎挺得直直的，但并不兴奋。然后我关上了灯。黎明时有人使劲拍手，我喊道："唉！"，从床上跳起来，原来只是一只鸽子在窗前扇着翅膀飞起来。

菲尼克斯维尔只是一座拥有一万五千居民的小城，离费城约三十公里。我与出租车司机谈妥价钱，吃了早饭便上路。途中我们停了一次，在一家折扣店我买了些宝丽来用的胶卷，这里比机场要便宜一半，给孩子买了个口琴。给克莱尔买礼物让我感到为难，我想不起来什么东西适合她，也想像不出她手中拿到东西的样子，她一定会显得很尴尬。可当出租车在绿叶街她家门前停下时，她正手提箱子朝车子走去。这是辆旧车，后备厢盖开着，孩子在克莱尔前面笨拙地走来走去，拿着个化妆包。屋门也敞开着，门旁还有几只箱子，屋前的草地上闪耀着露珠。

我下了车，提着箱子向她的车子走去。我们互相问候，随即我将箱子放进车里。接着我去取门旁的行李，她接过手，把它们放进去。孩子大声叫她关上后备厢盖。这是个大约十二岁的女孩，因出生在新奥尔良，叫德尔塔·本尼迪克蒂娜。克莱尔将后备厢盖合上说："如果本尼迪克蒂娜在，什么都要关上，不然她马上就开始害怕。昨天她突然开始大叫个不停，直到我终于明白是因为我衬衣上的一个扣子没有扣上。"她抱起孩子，因为我在，她不愿动。我们走进屋子，我关上门。

"你变了，"克莱尔说，"你看上去无忧无虑，你也不再介意穿着件脏衬衫。三年前你来时，总是穿着白衬衣，每次都是件新的，胸前的折痕都清晰可见。这次你来竟然还穿着上次那件大衣，纤维里子的。"

"我哪里还有兴致买穿的呢，"我说，"我不再看橱窗。以前我每天都要穿不同的衣服，现在几个月都穿一样的。这衬衫嘛，那是因为昨天住的饭店没有洗衣服务。"

"箱子里是些什么？"克莱尔问。

"换洗衣服和书。"我说。

"正在读什么书呢？"克莱尔问。

我回答道："戈特弗里德·凯勒的《绿衣亨利》。"

她还没有读过这本书，我说，我会念给她听的。"今天晚上吧，"她说，"睡觉前？"

"会在什么地方？"我问道。

"在匹兹堡的多诺拉，"她说，"我知道那儿有一家远离马路的汽车旅馆，孩子在那儿可以睡得踏实些。我希望今天我们能开到那里，到那儿有三百公里路程，阿勒格尼山脉就在这段路中。你还是不会开车？”

“是的，”我说，“我不想再让人考我，这现在对我来说是难以忍受的，让人来向我提问，以我的回答作判断。以前，十年前，我也许还会去考，既便是满怀抵触和愤懑。现在绝对不会了。”

“你总提到‘以前’和‘现在’。”克莱尔说。

“这是因为我急着变老。”我回答道，并不得不笑起来。

“你多大了？”克莱尔问。

“三天后就三十岁了。”我说。

“在圣路易斯！”她说。

“是呀，”我答道，“我几乎都等不及了。”

“去圣路易斯，还是三十而立？”

“三十而立，并且要在圣路易斯。”我说。

她给孩子弄吃的，我去卫生间洗头发。因为她把吹风机已装在了车上，我就湿着头发坐在屋前的草地上。今天阳光明媚，我觉得理所当然。

我回到屋里时，她正给孩子脱衣服，我看着她。她将孩子套进睡袋，把她放到另一个房间的床上。我听到她拉上窗帘，然后她走出来，我们一起吃牛排和团子，喝着啤酒。

“你依旧不喜欢奥地利吗？”她问。

“我现在挺喜欢那儿。”我说，“我发现，我先前差一点儿就相信，那里没有最通常的标识。事实上我看到，不是开玩笑，是与其他各地相同的交通标志，相同的瓶子形状，相同的螺丝纹路。我着实惊讶，这里也有酒店、商场和柏油马路。一切应有尽有，我之所以惊异，因为我是在这里长大的，童年时却什么都没有感觉到，我所感觉到的却是我不曾拥有的。甚至连始终让我不安、使我对自己不满的大自然，我也渐渐地用另一种眼光去审视。”我其实想说的不是这些，而是别的，于是我不再说下去。

后来我收拾好桌子，给自己从冰箱里又拿了瓶啤酒。克莱尔说，现在正是假期，她想去圣路易斯看朋友。“这是一对恋人！”她说，另外有个受德国外交部委派的剧团，应圣路易斯大学邀请，出演几部他们还未曾上演过的剧目，她对此很是好奇。

我原想帮她一起洗碗，可她现在已有一个洗碗机了，只需将盘子放进去。我问洗碗机怎么工作。“有些东西还是要用手洗，”她说，“比如银餐具还有煮锅和炒锅，它们太大了。银餐具我本来就没有，但我常常事先做好几周的饭菜，将它们冷藏在冷冻柜里，常用到大锅。”她让我看冷冻柜里冻起来的汤。“这些到秋天还可以吃。”她说。我突然觉得，到了秋天，她将汤化开时，不会发生什么事吧。

洗碗机洗完后，我们把餐具取出来。我刚才还不知道它们该放在哪儿，可当我忙来忙去的时候，便弄清楚了它们分别摆放的位置。我把啤酒瓶扔进垃圾桶，然后打开唱机，并没看上面放着什么唱片。克莱尔将音量拧小，指了指孩子睡觉房间的门。这张唱片叫《她系一条黄丝带》，有人用鼓演奏约翰·福特电影中的主旋律。“在普罗维登斯，我听到军乐团演奏的就是这首曲子！”我叫道，并且低声重复着，好像克莱尔听不懂这样大的声音似的。

她光着脚走来走去，收拾着一些小玩意，有缝纫针、孩子可能需要的药、体温表、孩子的防疫证、挡太阳的草帽。接着，她烧苏打水做了茴香茶以备路上用。坐在这儿，真是太好了；一切是如此神奇的美妙！

她走进一间房间，而当她从另一间出来时我抬头望去，居然认不出她了。她换了件连衣裙，但这并不是真正的原因。我们来到屋前，她坐在一张吊床上，我坐在摇椅中讲述着我这三年的经历。

后来我们听到孩子在里面喊叫，克莱尔走进去，给孩子穿上衣服，我则在那儿继续摇来晃去。我发现还有几件孩子的衣服晾在绳子上，便取下来，放进了她装着其他小东西的包里，也没有告诉克莱尔。我被笼罩在周围的美妙所感染。孩子坐在后座上，我们驶出了菲尼克斯维尔。

到了76号高速公路上，她想起了孩子的衣服，我指了指装着衣服的包，“唱机和烧水壶我也关上了。”我说。

76号高速路，从费城到匹兹堡，是宾夕法尼亚收费公路，有五百公里长。我们越过100号高速，从市中心第八收费站驶入。克莱尔身边有个装着零钱的盒子，每到一个收费站，她就从中拿出硬币扔进收费桶里，几乎不需将车完全停下来。到多诺拉时，我们已过了十五个收费站，克莱尔一共扔进收费桶里五个多美元。

我们说话不多，要说也是对孩子说，她一路上询问各种各样的景物。天空晴朗，万里无云，田间已长着小小的啤酒花和玉米苗，从山丘后面的大片居住区升起阵阵烟雾。尽管每块土地看上去就像刚刚耕种过，四周还是荒无人迹，如同原始大自然的翻版。在依然崭新如故的公路上也看不到一处作业点，柏油路面泛着光芒，车辆行驶缓慢，最高时速为一百多公里。突然有一架空军的飞机擦着我们头顶飞过，投下巨大的阴影，以至于我以为它要坠落下来。远处的风似乎比近处的树丛中要缓些。一群白鸟掉头飞行，而且突然变得黑乎乎的。天空一片透亮，几乎没有昆虫撞上玻璃。偶尔我看到被车碾过的动物，猫和狗都被放在了路边，而刺猬则无人问津。克莱尔向孩子解释说，农场的大铝球里装的是水。

我有了拍照的兴致，尽管看不到多少东西，我先后拍了几张照片，看上去几乎都一模一样。后来我就拍孩子，拍她怎么站着，从车后向外看。再后来我还拍克莱尔，我尽量将身体后倾，相机拍不了大镜头，还没到哈里斯堡[1]，最后一卷胶卷就拍完了。我把照片排放在窗玻璃上，一会儿看看外面，一会儿又看看照片。

“你也变了。”我对克莱尔说，吃惊她也能成为话题，并且指着她的一张照片。“你看上去，好像你每次思考时都深思熟虑接着要考虑到什么。以前你有时全然心不在焉，甚至是迟钝，现在你的目光显得严肃，似乎也有点儿忧虑。”

“似乎有点儿？”

“是的，似乎有点儿忧虑，”我说着，“具体我也说不清。你走路快多了，行动更敏捷了，举止更沉稳，说话声大了，响声更多了。好像你有意要引开人家对你的注意似的。”

她按了按喇叭当作回应，什么话都没有说。过了一会儿，听我们讲话的孩子要求我们继续说下去。

---

[1] 宾夕法尼亚州首府。

“我比以前更健忘了，”克莱尔说，“也许不对：我很少回忆往事。有时候，有人对我说起我们前几天一起做过的事，可我压根儿就不愿意去回想。”

“自从我来美国后，我越来越爱回忆了。”我说道。这时，她不往下说了。“我只要一踏上滚梯，立刻就回想起我第一次上滚梯时有多么害怕。要是我走进一条死胡同里，马上就回想起一生中所有那些我迷失在其中的、早已忘却的死胡同。首先我在这儿弄明白了，为什么除了对恐惧状态的回忆以外，在我身上并没有形成回忆的能力。我从来都无法拿我每天所看见的东西与什么东西相比较。一切印象都是业已熟悉的印象的重复。这样说来，我不只是指我很少四处走动，而且我也很少关注与我生活在不同条件中的人。因为我贫穷，所以我感受的也几乎都是穷人。因为我们对事物关注得如此少，所以也就没有什么太多的话可说，于是我们几乎天天说的都是同样的话题。谁说得多，只要他显得滑稽，能让人开心，在这样的情况下，他就是**活宝**；如果他像我一样想入非非的话，那就是个梦想者；因为我不想当个活宝。而这些梦想在我生活的这个环境里真的是想入非非，因为对它们而言，在这个环境里就不存在相应的东西，不存在什么或许使之成为可能的、与之可以比拟的东西。因此，梦想和环境从来都没有真正进入过我的意识，其结果是，我对二者从来也就没有什么记忆。惟有恐惧的瞬间立刻又突然出现在我的记忆里，因为在这其中，本来互不相关的环境和梦想突然变成了同一个东西。环境催生了梦想，而梦想突然使我对本来因想入非非而忘却的环境看得清晰了。因此，恐惧瞬间对我来说始终是认识的过程；只有恐惧时，我才会关注环境，看它究竟会给我好的还是坏的兆头，并且事后留在记忆里。这样的回忆也只是不期而遇，我从来没有学过主动去回忆。如果说我当年曾经抱有过希望的瞬间的话，那么我现在一切都忘得一干二净。”

我们越来越向高处开去，却看不到山峦起伏的样子。太阳斜挂天空，山坡上闪烁着光芒。孩子又要听我们说话。克莱尔向她解释说，我们后面还有很多话要说呢。我递给她一杯茶。她喝完后双手捧着杯子还给我。我们穿过一个隧道去新巴尔的摩，克莱尔把孩子抱到前面。到了隧道另一边，我又把她放回后座。山丘之间现在笼罩上越来越昏暗的阴影，从后窗已经看到月亮挂在天上。

“如果我们七点前能到多诺拉，就可以带着孩子一起去吃饭。”克莱尔说。“那家酒店对面有家饭店，叫‘黄丝带’。”

我们又去了加油站。加油时，克莱尔让孩子在房子后面方便。我则去自动售货机买了一听汽水。天快黑了，售货机里大概没几听了，这一听从上方滚落下来，我打开时直冒泡沫。大楼上方那个蓝白红相间的椭圆形美国标志在缓缓转动，克莱尔和孩子回来时，孩子正在说着这个。我们离开时，孩子突然大叫起来，我们回头看去，加油站的照明灯全亮了起来。“天还亮着呢！”突然间，我觉得我们至此只是穿行而过的这片地方就像是个可以抵达的地方。我开始说话，感到轻松，因为我不再像以前那样，自己说话自己听。

“直到现在，我才发现我不由自主地在回忆。”我说道，“而之前，我只感受到了回忆的痛苦。我自觉地去回忆，可我不愿意将那些经历作为完整的经历来重复，而只想着别让那些我此刻首先感受到的微不足道的希望再次化为想入非非的梦幻。小时候，我常常将一些东西埋起来，希望当我再挖出它们时，它们已经变成了宝藏。如今，我不像以前那样，还为之感到难为情，在其中看到的是稚气的游戏，而是有意去回忆它，以此让我确信，我没有能力用别的眼光去观察周围的事物，去改变它们，这不是我的天性，抑或是迟钝，抑或是外在的无意愿。当我回想起我常常表演自己是个魔术师时，我就越发觉得清晰了。在这期间，与其说我要无中生有或变此为彼，倒不如说我要自我陶醉。我旋转一枚戒指或者藏在被子下说，我会让魔法把自己变得不存在了！这自然很可笑，只要有人揭开被子，你还是坐在那儿。可是对回忆更重要的是那短暂的一瞬间，你认为自己也真的不在这儿了。而这种感觉，我现在不再解释为渴望从地上消失，而是对将来的喜悦，因为到了那个时候，你就不再不是此刻的自己了。于是我每天都告诉自己，我每天都在长大，人们应该都看得到的。我迫不及待地希望时间逝去，我变得越来越老。”

“让你死去。”克莱尔说。

“我很少想到自己死。”我说。

我们在匹兹堡前向南拐上70号高速，而76号高速路向西北继续延伸。这儿没有收费站，在日落前我们到达多诺拉。酒店接待厅的电视里正放着有亨利·方达主演的一个警察家庭连续剧，他正好发现女儿吸毒。电视机旁放着个鸟笼，里面的金丝雀正在啄一块墨鱼骨。我们要了两间挨在一起的房间。

我们穿过停车场走回汽车时，我看到山坡后的阳光照射着坡地上方一缕云，绽放出耀眼的光彩。云彩如此闪亮发白，下面的山丘变换成一片黑乎乎的阴影，我不由自主地打眼朝空中望去，又看到一块墨鱼骨。我突然明白了，从混淆与错觉之中产生了隐喻。太阳刚落下去的那片天空现在比先前阳光直射时更加耀眼。当我朝地上看去时，光点跳跃着，就是到了酒店房间里，我在黑暗中去拿东西时还抓到一旁去。“我的整个心灵都屏息倾听着”：以前人们就是这样面对大自然的；可在这样的时刻，我却面对大自然又一次极其真切地感觉到自己。

我打开通往另一个房间的门，看着克莱尔给孩子脱下连衣裙，穿上裤子和毛衣，注视着这些习以为常的事情，我的心里恢复了平静。我们从一座过街天桥上穿过高速路，前往黄丝带饭店，店前立着一个创业女子的霓虹灯塑像，脖子上围着一条黄丝巾。店里的女服务员也围着同样的黄丝巾，对叠成三角形搭在肩后。孩子喝着牛奶吃着玉米片，偶尔从克莱尔的叉子上吃口我们点的鳟鱼。与此同时，窗前的天色越来越暗，之前那些山丘又闪亮起来。接着，山丘也昏暗了。这时再往外看去，只能看到玻璃上自己的影子。孩子开始话多起来，眼睛变大了，她离开桌子跑到屋子里。克莱尔说，她是累了；她让孩子跑了会儿就把她抱了出去，让她到酒店房间去睡觉。等孩子睡着了，她再回来。

过了一段时间她又走进来，微笑着。这期间，我点了葡萄酒并斟满了两杯。“本尼迪克蒂娜问我，你的手指甲怎么这么脏。”克莱尔说，“她很快就睡着了。”

我本想解释我的指甲为何这样脏，却打住了，不想说我自己，于是我们谈论起美国来。

“在美国，我不像你，有可以去的地方。”克莱尔说，“你来到这儿，就像带着一个时间机器，不是来换地方的，而是要驶入未来。我们在这儿，也不再想我们将会怎样。如果我们要比较什么的话，那就与过去相比。我们也没有什么奢望，最多也不过是想回到童年。我们常常谈论那些最初的岁月，我们自己最初的岁月以及我们历史的最初岁月；可是我们这样做，目的并不是否认，而是有一种浓缩的渴望。你会看到，这儿绝大部分疯子都不是躁狂，只是又变得孩子气。在大庭广众之下，越来越多的人突然蒙上了孩子的面孔。接着，他们不是唱起摇篮曲，就是至死都背诵着历史数据。欧洲的疯子绝大部分都说的是宗教套话，而这儿的疯子，即便他们只是谈论吃喝，其间也会突然不由自主地念叨起这个国家所赢得的战役名称。”

“我第一次到这儿时，就只想看看那一幅幅情景。”我说道，“加油站、黄色出租车、汽车影院、广告牌、高速公路、灰狗大巴、乡村公路上的汽车站牌、圣达菲铁路、沙漠等。我有意识地避开人群，这样感到惬意。现在所有这些情景我都看腻了，想看看别的什么，但我也常常感到不自在，因为这儿的人对我来说还过于陌生。”

“可你此刻感觉不错吧？”克莱尔问。

“是的。”我说。

我发现我又在说我自己，便问她，我能否回酒店后再给她读一读《绿衣亨利》。我们穿过高速公路往回走，星星布满天空，月光皎洁，远处弯道上的汽车拖着长影。走近酒店与饭店灯光时，它们的影子就不见了，又缩成一团。我们向下看了一阵子，然后穿过每走一步就变得越寂静的深院，回到房间里。

她去看看孩子睡觉，然后从房间隔门过来找我。她坐到床上，身子往后一靠。外面偶尔有汽车轻轻开走的声音。我坐在一个宽大的沙发中，两条腿搭在沙发一边，读着亨利·雷第一次与人拥抱时陷入冰冷的境地，以至于他和这个姑娘突然感觉像敌人似的。他们就这样一起回家，亨利接着还给马喂料，而姑娘披散着头发站在敞开的窗前，解开发束望着他。“我们手上缓慢的动作，这笼罩在院落里的静谧，赋予了我们一种深切而实在的安详，我们应该这样一直相守下去。有时我在把面包喂给马之前，啃一小块，安娜接着也从柜中拿来面包坐在窗前吃起来。我们对此不禁发笑，这干面包吃起来准像热热闹闹的盛宴的味道，而我们如今共同生活的这种形式也好像是我们经历过小小的风暴后驶入了正确的航道，并且会沿着这条航道继续前进。”我又读了关于另一个姑娘的故事，她之所以爱亨利，是因为亨利的表情让她渴望也始终能够想他之所想。

我发现克莱尔闭上了眼睛，几乎睡着了。“不早了。”我们又静静地坐了一会儿，她说道，“开车开累了。”她有些晕乎乎地回到自己的房间。

这一夜，即使在梦乡里，我也觉得时间过得异常缓慢。床那样宽大，我在上面辗转反侧，让我觉得这一夜分外长。可是在这里，我几个月来第一次做梦，梦见我又想和一个女人在一起，和她睡觉。在过去半年里，只要尤迪特和我相互一见面，出于仇视嘴仗打个没完没了，只要我们相互见面。在那些日子里，我连做梦也没有想到过去接近一个女人，跟她发生关系。不是进入她的身体的念头让我恶心，而是我根本就无法产生这样的念头。这下我倒提醒自己，这样的事是有可能的，但没有什么能够刺激我，连想都不想一下。我又描述着这样的状态，直到逐渐出现一种固定不变的淡泊，它最终又让我吃了一惊。至少我现在又在做梦，梦见与一个女人在一起，让我彻夜难眠，让我迫不及待地醒来。我想告诉克莱尔，可是后来还是觉得等等为好，看看这种感受会不会再出现。

当我听到隔壁孩子在说话时，便穿上衣服走过去。我帮着打点好东西，我们先吃早饭才上路。我们想在中午前到达俄亥俄州的哥伦布，到那儿大约还有三百公里路程。在俄亥俄州得穿过几个城市，另外南北向好几条公路与70号高速相交，因此我们不得不考虑到哥伦布需要五个小时。在那儿我们得吃些东西，不然孩子会在接下来的途中睡着。我们当天的目的地是印第安纳州的印第安纳波利斯，离多诺拉六百公里。

又是一个晴朗的天，太阳刚刚升起，阳光从车后照射进来。我给孩子戴上遮阳帽，因为我没有给她把帽子戴正，她受到刺激而大叫着。还没等她安静下来，另一车道上有一辆车从我们车旁疾驶而过；它的后备厢没关严，里面装着几个麻袋。这又让这孩子激动不安。不过我们还可以让她明白，这是因为麻袋的缘故只能这样。我们离开宾夕法尼亚。当我们穿过西弗吉尼亚北角几公里时，我突然想起一个我在一本冒险故事书中读到的句子："对得克萨斯大草原来说，弗吉尼亚的草地算得了什么呢？"

我们越过俄亥俄河驶进俄亥俄州。尽管我们已经稍稍打开车窗，可车内变得很热，孩子全神贯注地坐着，上嘴唇上冒出小小的汗珠。随后她开始躁动起来，一会儿坐下，一会儿站起来。我把茶水瓶递给她，她却不肯接。她看上去那么吃惊，好像是十分害怕似的。克莱尔说，可能是我拿瓶子的手不对。我把瓶子换到另一只手上，这时她才接过去喝起来，一边还长长地叹了口气。当她放下瓶子时，我用她各种名字叫她，与她交谈。克莱尔说，“你还是只用一种名字称呼她吧，给她起这么多名字真是我的错，如果我对她表达温情时，我每次都用各种各样的名字称呼她，每次还发明些新名字，这让她很迷惑。她只愿别人用惟一的名字称呼她，用不一样的名字叫她，就会让她非常错乱。”

“在带孩子方面我犯了不少错，”克莱尔说，“我刚才已经给你提过那个错：出于深爱，我每次都给她起个名字，而且还不止这些：在这种深爱的状态下，我向来还把与她有关的东西乱叫一气，这更让她不知所措。后来我发现，她就认定事物的第一个名称，只要用第二个名称，她就受不了。她常常也独自静静地琢磨着什么，而我在一旁看着她。然后我就再也忍不住走到她跟前，和她说说话；我一开口说话，就打破了她的宁静。而在这个时刻，她就被从她的关联世界里拽了出来，那你得设法重新使她安静下来。另一个错误首先是，我的教育方式不是美国化的。我不希望她的行为举止让人觉得好像这个世界是属于她的，或者至少是把属于她的东西看成整个世界。我想避免她过分地拘泥于具体的事物，因为美式教育会加深对这些具体事物的依赖。我不给她买玩具，只让她去玩用于其他目的的东西，如牙刷、鞋油盒，还有其他居家的物件。她拿它们玩，而且也毫不厌烦地观看着它们怎样用。可一旦有别的人也像她一样要玩这些东西时，她决不放手，而且像对待真正的玩具一样。于是我觉得，这是在她身上形成的占有欲，就尽力说服她把东西让给其他想玩的孩子去玩。她死抱着不放，而且我始终认为是她的占有欲作怪，便夺走东西。直到后来我才发现，那是因为她害怕才不放手。我现在确信不疑，如果孩子不能与什么东西分离的话，那不是什么占有欲，而是**恐惧**。他们会惊慌无比，如果原本属于他们的东西突然不在了，或放那东西的地方空了，他们就会无比惊慌，因为他们再也不知道自己该属于哪儿。可我却自以为是地让理智蒙蔽了双眼，没去关心孩子本人，关注的却只是孩子的行为方式，并立刻将这些归结一个解释的模式。”

“现在情况怎样？”我问。

“我也不知该怎么办，”克莱尔说，“特别是在路上时间长了，她就容易情绪躁动，因为她每每看到的都是不同的东西，使她无所适从。我很高兴你在身边，这样她会把我们俩当作关注点。”

我想回头看看孩子，可忍住了，因为她刚刚安静下来。

“有一次我的手表被人偷了，”我说，“其实我也根本没有把这事放在心上，因为事先我也对这表其实早就没有了感觉。尽管如此，很长时间里，每次我只要一看到手腕上空荡荡的，都会吃惊的。”

在一片田野上，一排杆子中有一根是斜的，孩子便立刻开始叫了起来。我们在路旁一个购物中心停下；克莱尔带着她走走。她让孩子坐到一个投 10 美分就可以晃动起来的玩具大象上，让她骑着摇来晃去，直到她看上去放松下来。接着，她肯定看到了大象脚边狗尿的黑迹，因为她立刻要人抱她下来。她猛然四处张望，可目光又急促地回避开一切，好像每看一眼都让她恐惧不安。克莱尔甚至都不能指给她懒洋洋地盘旋在屋顶上方的大鹰，她的手被孩子打落下来。她把孩子放进汽车，她躺着不动，只是要求车前窗上的照片得重新摆放。克莱尔去购物中心买橙汁时，我必须一次次重新组合照片的摆放，怎么摆都不合她的要求，她又不许我把它们拿走。有一次，我移动一张照片时，她惊恐地大叫起来，犹如一个成人的声音。想必她希望看到一个自己想看到的神秘图案，而我一次次无助地试图开始组合时立刻又被破坏了。克莱尔回来时，孩子情绪彻底失控，狂躁不已。我排列照片的动作停住了，孩子突然安静了下来，可我并没有发现这些照片现在形成了一个什么特别的排列。克莱尔把果汁灌进瓶子里递给孩子喝。我们谁也没有说话。孩子的眼睛睁得老大，她原来越少地眨眼睛了，然后就睡着了。我们买了几个三明治和一些水果，立刻又上路了。

“我突然能设身处地为孩子着想了。”我过了一会儿说道，“我回忆起自己人生的第一件事就是我所发出的喊叫。当时，我被放在盆里洗澡，水塞突然一拔出，水从我下面汩汩地流出去。”

“我经常完全忘记孩子，”克莱尔回应道，“那么我就彻底无忧无虑，我根本感受不到她，她像个宠物围着我跑来跑去。后来我又感受到她，发现自己无法不去爱她。爱得越深，对死亡的恐惧就越大。有时候，当我久久地注视着孩子时，我简直再也无法分得清是爱还是怕。温柔变得如此强烈，以至于它转化成了死亡的恐惧。在这种状态下，有一次，我竟然把她口中的糖果挖了出来，因为我突然看到她要窒息。”克莱尔用平静的声音讲述着，犹如在为自己而感到奇怪。她朝高速公路上的绿牌子看过去，以便从哥伦布改道时别开错了道。这一段路几乎没有弯道，差不多开了一个小时都没有一个拐弯；这也有利于孩子睡觉。这里的丘陵小些，田野已经郁郁葱葱，玉米长得比在宾夕法尼亚要高。

过了哥伦布，克莱尔指了指后视镜，我从中看到孩子慢慢醒来，太阳穴上沾着湿漉漉的头发，脸红扑扑的。她睁着双眼躺了一阵子，一动不动，后来发现我们在看她，微微笑了一下。她一声不吭，满意地四处张望着。这是个游戏，个个都等着第一句话或者第一个动作。最终我输了，因为我挪了坐姿，孩子开始说话了。

驶离高速公路后，我们在一条乡间公路旁停下车。我们穿过一片空旷的草地，一阵轻风吹起我们的头发。我看见孩子太阳穴上还湿漉漉的，我们朝她俯下身去，发现下面孩子的高度几乎一点风也没有。克莱尔抱起她，让风吹干她的头发。在一片水塘旁，我们坐下来，地上的草和沼泽草一样坚硬，牛脚印中都长着小小的白蘑菇，水面上到处露出淤泥包，牛粪和蝌蚪漂浮在旁边的水面上，偶尔有一只飞舞的蚊子划动水面；泡沫汇集在一个半没在水里的树枝周围，上面的空气雾蒙蒙的。

我们吃完面包，然后走到一片树下，太阳下实在太热。孩子现在让我抱了，我抱着她奔跑在橡树和榆树之中，而克莱尔先是慢慢地跟在后面，后来落得好远。想必附近有条铁路，因为孩子从树上摘下叶子后，手上弄得黑乎乎的，而那些叶子几乎是才长出来的。我们来到一片林中空地上，一条小溪在沼泽地下隐隐地流过。我眼角余光看到一只大动物，吓了一跳，其实只是一只耗子爬进树叶里。它暂时待在下面，尾巴露在草丛外面。我和孩子弯下身子，想找个小石头扔过去；可是周围连石头的影子都没有，当我直起身来时才发现，我们已经陷了下去。我抬起脚，因为脚周围已积了水，向边上跨了一大步：一条腿立刻陷入齐膝深的、热热的淤泥中，我还感觉到下陷是淤泥中腐烂的树枝在断裂。

我分开腿站着，然而不再往下陷了。在我往下陷的时候，那耗子的尾巴也消失了。当我突然不再动的时候，孩子紧紧地搂住我，呼吸急促起来。我喊着克莱尔，尽量拖着若无其事的声音。“别喊！”孩子说。我开始把腿往外拔，还没等到脚全都拔出来就跳回树丛里，结果鞋子落在了淤泥里。我以为孩子吓得尖叫，其实她在笑，因为我如此蹦起来。克莱尔靠在一棵树上睡着了。我坐在她对面，孩子在去年的落叶中找到了几颗橡子，她静静地将它们排放在我身旁。过了一会儿，克莱尔睁开眼，好像她刚才是假装睡觉似的。她立即就发现我少了一只鞋，还有裤腿上的泥巴。她说起我的遭遇来，仿佛是在讲述一场梦似的，我证实了她所说的一切。“你有没有感到害怕？”——“那更是一种愤怒。”我说。

我们穿过草地回去，燕子飞得很低，像平时在城市上空飞行一样。“在美国几乎就没有人去散步，”克莱尔说，“人们要么开着车，要么就坐在屋前的摇椅里。谁到田里走走，或者无所事事地走走，会引人注目的。”她指向一个穿格子衬衣的男人，他穿过一片田野，手里拿着一个棍棒向我们跑过来。当我们站住时，他也站着不动了，也许他现在才看到我们带着孩子，于是也像我们一样停下了。他扔掉了手中的棍棒，弯下腰，抓起一团牛粪扔向我们。他等在那儿，当我开始慢慢地接着走，他突然掏出阳具朝我们的方向撒尿。与此同时，他还前后晃动着，犹如在性交时一样，并且溅到了自己的裤子和鞋子上，后来他失去平衡，仰面倒了下去。

我们注视着他，没有走得更快。克莱尔一言未发；只是到了车里，车子启动前，她才无声地笑了，她笑得不得不双手捧住自己的头。

因为我只有这一双鞋，在下一个购物中心我们买了一双新鞋。我们又上路时，看到裤子上的泥巴还没有干，我开始变得烦躁和不安。我一再去看看泥巴到底干没干，终于将我的烦躁转嫁到我们一路要经过的这个地方。我从不情愿变干的泥巴抬头望向一成不变的景象，我们的行驶让我觉得如此毫无意义，以至于我难以想像我们还会到达我们在印第安纳波利斯的目的地。行进中，我感到一种厌烦，一种好像开着发动机却停滞不前的感觉，可我又希望真的停下别动了。我注意着什么时候不再是俄亥俄的车牌，而是印第安纳的车牌出现；什么时候被超过的车不再是七叶果之州[1]，而是可以看到别的标志。后来我们超过了越来越多挂着胡希尔之州[2]车牌的车。到了印第安纳时，首先变干的泥巴终于从我的裤子上脱落下来，可我却依然越来越烦躁不安，开始数起了从这里到印第安纳波利斯之间的里程碑，因为它是这一成不变的风景中惟一变化着的东西，并且不由自主地随着它们相互之间的距离节奏而呼吸，直到我的脑袋开始疼痛。我很沮丧，你要去别的地方，还非得走完一段段里程，而克莱尔脚踩油门的方式也让我觉得可笑，甚至一点用也没有。而尽管如此，我还是希望她踩得更深些，恨不得将新鞋的鞋跟也压在她的脚背上。烦躁不安变得如此强烈，以至于我的厌烦变成杀人的欲望。尽管太阳已经落山了，到处还是一片光亮，天色没有暗下来，我感受到的无形怪异的寂静。当我们后来黄昏时驶入印第安纳波利斯时，我从一侧观察打量着克莱尔，我觉得这寂

[1] 俄亥俄州的别称。

[2] 印第安纳州的别称。

静犹如一个凶手的冷酷。

我不想去看这个城市：仿佛它事先已经让我失望，使我对它厌倦，我目光盯着地面。这时，我听到克莱尔紧靠赛车场后的丽都酒店里要两个房间。一进房间，我就拉上窗帘，给在普罗维登斯的酒店打电话。有人昨晚打过电话到那儿，酒店给了他我纽约和费城的地址。“给他？”“不，是个女的。”女接线员说。我又给阿尔贡金饭店打电话，然后又打到费城的巴克利酒店。尤迪特虽然往那儿打过电话，问我在不在，自己却没有留下任何信息。我留下我在印第安纳波利斯的地址，并说明天会再打电话告知我在圣路易斯的地址。我刚一放下电话，铃声又响起。因为两个房间之间没有隔门，克莱尔从隔壁打来电话问：“你怎么样？”我们要不要一起在下面餐厅里吃饭？

我不饿，并且说道，等孩子睡了，我们可以出去走一走。她说行，当我放下话筒时，听到墙后短暂一声响，她也放下话筒。我把窗帘又拉开朝外望去，什么细节也感受不到。窗前一种均匀的节奏声使我犯困，却又引起我的注意。远处小山丘上有棵柏树，它的枝杈在黄昏中看上去光秃秃的。树轻轻地摆来摆去，如同自己呼吸一样的动作。我又忘了它，可是当我后来也忘记自己，一味痴痴地盯着外面时，那棵柏树随着每个呼吸节奏轻柔地摇摆着靠近我，直到最终钻进我的胸膛。我一动不动地站在那儿，头上血管停止了搏动，心也不跳了。我不再呼吸，皮肤一片片地死去，我以一种不由自主的惬意感受着，柏树的动作接管了呼吸中心的作用，让我内心跟着摇摆，摆脱开我；感受着我停止充当阻力，最终成为多余的人被淘汰出它那温柔的游戏。接着，我那凶犯般的寂静也化解了，我倒在床上，虚弱而舒心的慵倦。我人在哪儿，什么时候还会在什么地方，这一切我都无所谓了。时间过得很快。已经深夜了，克莱尔已经在敲门叫我。

我们坐在印第安纳波利斯的沃伦公园里聊天；丽都酒店一个员工会时不时去看看孩子。皎洁的满月此刻正在升起，周围白色的长椅和树丛犹如幻影。有个路灯的玻璃碎了，里面一只蛾子在扑腾，直到被烧死。月光明亮，但又不是亮到让人觉得它会爆裂。我的心跳得很痛，吸气时老是叹气。长茎的花开在路边，白色的花瓣伸展在月光中，纹丝不动，濒临怒放的高峰——谁都再也没有力量使它们动起来——时而有一朵花蕾爆裂似的绽开。一只垃圾桶里窸窣作响，接着又静了下来。草地毫无生机，好像干枯了，短暂的树影在其中犹如焚烧的残迹。我内心热乎乎的，尽管天气好凉爽。在那些人工栽培的郁金香和棕榈后面，丽都的指路箭头和上面的五角星闪着微光。

“我感到，童年的经历在我这次来美国后一一重现，”我说道，“我以为早已置于脑后的所有恐惧和渴望都历历在目。有一次，也就是小时候，我觉得好像周围的世界突然崩裂，裂成了什么完全另外的东西，比如一个庞然大物的嘴。今天在途中，我就重新经历了这样的渴望，渴望自己穿上七里靴，不用再把时间花在路程上。一想到别的地方另有一番洞天，而你又无法立刻到达，我便跟小时候一样几乎要发疯。只是小时候深陷在一种梦魇中，而现在我谈论它、作比较，并开始学习。我觉得要解这些谜很可笑；我只是描述它们，别再让自己像从前那样孤苦伶仃。我举止自由散漫，爱说话，喜欢笑，总盼着自己发福，能够用肚皮顶动旋转门，希望自己慢慢地不引人注意。”

“《绿衣亨利》也不想解释什么，”克莱尔突然说，“他只是尽可能不受任何拘束地感受和观察一种经历是对另一种的阐释，而下一次同样又是对这一次。他让所有经历自然而然地展现，自己不去横加干涉，这样，他所经历的人也就从他面前翩翩而过。他既不要求他们，也不把他们从轮舞中拽出来。他对什么都不想绞尽脑汁弄出什么结果来；一切都会顺其自然。我觉得你也一样，仿佛你不过是让周围的一切从身边翩翩而过。你让经历自然而然地展现，而不纠缠于其中。你的行为举止看上去，好像这个世界就是一个赠品，专门赠给你的。所以，你只是彬彬有礼地观看着一切事物逐渐被展现出来；横加干涉似乎是一种失礼。你任其自然，而一旦事情发生在身上的话，你就惊讶地对待，欣赏其中那种神秘莫测的东西，并将它与过去的神秘来做比较。”我想到尤迪特，吃了一惊，惭愧得出了汗，不得不站起来在月光中走来走去。

“的确如此，”我说，又是无忧无虑，如同游戏中的心不在焉，“每当我看到什么或开始经历什么，我马上就会想：‘对，就是这个！这正是我还缺少的经历！’随之同样又砍断它。一旦我纠缠到什么之中，我就开始给自己描述，并且从中退出来。你不可把它经历到底，而要让它从身边自然而然过去。‘事情就是这样！’我边想边等着接下来肯定会出现什么。”

“可绿衣亨利并不讨人厌，即便你让他四处碰壁。”克莱尔说，同样带着戏谑的口气。“他之所以回避经历，并不是因为胆小或怪僻，而是因为他总是担心，这跟他无关，如果他纠缠进去的话，无非会碰个头破血流。小时候，他总是这样碰得头破血流。”

“可要这样说的话，他不是胆小又是什么呢？”我说道。克莱尔站起身，我朝一边让开。我又走上前，克莱尔展了展衣服坐下来，我坐到她身边。我们说了这么多话，这让我们越走越近了。我们毕竟还没有相互拥抱，更说不上肌肤接触，可我们却把这种亲近感受为温情交流。我觉得自己受人指点，却又那样自信，仿佛我受到了恭维似的。我惊讶克莱尔说得对，接着又深感欣慰，因为她弄错了。当我倾听着别人描述我时，我经常会抱着这样的心理；它让我刻骨铭心，可它却大言不惭。我描述别人时，尽管没撒谎，但觉得自己像个说大话的人。“绿衣亨利的童话到此结束。”我对克莱尔说。

她深深地吸口气，犹如认可似的，而在吸这口气时，仿佛她的身体慢慢膨胀起来，触摸到我。其实她并没有碰到我，这个想像只是先说出了我为什么如此的不安，可尽管如此我还如此不自在地抱以期待呢。我突然想起那个在我们面前撒尿的人，他的样子现在并不让我反感。我开始发抖，害怕暴露自己。我站起来，很激动，但还不至于迫不及待。我摸着克莱尔的手臂，表面上看是示意我们该回去了，可同时我又试图让她推开我。克莱尔伸伸腰，然后站起来，我又走过去，用手势扶她站起来，并没有去抓她。“开车一直伸着头看前面，弄得我脖子痛。”克莱尔说，她此时谈及她身体的一部分，让我吃了一惊，好像她这样暴露了自己。我加快步子，不想让她看到我有多么激动。克莱尔慢慢地跟在我身后，沐浴在月光之中。

听到她在我身后走来，约翰·福特一部叫《铁骑》的老电影中的一个画面突然闪现在我的脑海里：这部电影讲述的是1861年至1869年之间建造密苏里与加州跨州铁路的事。两个铁路公司从两端开始铺轨，西边是中央太平洋公司，东边是联合太平洋公司。很早以前就有人怀着这样的梦想，带着自己的儿子去西部寻找一条穿过落基山脉的通道。他和邻居告别，小儿子告别时笨拙地拥抱了邻居年龄更小的女儿。父亲遇难了，儿子成人以后找到了那条通道；而昔日的邻居成了联合太平洋公司总裁。许多年后——即使你观看这部再次描绘了所有工程的电影，也会觉得时间难熬，铁路终于在犹他州普罗蒙特里丘陵汇合，总裁将一颗金钉子敲入了最后一根枕木。随之，那个梦想者的儿子这才得以与离别多年的总裁女儿再次拥抱。我也说不清楚，在观看时我很不舒服，感到胸部有一种揪心的痛，想哭，受伤，浑身的皮肤都不是滋味，几乎是战栗——但在那颗钉子钉入和两人相互投入怀抱时，我也对这样的拥抱感同身受，内心无限满足地伸展开身体：这个身体多么渴望这两个人又抱在一起。

我等克莱尔赶上我，我们肩并肩回到丽都酒店。服务员说孩子睡得很安稳，而我觉得饿了。我吃了些东西，克莱尔双手放在胸前，身子靠在椅子里看着我。她眼睛几乎眨都不眨一下，然后又那样犹犹豫豫，好像眼睛要合上似的。我专注地回望她。突然间，我们又一次感受了我们同床的情形，而且现在才弄明白了。对克莱尔的感觉会这样强烈，我不得不移开目光。那个我在普罗维登斯从色子闪动中所感受到的**另外的时间**，此刻在我眼前延伸为另一个世界，只要我踏进去，就会永远摆脱掉我容易害怕的天性及其局限。可我却害怕迈出这一步，因为我想到，我必然会不知所措和无比空虚活动在另外那个世界里，没有自己的生活方式；我强烈地感受到一种普遍的天堂般的生活情感，没有拘束和恐惧。在这种生活情感中，犹如在那棵柏树的游戏中一样，连我自己都不再会出现。我如此地害怕这个空虚的世界，以至于我在一个恐惧瞬间重新感受到童年那种无与伦比的恐惧，那就是刚刚还在一个地方看见过的东西却转眼即逝。在这样的时刻，我便永远失去了摆脱自己的渴望。想到我那些常常幼稚的恐惧，想到我厌恶真的与他人为伍，想到莫名其妙的反应迟钝，我突然觉得自豪，随之而来的是理所当然的惬意。我明白，我永远都不会摆脱掉所有这些局限，从现在起，关键是要为它们找到一种安排和生存方式，既适应于我，又让我在其中能够正确对待别人。好像迄今的一切不过是彩排似的，我不由自主地想到：“事关重大！该是动真格的时候啦！”

我感觉克莱尔还一直看着我，“她是多么可怜啊！”我心想，可是这样想并没有脱离开她。以前，只要我一想到有人与我自己迥然各异，我常常就会晕眩甚至厌恶，而现在，在这样的时刻，我第一次让这样的想像平静地有始有终，感受到的不再是与自己相关的厌恶，而是一种对克莱尔深切的惋惜，惋惜她不能处在我的地位，不能感受我正在感受的东西——作为克莱尔，她无疑觉得多么无聊啊——可我又顿生妒嫉，反过来我不也是一样吗？可是这样的想像不再独立存在，只是在一个持久而变换的过程中短暂出现和消失，而这个过程则围绕着完全另外的东西。我告诉克莱尔，我看过约翰·福特的电影《铁骑》以及我期间的感受。

她在大学电影俱乐部看过这部影片，还记得爱尔兰工人铺枕木时扯着嗓子唱的那首歌。“这其实是个无声电影！”她突然说。我们共同回想起，人们分别所看到的这首歌曲，是写在那些歌唱的工人画面上方的音符。我们又谈了很多，不是有关我们自己，而是只讲故事，我们总是想到新的故事，谁也不愿意输给对方，尽管我们都已忍受不了还没回房间去。终于是克莱尔，当我心头怦怦直跳讲起一个有关一头猪和一辆马车的故事时，她突然变得那样严肃，脸色立即变得让人都认不出来了。放在以前的话，我也许会认为这是疯狂的爆发，可在这个晚上，我带着一种久违的、对昔日的庄重的兴致把它感受为一个真实的时刻。这种真实使我的疯狂永远显得可笑，因为我的疯狂在于，我害怕面对我的另一个人会突然变得疯狂。

我们几乎困倦地睡在一起，也没有什么动静，呼吸着，终于屏住呼吸。半夜里，我突然想到躺在另一个房间里的孩子来，一股恻隐之心油然而起，于是就对克莱尔说，我们应该过去看看孩子。“一想到本尼迪克蒂娜独自一人，我就为她感到一种可怜的孤独。不是因为我们俩此刻在一起，而是因为我抱有同感，当没有人在身边时，那种尚未存在的意识是可怕的寂寞状态。我觉得，仿佛我立即非得叫醒孩子不可，与她说说话，驱除她的寂寞。我感受到她遭受着寂寞的睡眠和梦境的折磨，我想躺在她身边，给她安慰，赶走漫长的寂寥。人不是一生下来立刻就有意识，这让人难以承受。我突然明白了那些有人要去拯救别人的故事。”我向克莱尔谈起费城那个士兵，他是多么需要人来拯救他啊。

我们过去到另一个房间里，我看着孩子躺在床上睡着。

克莱尔在浴室时，我悄悄叫醒她。她睁开眼睛，语无伦次地说着梦话。她打了个长长的哈欠，我朝她口腔看去，她的舌头在上腭颤动，她又睡着了。克莱尔走出来，我们并排躺下；后来她也睡着了，轻轻地打着鼾，一路驾车疲惫了。我望着电视机那暗暗闪烁的屏幕，上面反射着缩小了的丽都酒店的指示箭头和五角星。临入睡时，我还看了看手表：午夜已经过去很久了，我突然想到，我此刻是三十岁的人了。

我睡得很差，戳着一只煮烂的鸡，骨头立即散开，一胖一瘦两个女人站在一起，瘦子胖子里走进，两人都爆裂了，一个爱教训别人的妇人用刀柄托着个孩子走进地铁敞开的大门，总是急件，沙地里的符号，被一个愚蠢的园丁当作花来浇，组成字的植物，教堂纪念日摊点上心形饼干上的神秘标志，一个奥地利旅店的四床位客房，只有一张上面铺好东西。我从这些恐怖的梦中醒来，阳具勃起，立即挺入熟睡的克莱尔，全身瘫软，接着又睡着了。

“地点的变化常常会强烈地促使我们把我们不愿意当作真实想像的那些东西如同梦幻一样忘却，这难道不会让人觉得惊奇吗？”

——卡尔·菲利普·莫里茨《安东·赖泽尔》

2 长别

那天中午我们到达圣路易斯。接下来几天里，我一直与克莱尔和孩子在一起。我们住在克莱尔称之为“可爱的一对”朋友那里，几乎一直待在他们位于罗克希尔的家中，那是圣路易斯西边的郊区，已深入密苏里州腹地。这是一幢正在油漆的木头房子，我们帮这对夫妻一起干活。我从来都不知道他们真正叫什么名字，他们相互不断地用新的昵称。我开始看到他们时，想到了克莱尔给我讲述过的萎缩的渴望，后来再看时，我又忘记了人们普遍会怎样对他们评头论足，只是好奇地观察他们，看他们的生活方式会告诉我什么。女主人总是神神秘秘，而男主人总是看着沮丧失望和受到伤害的样子，可在他们这儿住久了，你就会发现，女主人并没什么秘密，男人也很快乐和满足。尽管如此，你每天一早又得习惯，他们那神秘兮兮和沮丧失望的神色其实并没什么。男主人为圣路易斯的新电影画广告画，女人帮着他画背景。他也画些油画，有表现西部开发的，有上面画着帆布车和汽艇的风景画，这些画都卖给商场。他们相互的爱慕如此强烈，从而一再变成短暂的神经过敏。他们事先已经预感到不对劲，便相互安抚，可这样的安抚才真正引发来神经过敏。为了平息下来，他们不会相互分开不说话，而是一起待在一个狭小的空间里，相互抚摸和拥抱，这样一来越发生气和厌烦，于是就继续相互用昵称来安抚——就连他们争吵的物体，他们也会用昵称，直到他们真的慢慢缓和下来，可以分开了。这是他们惟一能够相互给予自由的时刻。他们这样已经生活了十年之久，从来就没有一天分开过。

在这期间，他们始终也没有搞清楚该怎样真正相处。如果其中一个干了一件事，这并不意味着下一次还是他接着干；但也不意味着另一个接着干。每件事都要重新商定，由于每次两个人都要去干，所以事先需要很长时间才能达成一致。他们始终还没有角色分配：如果有一个喜欢对方干的事，不管是画画、做饭、说什么或者只是简单动一动，那么这并不意味着另一个下一次画同样的画、做相同的饭、说类似的话或者试图重复同样的动作；他也不会去做与之相反的事，他必须在和对方相处时每次又完全从头开始。可是当一个不喜欢对方什么时，他也不会马上就回避，而是试图寻找机会才告诉他，这属于他生活的方式。

他们相互如此关注，以至于他们觉得，在他们共同生活的日子里所积累的一切，哪怕是那些微不足道的物品都如他们身体一般珍贵。他们积攒家当和家具，好像只有这些物品才使得他们在其中会感到安全。有一次，孩子打碎了一个玻璃杯，你看他们那样吃惊和受伤的样子。一个一声不吭地把玻璃碎片扫在一起，另一个丢魂失魄似的站在旁边。当他们提起在他们这儿住过的人时，他们也总是说东家长西家短：这个靠在墙上，留下了脚印；那个把毛巾上的挂圈撕掉了；又一个将他的手印留在了还没干的画上；还有一个借了本书至今未还。这时，他们还指着书架上的空位，突然你会觉得，他们那神秘兮兮和受到伤害的面孔与他们的情绪状态实在如出一辙，也符合他们对敌对的外界的态度，而且你会忐忑不安地看到，当玻璃碎片倒进垃圾桶时，他们又是那样沮丧，相互悲伤地面面相觑。他们不责怪你，因为他们不会特意去告诫你，而是在当着你面一味特别夸张地相互关注，这样就将你完全排除在外了。

他们对人很友好，总是接待新客人，沉浸在一再感到失望和因此而能够相互依存的快乐中。当你接近一件物品时，他们就会向你描述起这个物品在他们生活中占有怎样的位置，以此来警示你，或者他们抢在你前面，一声不吭地给你示范最好怎样对待这个物品。他们如此在意自己的东西，以至于他们不是两人共同占有它们，而是每件东西分别各有其主。每个细节都专门归二者之一所有，这样可以得到保护。这种情况不仅限于餐巾环、毛巾和浴巾上的个人姓名，而且还包括任意一本书、一张唱片、所有的装饰靠垫。屋子里所有的角落都划分界限，不是属于这个，就是属于那个，绝对不会两人共有。当然他们也相互交换一切，理所当然地可以使用对方的领地，不过他们使用归属对方的东西，正是这种想法好像才把他们一再真正地连接在一起。依靠这样的归属，他们给自己制定了一种宪法。有了它，他们能够以假乱真模仿传说中的黄金国[1]，那个从外部不可进入、内部却完全自给自足的国度。

他们也如此严肃对待自己的日常生活，干什么事都像过节一样。他们互为主仆，画家要给商场作画了，女人就做好一切准备工作：绷好画布，摆放好颜料，排好画笔，拉开帘子。这期间，男人只是抱着双臂走来走去。可当女人做饭时，一切所需的东西男人已为她就近摆成一圈，她做起来只需要显示出高贵的几手就是了。真的干活时，任

[1] 黄金国（El Dorado），最早是一位挥金如土的穆伊斯卡酋长的名字，后来用来指代传说中的“迷失的黄金城”。

何帮助他们都会觉得碍手碍脚。所以，在粉刷房子时，我也只能搬搬梯子，或者调调颜色，干别的事好像又会伤害他们。

他们那种向内弯曲的恩爱方式常常让我心里不是滋味。他们的行为好像在指责我独自一人，而且也让克莱尔独自一人。于是我不得不向克莱尔望去，以便我去回想，要看见她不是独自一人，那才不可思议呢。我们常常有合有分，相互并不陌生，但相互也没有什么要求。我觉得再也没有什么别的可能，而克莱尔似乎也不知道还有其他什么可能。她认为这对恩爱夫妻的生活是一种折磨，她自己永远都不会这样活着。当我们注视着他们时，她常常一笑了之，而我们觉得自己很自由。

我们的平静变成渴求，渴求又回到平静。其间我们并没有觉得发生了什么变化，就像在梦中一样，一个行动接着另一个。我们相互几乎没有身体接触，从来都不接吻，只是相互抚摸；我们躺在一起，就是呼气和吸气。惟一的温情来自我爱说话，克莱尔倾听着，偶尔也说上几句。

我也和孩子说很多话，每天都给她照相，看看她有什么变化。别人以此来取笑，我现在也无所谓：我指着那些照片告诉你，就是因为给孩子照相了，她确实每天都表现出另外的神态。另外我也认为，我可以通过拍照给孩子留下未来记忆的画面，并且想像着以这种方式出现在孩子的记忆中。怀着同样的意图，我也经常带着她走来走去，和她乘公共汽车进了一次圣路易斯城，一起久久地站在密西西比河岸边；河水的气味也许会帮助记忆。

在和孩子相处时她常问这问那，这让我觉得，我迄今只是关注过自己，因为周围有不少东西我都不知道它们是什么。这时我才发现，对自己周围那些再也平常不过的动作，我都缺少相应的语言表述。于是我就慢慢地学习不再只是去观察，而是要作为“原来如此”来感受，将一个个发展过程观察到底。尤其对声音，怎样去描述它们，我知之甚少：有时候，连滑稽表演中简洁形式也帮不上忙。如果我不说话，孩子又会害怕，开始哭叫。她玩的时候，你跟她说话，她常常沉浸在自己的世界里，不搭理你；只有当你说出新词汇时，她才会去关注。有一次，晚上很冷，我却不能说服她穿上外衣：只有当我说出不然要起鸡皮疙瘩时，她才竖起耳朵，平静地让人给她穿上了衣服。

奇怪的是，本尼迪克蒂娜几乎对大自然不再有什么感知，而是将人为的符号以及文明产物当作大自然来感受。相对于森林和草木，她会更多对电视天线、斑马线和警笛发问。她好像一进入信号灯、霓虹灯广告和交通灯的环境里就会变得更活跃，同时也更安静。这样看来，她把字母和数字当成大自然的恩赐，视它们为理所当然的事物，不必将它们作为符号来解释。这期间，当我在这个地方好长时间只是面对自然景观，又没有发现其中任何可以解读的东西时，我发现自己也觉得无聊了。

当一个孩子看到一些模仿大自然本原的东西时，如画家的一幅油画，那么对他来说，有没有实景和哪儿是它的实景，便都不重要了，因为临摹的画已经永远取代了真实。这时我又回想起来，与之相反，我小时候却总想知道那些表现的事物实际上究竟在哪儿。比如说，我们家里有一幅画着冰川的油画，画的下部还有个高原小屋。我曾一直坚信，世上确实存在这样的地方和这样的小屋，甚至以为知道画家当时站立的地方。有人告诉我，这只是一幅想像画，我简直难以相信。好长时间里，只要想到这幅画独自存在，我不能对其有所联想，我就觉得自己好像非得窒息不可。类似的情景也发生在我开始学习阅读时：我难以想像，大自然里不存在的东西会被描述。教科书里的地方是一个确定的地方，虽然不是自己的，然而却是附近一个地方，我甚至都知道是哪儿。由于我后来自愿读过的最初那些书都是第一人称故事，突然碰到一本没有了第一人称叙事者的书，着实让我吃惊。这样的感知形式总体上对我其他的经历影响如此之大，以至于我现在事后觉得，我十分震惊地意识到了它们是不合适的，也恨不得让我的人生重新开始。这个孩子一下子就将这些模仿和数字看作自成一体的东西，这又让我几乎顿生嫉妒。

再说吧，这个画家也难以想像去画不存在的东西：在他的画中，想必不仅那些风景是对真实风景的忠实模仿，而且画中的人也在其中真实生活过，他们在画上做什么，想必也是他们在某个时间真实做过的。所以，他只画历史场景中的历史时刻，比如第一辆在圣路易斯驶过密西西比河桥面的马车，剧场里朝亚伯拉罕·林肯的射击；他最多不过是对画面稍加修饰；有其一切他都觉得是弄虚作假。“所以我不喜欢画小巨角战役，”他说，“因为在这场战役中，印第安人没让一个美国兵活下来，根本就不存在目击证人。”我突然发现，到美国后，无论是在普罗维登斯酒店的窗帘上，还是在其他酒店里，我直到现在还没有看到一幅想像画，尽是模仿画，其中绝大部分都出自美国历史。

我问画家，如果不是为某个确定的客户，而是为自己的话，他会不会画些其他东西呢。他压根儿就难以想像一幅独立存在的话，他回应道，而女主人说：“我们这里的人无一不是以历史画开始观察的。一幅风景画，只有当它在其中展现出某些历史东西时才有意义。一棵巨大的橡树单独不成一幅画：只有当它代表着别的东西时，它才能被称为一幅画：比如说那些摩门教徒在去大盐湖的途中在这棵树下扎过营。我们自小看到的东西，都有传说故事，而这些故事总是与英雄传说联系在一起。所以，我们也不把这一个个风景看作是自然，而是那些人作为财富奉献给美国留住的事迹，而每个风景同样也是一种呼唤，要无愧于这些事迹。我们所受到的教育，就是每每带着道德震撼看待大自然。每每将目光投向一个峡谷时，都会从中闪现出美利坚合众国宪法中的某句话。”——“我们常说，我们没法再爱这个国家了，”男主人说，“尽管这样，我们也不可能在这样一幅画上看不到那宪法的召唤。每只鸟都成为国鸟，每朵花都成为民族的象征。”——“每每看到金樱子，我就不由自主地被感动。”女主人说。“不是因为我出生在佐治亚州，而是因为金樱子是佐治亚的州花。”克莱尔突然说道：“就像你们被你们的东西所感动一样，不是因为它们卖得很贵，而是因为它们是你们共同生活的象征。”这对恩爱夫妻笑起来，也惹得站在旁边的孩子笑个没完没了。“在我们的梦里，久而久之，连我们的家常用品也慢慢地成了美利坚合众国的家当了。”这对恩爱夫妻说，“于是我们俩也终于能够做起同样的梦了。”

我们交谈时，已经坐在“马克·吐温”号汽轮甲板上，等待开向密西西比河。四周都是游客，只有美国人，和我们一样在等待着。他们手上拿着听装啤酒、可口可乐和爆米花，几乎都不说话，眼睛盯着缆绳从堤桩上解开，然后又望着那两个巨大的黑烟囱。汽轮慢慢倒着开向河流，随即就地摇晃了一下，人们听到蒸汽从阀门挤出的嘶嘶声，乌黑的浓烟从烟囱中冒出，立刻让天空一片昏暗。这时汽轮拉响了我们谁都无法描述的汽笛，连克莱尔也不能，孩子立刻就把她的脑袋藏到我们的腿之间：它不是一个声音，而是一个巨大的横笛发出经久不息、无限重复的响声，让人觉得是整个民族共同在吹着这个笛子；响声是那样的强悍和野蛮，而同时注视着越来越猛烈地喷涌而出的浓烟和宽阔无比的密西西比河，又是那样激动和自豪，于是我不知如何是好，只好尴尬地、全身却受到震撼地向一边望去。这信号如此强烈，在它鸣响期间，吓得我魂不附体，片刻间，我感受了一个梦幻的美国；直到此刻，我只是听说过人家讲述给我的美国。这是一个循环往复的再生时刻。在这个时刻，周围的一切都不再没有关联；在这个时刻，人和环境、生者和死者都各就各位，一个独一无二的、悲痛而戏剧性的历史在启示。密西西比河此刻戏剧性地流淌着；游客们戏剧性地从一个甲板到另一个，上上下下。这期间，一个年长的男子拖着深沉而传遍四方的声音，通过广播讲述着那一个个汽轮行驶在大江大河上的历史：讲述着交通与贸易所开创的新时代；讲述着汽轮比赛；讲述着月光中装卸取暖木材的黑奴；讲述着锅炉的爆炸；最后是汽轮被火车所取代。尽管我向来就厌烦参观途中喇叭的声音，可是这种激情洋溢的声音我却听而不厌。

在这些日子里，我也第一次感受到持续更长的、不只是激动不安的生活情趣。我坐在那儿，大家吃吃喝喝，我随意轻松。可我不那么活跃，而是懒洋洋，不大走动，也不再关注自我，也不像以前那样将注意力集中在别人身上，一切观察都自然而然发生，不紧不慢，是一种平平常常的生活感受的结果。其他人跳舞时，我只是看着，一心关注着他们，并没有觉得受到要求一起跳。我再也弄不明白，自己怎么会被强制接受了别的生活方式。我从来就觉得跳舞很别扭，人们开始跳，又停下来，非得要等到又可以开始了。美妙的是，一个在日常生活中自然出现的个别行为是你正好在合适的和适当的距离中采用的一个告别行为，一个表情，它让你省去了明确的回答，可是显得有礼有节，也包括你示意服务员不必找零的手势；这样一来，我觉得很惬意，几乎飘飘然，也许像别人跳舞时的心情一样。

我喝很多酒，可不会喝醉的，表面上邋里邋遢的，但举止却很自信。我们离开时，就坐到一张长桌上吃饭，孩子就坐在我们中间，一会儿这边，一会儿那边，糊得满脸都是，这样才让我们吃得开心和完美。有时候，她事后会使用完整和有序的句子向我们讲述我们干过和经历过什么："我们去了饭店，我们又吃又喝，又说又笑。"而与此同时，她用完整的句子讲述了所有这些过程，却只字不提，尽管我们在一起，却又迥然不同，犹如我们可能经历过的一样，那么我就出于同情，再次感到吃惊。我觉得，仿佛她尽管说出了这一切，可她压根儿就不在场似的：她所说的，不管多么有意义和多么正确，好像都是些胡言乱语不着边际的废话，恰恰是因为以如此理智的口气说出来的。我回想起自己好多年不顾禁止和否定，一味学着去描述种种经历，可是却不许其中某些确实可以经历的东西，更谈不上会实现这些经历的。我在寄宿学校体制里长大，那里几乎与外界隔绝。然而，恰恰是因为有许许多多禁令和不许做的规定，它倒教会了我更多经历的可能，似乎比我在外面世界里，在一个通常环境中能够学到的还要多。就这样，幻想开始说个没完没了，直到我几乎变成了白痴。尽管意识到这些，只要一想起这些，我就又觉得挺痛苦的。尽管如此，到了后来，当我面对那一个个经历时，那些禁令却使得我可以**系统**地经历，并且能够将每个经历排列起来，因为那些禁令形成了一个**体系**。我也明白了，我还缺少哪些经历，不可以点带面，并且以这样的方式至少没有发疯。我也可以这样来对付自杀的念头；相反，我常常更加担心的是其他人自杀，因为我的体系帮不了他们。

我不再跟自己自言自语了，期盼着白天带来，就像以前期盼夜晚一样；指甲和头发也长得比以前快了。

可我还是常做噩梦，突然猛地惊醒后，然后久久地躺在那儿，也不知道自己已醒来。那些恐怖的画面“犹如从内心深处无比的远方传来的号角”（《绿衣亨利》）一再将我唤醒。有一次，我梦到我大张着嘴巴，醒来时自己的嘴巴却闭得紧紧的。

也是在圣路易斯，我向克莱尔讲述了和尤迪特的事。我再也不用替她担心了。就像你碰到一个螺丝一样，你几次都想把它拧紧，却劳而无功，又突然已经事先确信不疑，这螺丝下一次立刻会被拧动的，于是我现在终于可以轻松地开始说话了。“我怕会打死她，”我说，“而且我依然害怕这样。有一次，我们在大街上相互掐住脖子，后来我回到家里，不自觉地径直去洗了手。还有一次，我们好长时间后又重新见面了，开始时表现出了往日的友好，可是几分钟后，还没说上几句话，突然自己心里就像有一个几乎还没有蓄上水的马桶冲刷器在抽动。我们虽然生活在一起，却如此的可悲，就是在海边游泳时，都是各给自己背上抹油。如果我们形同陌路互不干扰的话，至少还忍受得了。尽管如此，谁都几乎离不开对方，每次吵闹以后，其中一个至多走到阳台上，过会儿又回到对方跟前。我们始终相互担心，有一次，我在黑暗中揍了她，一会儿又回来看她，拥抱着她，问她是否还活着。

“当我试图弄清楚一切怎么会这样时，这些经历就会变成赤裸裸的表象和疑点，然后看样子，好像我冤枉了尤迪特，因为我在玩着预先规定好的因果游戏，其中每个经历都先有了解释，因此也变得不真实。我们的憎恨却如此真实，让我们觉得这些解释可笑又有失尊严，是对我们痛苦的嘲讽，哪怕我们开始一再去努力也罢。有一次，我对尤迪特说，她倾向于把任何哪怕是有关小环境的信息，所有印刷品都马上以宗教的陶醉看成一个普遍适用的、自成一体的世界模式，并且使她的整个生活方式都要遵循这样的信息——她的环保怪癖和对有机食品的着魔——其原因无非她因为自己所受到的教育，绝对没有正确地获得信息，于是就痴迷每件小事。我每次解释完以后，自己就咬着嘴唇，听凭尤迪特同样把我解释的方式称为盲目崇拜，就是想借此避开人家对我自己的注意。总之，开始时，当尤迪特的变化时而引起我的注意时，我并没有太在意，那些解释常常可以轻而易举地说出口；我甚至为之感到自豪，因为尤迪斯也能明白它们，我只是感到奇怪的是，她没有坚持到底。后来我发现，她开始恨它们，不是因为她觉得这些解释不对，而是因为它们是解释，并且当我坐在那儿一一解释时，她就不再愿意听了。'你真蠢！'尤迪特说，我突然也觉得自己真是个大笨蛋。愚蠢的感觉在我内心蔓延，我以此安抚自己，甚至觉得这样很舒服。我们最终成了敌人，我不再解释，只有谩骂，不言而喻，我们很快都再也无法忍受了，自然升级为身体上的伤害。在这其间，尽管我被勒住过脖子，可是一想到我也能像其他人一样愚蠢就又特别高兴。这是因为，迄今为止，当你刚才还与之很亲近的人突然变得愚蠢了，我就感到特别害怕。'这太不可思议了！'我总是这样说。现在我自己就这样，没有别的可能，我们两人都变成了魔鬼。

“我们没分手，因为谁都不想放弃。如果一个指责另一个，谁错谁对根本就不那么重要：更重要的是，我们都守候着对方在这样指责以后让自己陷入无理之中。当一个人遭到指责，他之后的一举一动都受到监督，从而让他认识到自己的过失。最糟糕的是，我们相互不再指责，而是无声无息地制造出让对方在其中独自感到愧疚的情境。我们不再对骂，只是想羞辱对方。于是，我们就把对方洗过的餐具再洗一遍，只要对方一站起来，就立刻在他身后整理好一切，悄悄地干起对方要干的事，把对方放错了地方的东西立即放到该放的地方。尤迪特突然开始把重东西从一个房间搬到另一个，天天倒垃圾，不要我帮她。‘我已经做过了。’她说。这样我们相互抢着做事，越来越勤劳，越来越紧张。每人都寻思着自己还可以干什么，我失去了安宁。不是用道理来决定争执的对错，而是比着谁先做什么事。不是你做些什么决定这种决斗的结果，而是谁先做事的顺序。一种错误的节奏，一条多余的路，面对下一件事的犹豫不决都会立刻让你陷入尴尬境地。谁为自己所选择的事能不假思索地找到捷径，谁就总赢。于是，我们俩充满仇恨踩着舞步相互擦肩而过，带着故作高贵的姿态；如果两人都没如愿以偿的话，就算打了个平手。

“像这对恩爱夫妻一样，我们将周围所有的事情都告诉给对方，不是出于恩爱，而是出于敌意，将这种敌意转嫁到这些事情上。尽管你本来就明明白白，比如你还是要说：‘你的椅子嘎吱响’，‘你啃过的苹果到处乱丢。’

“有时候，我们相互描述我们的行为举止。于是我们诧异，觉得自己可笑。当我们分开时，一切立刻就变得不真实。我们对自己的神经已无能为力。我们希望各自放弃，可这也于事无补了。

“曾经有过偶然和解的片刻：我们偶尔因为有什么障碍要紧贴着对方插肩而过时，结果就拥抱到了一起，并不明白为什么会发生了这样的事。或者她朝我弯腰去拿廾什么东西，我却突然把她拉向自己，其实我并不情愿这样做：于是我们久久地拥抱在一起，感到自己变得越来越空虚；最终我们又受到刺激似的相互分开。这样的和解如此偶然，犹如你的孩子产生愿望：她坐在车上，遇到拐弯时身体倾向一边，便顺势就想躺下来。她躺下了，马上又起来，因为她并不累。同样，我们并没有相互和解的愿望。

“尽管如此，我感到自己越来越自由了，相信她也是这样。我感到轻松，因为我们不再能够以往日的亲密结成同盟来对付别人；我们不再需要相互挑逗；我们不再需要说夫妻之间的秘密语言，不再说只有我们自己明白的暗语，将其他人排除在我们的谈话之外。我们几乎相互不再说话，可是我觉得自己坦率而开诚。当我们不是独自在一起，而是扮演着角色时，诸如被饭店老板对待的角色、机场游客、看电影的人、客人，以及被别人当作角色的代表等，我们又能重新和睦相处，因为我们彻底把自己当角色扮演者感受，而且几乎为此感到自豪，我们多么自然地扮演着角色。

我们当然小心翼翼，免得相互走近，各自保持独立，至多在走过身边时扯一下对方。再就是说，恰恰接着这还可以想像的卑鄙行为，当我们脸色发白和颤抖着还能够站在那儿时，久而久之，在我的心里越来越经常地会产生对尤迪特的柔情，我觉得比之前的爱还强烈。然后，我就忙着做点什么事，平静便随之而来，紧张在其中化解为让人惬意的痛苦。

“但愿我能够一直这样生活下去，”我说，“这是一种快乐而甜蜜的异化。在这其中，仇恨时我视尤迪特为物；释然时，又把她当作人。我相信，尤迪特和我一样，可是我又发现，她只是变得冷漠了；有人跟她搭话时，她就吓一跳。她一个人玩着需要几个人才玩的游戏。她告诉我，她这样聊以自慰；可是我没跟她说我也开始手淫。想像着我们躺在不同的房间，也许同时都在各自自慰，这让我觉得可笑又可悲。可是我帮不了她，被仇恨和卑鄙所挤压，麻痹地躺在那儿。我也不再会梦见和一个女人在一起。就是在手淫时，我也无法想像到一个女人来：我只得睁大眼睛，盯着一张裸照。

“我们只是偶尔互相抓扯。尤迪特常常突然扭过脸去，但不再像先前那样哭了。只要一有钱，她就立刻花个精光，什么都买，一张白熊皮，一个手动留声机，一支笛子，之所以喜欢，只是因为它吹口上有个蜘蛛网。饮食上她只挑选极品和特产去买，她常常因为没有找到她称心如意的东西空手而归，并因此生那些愚蠢的女售货员的气。我越来越没有耐心，却怕她出事。她弯腰探出窗外，我就站到她身后，装着也要向外去看。我总看到她跌跌绊绊，撞在墙角上。有一次，看到几年前她做的一个书架，我真的吃了一惊，这个书架居然还完好如初地立在那儿，这时我才突然明白，我已经认为尤迪特无可救药了。她的表情越来越沉重，可这种沉重我再也看不下去。现在你明白了，我为什么会来到这儿呢。”

我们刚一到达，我就打电话去费城的酒店告知我在圣路易斯的电话和地址。然后，我谈起她时，渐渐忘了她，也根本没有想到她会在附近。一切对我来说好像都已经过去了。有一天晚上，我们坐在屋子凉台上，孩子已经躺在屋里床上正在自言自语，我们倾听着，或者相互时而也说说话，不过声音很低。那对恩爱夫妻坐在一张沙发上，披着一条披肩：克莱尔在读《绿衣亨利》，我这两天没兴致读书，看着她读。这时电话响了起来。当女主人走进去时，我停住了摇椅，知道那是我的电话。她走到门口，一声不响地向我指了指听筒。我猫着腰，踮着脚尖走进屋里，仿佛我要表示劳驾似的。我几乎窃窃私语似的报了自己的名字，却没有人回应：我又说了一遍是我，也没想到要问对方是谁。除了一辆疾驰而过的大卡车的噪声外，我什么也没听见，接着铃又响了，我听到以后立刻就想像着一个加油站的铃声。我再也没说什么，轻轻地放下听筒。我也不想去问女主人是谁打来的电话。

两天后，我收到一张预先印制好的生日贺卡：在“生日快乐”这几个字之间，手写添上了“最后一次”几个字。这字迹很像尤迪特的，可尽管如此仍显得十分陌生。当然，她向来只用钢笔写字，从来都没有用过圆珠笔。贺卡反面地址旁贴着一张手枪照片，是一张不太清楚的近照，尚未全部塞入枪膛的子弹清晰可见。后来我才慢慢地明白，这张贺卡应该是个恫吓，事情一下子显而易见，也不言而喻，尤迪特要杀我。我虽然不信她真会这样做，可就她有这样的想法，让我对自己几乎感到自豪。我心想着，我起码不再会发生别的什么不测了，我觉得她的恐吓是防止其他危险和不幸的护身符。“现在我平安无事了。”我想着，甚至把我所有的支票都换成了现金。

我现在也知道，这个念头让尤迪特一直跟踪着我。我们以前有时候就互相以死要挟过，不是我们想看到谁死去，而是要将对方除掉和毁灭。这样的行为似乎犹如有杀人瘾似的，你借以折磨和羞辱受害者，而让他最终自认为自己什么都不是。可是，当对方突然自觉自愿地要求杀死他时，我们会是多么吃惊啊！尤迪特写了这张贺卡并将它寄出来，一点也不奇怪，符合她的性格，甚至在绝望时也要摆一摆架势。她端坐着，侧着脸，身休向后靠着，手枪拿在胸前，窗帘半开半掩，处在饭店客房的半明半暗之中，转动着她的戒指。我在半睡半醒中经历了自己的死亡：一些人站在我面前，踮着脚尖走来走去；接着个个都慢慢地找到了自己的位置，大家静下来；又来了几个人，站得好远，沉默不语；只有在很远的后面，有一个孩子跑过来，他一个劲儿地晃来晃去，然后站稳了，我死去了。从那以后，我就再也没有想到过自己死，只是时而觉得不舒服。那么现在看来，尤迪特在半开半掩的窗帘前的画面成了一幅告别画，而且我也知道，从今以后我们就互不相干了。我一次也没有再梦到过她，我想杀她的念头也烟消云散。有时候我觉得有人在监视我，可我却并不回头去看。以前我们一段时间没见面时，也许还会写道："我好想你啊。"我现在不再想了。

画家画海报时，就会得到电影赠票，因此我们经常去看电影。绝大多数情况下，我渴望从电影院里出来，去外面深深呼吸。观看特定的东西让我很吃力，画面的节奏挤压着我，使我呼吸困难。仅有一次，克莱尔带孩子参观1904年世博园去了，我和画家夫妻一起观看约翰·福特的《青年时代的林肯》时，我十分忘情，观看变成了梦幻。在这些历史，也就是亚伯拉罕·林肯青年时代的画面中，我梦想着自己的将来，在电影的形象中预先梦想着我将来还会遇到的人。越往下看，越是想遇到像电影中的人，自己不再需要去装腔作势，而是像他们一样，以完美的身心活动在他们之中，随着他们一起，却有自己独立的活动空间，也尊重他人的活动空间。小时候，我什么都想模仿，表情、姿势，甚至字体，可是现在，我以那些尽自己所能的人为榜样：我不想成为像他们一样的能人，而是要尽我之所能。就在不久前，我或许还可能去模仿他们说话时所带有的这种南国口音，好像他们只是想轻轻地互相提醒什么，或者这是那个还很年轻的亨利·方达发自内心而难以模仿的微笑，绝对不是冲着自己的，而总是忘我地投给别人的。三十年前，他扮演了年轻的律师亚伯拉罕·林肯——现在我摆脱了这种矫揉造作的渴望，我只是仿佛向银幕上致意。

亚伯拉罕·林肯在电影里为两个外地兄弟辩护，他们被控谋杀了一个长官助理。另一个名叫J.帕尔默·卡斯的长官助理声称在月色中看见了两兄弟中的高个子刺死了那个助理。而小个子兄弟现在却说是自己杀了人。两兄弟的母亲在大篷车上看到了打斗过程，却不想说出是哪个儿子杀了人。人们企图用私刑处死这两兄弟，林肯阻止了；他轻声提醒这些醉醺醺的人想想，他们会是什么人，他们或许忘记了什么。他这时站在监狱前那个木楼梯上，胳膊夹着横梁咄咄逼人的情景，不放过任何义正言辞的机会，而且持续好久，直到你看到，不仅那些醉汉，还有扮演醉汉的演员都自然而然洗耳恭听林肯的演讲，最后都彻底变化了，情景也到此结束。你感觉到电影院周围的观众的呼吸也不一样了，大家都高兴起来。在庭审时，林肯证实，卡斯不可能看到了凶手，因为那天晚上是新月。从这时起，他不再称呼他为 J. 帕尔默·卡斯，而只叫他约翰·P. 卡斯，并且证明这个约翰·P. 卡斯杀害了他的同事，而两兄弟只不过在扭打时打伤了他。在载着一家人西行的大篷车上，被判无罪兄弟的母亲递给亚伯拉罕·林肯一袋钱作为辩护费。“拿着吧，我们有的都在这儿啦。”林肯真的接过了钱袋。“谢谢，太太！”然后与他们分手，独自走向一个山坡。在电影里有一次，他骑驴与一个猎手同行了很长一段时间，戴着黑高筒礼帽，双脚几乎拖到地上，穿行在春天的景色中，一路演奏着竖琴。“这是什么乐器？”猎人问道，“犹太人的竖琴。” 亚伯拉罕·林肯答道。“很少有人演奏这种音乐，”猎人说，“可它很好听。”一个人弹着琴，一个人跟着点头，就这样他们久久地行走在乡间。

去世博园接她们母女时，我对克莱尔说，“我打算去拜访约翰·福特的，我会问他是否还记得这部电影，有没有偶尔与现在演系列电视剧的亨利·方达见面。我要告诉他，这部电影让我认识了美国；它教会了我从观察生活在大自然中的人来解读历史；它使我情绪高涨。我会请求他告诉我，他自己从前是什么样的人，还有自从他不再拍电影以来，美国发生了什么变化。”

我们接着又走了走，孩子在我们身边跑来跑去，路灯在夕阳中反射着光芒，好像它们已经点亮似的。我想扔点什么，就朝动物园铁丝网里扔了块橡皮糖。人们向我们迎面而来，睁着因上山和下山而发红的眼睛。我们和孩子也坐上了一辆车。我们行驶途中，太阳已落到那些大广告牌后面，依然放射着些许光芒。当车开到山顶上时，还能看上最后一眼，再看到时，它已经落进密西西比平原里了。

暮色中，我们站在木屋前的花园里，几乎无所事事，连脚都不换一下，沉醉，像是独腿似的。时不时有人从几乎被忘记的手中杯子里喝上一口葡萄酒。有时候，你会担心再也坚持不下去了，你身上的一切变得如此无影无踪了！鸟儿不再歌唱，只是在树丛中跳跃。周围可以看到一些人下车走向自己家门。街上空荡荡的，渐弱的风依然卷着玉兰花瓣飞舞，它们是黄昏后被第一阵风从树丛下吹到了人行道上的。邻居的窗上在上演着色彩游戏，每隔几秒钟就变换一种色彩：那儿人家在平日就昏暗的屋里已经打开了电视机。我们房子下面也有一扇窗户敞开着，屋里亮着灯，除了被照亮的后墙，什么也看不到。克莱尔时而从前面走过，因为她正要去哄孩子睡觉：一会儿抱着脱光衣服的孩子，然后又独自一人从另一边走出来，端着一个茶杯，随之墙面什么都没有了，只有克莱尔淡淡的影子，她在房里什么地方弯着腰照看孩子，最后只剩下空荡荡的墙壁。四围变得越黑，墙壁反光就越强烈，笼罩在均匀的深黄色光亮中。这光亮并没有被墙体吸收，而是好像自行弥散开来。“类似的光亮只有在上世纪的油画上看得到。”画家说，“那光亮并不是来自别的什么地方，比如从天上；而是从底色本身散射出来的。在卡特林和雷明顿的画中，天空总是惨淡和苍白的，雾蒙蒙的，从不见有太阳，只有从底色中泛出一种神秘的深黄色，从下面照到人物的脸部。黄色是这些画的主色调：马车轮子、枪筒里喷出的火药烟雾、行将死亡的马匹的牙床、铁路轨道等，一切都泛着黄光，从内向外；这样一来，每个对象都突显出来，就像在徽章上一样。如今可以看到这种黄色处处被模仿：停车场的停车线和马路线、花园前的信箱、带有美国图案的T恤等。”——“丽都酒店牌子上的箭头。”我说道。画家和妻子让我看他们的手掌：妻子的双手总是给他描绘天空，几乎难以看得出来；可丈夫的双手却在昏暗的其他色彩中闪现出黄色。“这是一种颜色，只要你一看到，立刻就会产生联想，” 画家说，“你观看的时间越长，就想得越远，直到突然想不起来为止。那么这是一个瞬间，你无非站在它面前在做梦。”——“在那些黄金年代里。”站在远处的太太突然说道。屋里的灯关了，不管你望向哪儿，余光到处反照。克莱尔嘴里含一个面包走出来，那是孩子晚饭时剩下的。我们又坐到凉台上，这对恩爱夫妻放起老唱片来。唱片刚一放完，他们就相互提醒刚才感受了什么。《我想牵你的手》：“我们那时在洛杉矶一家墨西哥餐厅喝着冰镇啤酒。”——《决斗》：“你还记得当时风暴把气垫都刮到海滩上去了吗？”——《城市的夏天》：“那是我们最后一次收到家里寄来的钱！”——《野兽》“我们那时候像小精灵似的生活。”——《日升之屋》…… 他们越来越兴奋，克莱尔突然说道：“你们给自己一生找好了赞歌，什么也不再会使你们不舒服。你们将来要经历的一切，都是顺理成章的事。”我说，我觉得在我的回忆里，或许我曾经经历的东西不会被美化的，而是真正才发生。“那么对我来说，漫长遥远的路更加漫长，一记耳光两边发烫。我简直难以想像，我怎么就忍受了这一切呢。”

“我父亲是个酒鬼。”我说，听口气，好像我只是想把《日升之屋》歌里的“我的父亲是个赌徒”变个样似的：“我躺在床上时，常常听到旁边房间里他给酒杯倒酒的咕嘟声：一想起来，我就恨不得用个打谷棒把他的脑袋敲下来，而当时我就盼着能早点睡着。我还从来没有过因为一次美好的回忆而激动，只是听别人谈起回忆时，我有时觉得我有一种解脱了那个特殊回忆的感觉，渴望回到从前去。比如有一次，我听到一个女人从身边走过时说：‘那个时候，我泡了很多咸菜 ……’听到这话，我几乎要哭起来。还有个我不曾仔细看过的女人，因为每次见她都是在她的香肠店里，胳膊上挂满了香肠，我听她说：‘那时候，我的孩子得了百日咳，我还不得不和他们飞来飞去……’突然间，我对她的回忆顿生嫉妒，希望回到我自己得百日咳的过去，而当我现在读到飞来飞去时，我就会觉得自己错过了很多东西，再也补不回来了。所以，恰恰那些对我来说完全陌生的东西，我常常会觉得它们具有一种奇怪的亲切感。”

“可你说起绿衣亨利时，你也许确实相信你可以重复他的冒险经历吧，”克莱尔说，“你认为靠着来自另一时代的人就能够重复这个时代，像他那样慢慢地经历，从一个经历到另一个，变得越来越聪明，在你的故事结束时达到圆满。”

“我知道，现在不可能完全像绿衣亨利那样悠哉地生活。”我回答道。“我读起他时，就觉得自己的心里和他一模一样。有一次，他躺在静静的森林里，内心里感受着上个世纪的田园惬意；我读他的故事时，也感受着想像另一个时代的惬意。在那个时代里，人们还会相信，无疑会变成另一个人，这个世界对每人都敞开胸襟。再说吧，几天来，我觉得这个世界真的向我敞开胸襟，无论我看什么，都会有一种新的感受。只要我感受到一个对我来说已经逝去的世纪那种惬意的话，那我就要认真对待和审视它。”

“直到你把钱花得一干二净。”克莱尔说，因为我也正好在想这事，便让她看看，我用支票兑换来的一摞美金。这对恩爱夫妻此刻在笑话我们的对话，我们不说了，听起唱片来，还有他们俩为之而讲述的那一个个故事，时而也为某个细节争来争去，直至夜色又变得明亮起来，晨露落下。此时此刻，这两人才担心露水打湿他们的唱片，于是我们站起来去睡觉。

第二天下午，我和克莱尔正要把孩子留在画家夫妻那儿，去看德国剧团演出的《唐·卡洛》。这时，我收到了一个急件。那是一个用绳子仔细扎好的小盒子，地址是大写印刷体，像是用左手写的。我走到房后，用园艺剪剪开，小心地打开包装纸。盒子用电线捆着，上面有个红封条。当我打开封条时，手抽搐了一下，我又去碰那两根电线，又抽搐了一下。此刻我才发现，我遭到了电线里释放出的电击。我戴上挂在树杈上的橡皮手套，将电线从盒子上解去。当我要把它放到一边时，我发现盒子和里面的东西连成一体。我不由自主地要拉开它，盖子随之掉了下来，却什么事也没有发生。我看着盒子，里面除了一个连着电线的小电池外，什么也没有。我就知道尤迪特会变本加厉，非得弄出什么名堂不可，可我一点也笑不出来。她给予我的这个小小打击，我突然听起来就像是一声尖锐而低沉的哀鸣，我几乎要扭头去看看。我简直倒霉透顶。究竟怎么回事啊？为了什么呀？这叫人还活不活呢？一切不是都过去了吗？我不愿对此多想，只知道我得立即出发了。周围的草木本来一片明亮，此刻又变得昏暗，又有松鼠跑进我的视野里，我周围的东西都变得难以辨认，我躲开一只昆虫，一辆摩托车在远处轰鸣而过，吓得它在树丛中沙沙作响。我把盒子扔进垃圾桶，向克莱尔走过去，她已坐在车上。我拉开车门时才发现还戴着橡皮手套。“它们的颜色真黄啊，不是吗？”我边说边赶紧脱下手套，克莱尔一点儿都不奇怪。我关门时，碰到了金属，手指又抽搐了一下。

这剧院是殖民时代风格。里面的空间因为有壁画，让人觉得好像还有与之相连的空间，门厅里，人们在涂满画的台阶前抬起腿，迈上涂满画的柱脚，想去摸一摸浮雕，可当你触摸时，凸出部分缩了回去。真正的观众席相当小，可左右和上面却有不少包厢，黑暗中你一进门就看见反光闪闪的望远镜。大衣和帽子随身带入剧院里。开演前，大学系主任向德国剧团的导演，同时也是旅行领队致欢迎词。这人我觉得好面熟，再仔细一看，原来是我以前喜欢与之交谈的一个朋友。他俩身后跟着一些圣路易斯的德国移民后代，穿着戏服。他们先用合唱，然后以生动的形象表演着他们的祖先来到美洲安家落户的情形。移民前，他们还生活在德国各个邦国里，直到1848年，相互在工作和娱乐时成为障碍，行业的不自由阻止他们使用自己的工具。而在到了美国后的场景里，他们分散开来，交换工具，表明每个人都可以去干自己喜欢的职业。娱乐方面，他们现在也有了自己的空间。最后一场生动的表演中，他们跳舞，男人们在头顶上挥动带边礼帽，膝盖直抬到胸前，只有一人叉开双腿，双手叉腰；女人们踮起脚走着散步，扭着身子，一只手伸到男人手中，另一只轻轻撩起衣裙，只有叉腿男人的女伴与他面对面，双手放肆地撩起裙边。他们都站到了幕前一动不动，时而会晃动一下身体，男人汗流满面，女人踮着脚尖抖动，然后大声喊叫，用那种美国式的大嗓门。他们真的开始跳起舞来，再次挥了挥礼帽。在他们下面的乐队里，有三个乐手同时也赶紧站起来，随之演奏着，有两个拉提琴，颈部暴起青筋，第三个心醉神迷地拨着大提琴。这些乐手最后拨响了一声琴弦，重新落座，舞者也鞠躬，翩翩跃向两边，同时大幕从中间又拉开，人们看到卡洛王子伴随着一个修士缓缓走上台。

事后我对导演说："像我周围的人一样，我首先关注的是，幕布是否会对称地向两边拉开——先前那些舞者跳得很呆板。那两个演员走进观众时，两个人走上来时，步调不一致，好不自然。他们走上来，仿佛来到一片无人之地，然后又表演得那样小心和匆忙，好像人家压根儿就不允许他们在那儿表演似的。舞台不是随便什么表演场所，而是陌生的领地。"

"所以，这些演员也常常跌跌撞撞的样子，"导演说，"他们感到他们确实需要有别的动作。他们常常刚一抬腿就要换步子，因为他们以为，他们太长时间在观众面前以同样的步子走来走去。然后他们正要跨步时突然跳起来。或者他们说错台词，因为他们以为是该唱的时候了。他们知道，观众要看的他们是跟平常不一样的节奏，可是他们却找不到那个节奏。”

“他们也一再重新编排，”我说，“因为观众根本就不会听任他们习以为常的模式。”

“我们在这里已经习惯了看到具体的历史人物都是站立的形象，”克莱尔说，“我们不是去演他们，而是去追踪他们，而且只是追踪他们人尽皆知的行为方式。如果看到的不是他们流传下来的事迹，而干着别的事情，我们或许会觉得滑稽。对我们来说，他们没有个人的故事，他们的生活我们也不感兴趣，他们只是自己所做过的事情或者至少在他们那个时代发生过的事情的符号。我们用纪念碑或者邮票图像来纪念他们。在游行和庆典时，他们不要由人，而是要由无声而行动呆板的木偶来表演。真要演绎的话，他们最多不过出现在电影里，而且绝大多数不过是些边缘角色。惟一例外的是亚伯拉罕·林肯，可他的故事却让我们感兴趣，因为这可能就是我们自己的。让他像菲利普国王那样，作为戏剧人物艰辛地在舞台上走上走下，这对我们来说是不可想像的。正因为如此，我们不会把我们的历史人物想像为英雄，因为他们是由我们选出来的，我们永远都不必害怕和敬畏他们。我们心里的英雄只是那些经历过冒险的人，独当一面的人、垦荒者和开拓者。”

“唐·卡洛正好就是一个欧洲冒险故事，”导演说，“席勒在其中不是描绘那些历史人物，而是在演绎自己，不过是借用他们的名字，用他们如此缺少魅力和尊严所经历过的冒险行为；他描写了他在这个过程中的行为举止会是多么的自信，多么具有角色意识。因为那时的欧洲只有侯爵才是历史人物，而只有历史人物才有可能扮演角色和经历风险，所以，席勒通过写他们，同时给予他们榜样，他们需要在冒险中采取什么样的态度。”

克莱尔稍稍合起双唇，她微笑着说：“对这儿的观众来说，开拓者就是英雄，因此，冒险对他们来说始终是身体上的冒险。他们不愿意看角色，要看故事情节，因为他们认为，反正我们这儿人人都可以扮演角色，而角色当然就不是冒险了。也就是说，当他们看到手只是按在剑鞘上，同时又听到说个没完没了时，他们会失去耐心的。他们只希望人物得到暗示，而故事情节却要详细展开。而从舞台后朝波萨侯爵开一枪，会让他们失望的。当唐·卡洛最后抽出长剑时，他们欢呼雀跃。多刺激的冒险行为！可是我们在台上没法模仿这些冒险行为，更不用说那些开拓者的，再说我们对你们的历史人物不感兴趣。所以，我们正好在舞台上大多情况下只是在演绎我们自己，那么通常都是些梦想冒险的人。”

“可是为什么，当你们的戏里没有出现冒险行为时，人们在观看唐·卡洛时变得激动不安呢？”导演问道。

克莱尔说：“因为按在剑鞘上的手给他们预示着在舞台上不会发生的事情。” 她边说边指向这家法国咖啡厅墙上的画。演出结束后，她把我们带到这里来。在这张画上，盖瑞特警官正向童匪比利开枪，两人在一个有壁炉和五斗橱的房间里将枪口瞄准对方；比利小子另一只手上还握着一把匕首；从他的枪里没有冒出火舌，可从警官的枪里冒出的巨大火舌几乎击中了他。月光从有栏杆的窗后照进来，月色中三只狗在这两个男人之间穿梭，警官穿着闪亮的靴子，而比利小子却光着脚。

“尤迪特在哪儿呢？”导演突然一边问我，一边正从他的旅行药箱里拿出一粒药丸服下。“我们在华盛顿碰到了她。她来到后台问我，她能不能参加演出。刚好有个演员要回欧洲，所以我就高兴地答应了她。我们约好在圣路易斯见面。我们还要在这里稍微排练一下，后天，在堪萨斯城，她就要演埃伯利公主了。今天她发来了电报说，她不来了。”

“电报从哪儿发的？”克莱尔这样问道。“我不认识这个地方，”导演说，“叫罗克希尔。”

罗克希尔是圣路易斯的郊区，前几天我就住在那儿。

“我不知道尤迪特在那儿，”我说，“我们分手了。”

导演又拿出一颗药丸，他说得和上一颗一起服用，为了缓减上一颗的副作用。他问我近来写什么剧本没有。

“我觉得书写角色挺难的，”我答道，“每当我赋予他们个性时，觉得就像在羞辱他们。一个人物的一切特点变成了惯例。我感到既对不住别人，也对不住自己。当我让人在舞台上说话时，他们说不了几句就没词了，永远成为一个概念。所以我也许更情愿去写故事。”

“成为什么概念呢？”

“也许你认识这样的人吧。”我说道，“他们把自己看到的一切，也包括十分奇怪的事，立即就要归结成一个概念，通过一种表达使之魔化，从而不用去感受它。他们对什么都有个说法。那么他们所说的，正因为本来就不存在说法，所以大多情况下都让人发笑；尽管他们的表述就没有这样的初衷，却很滑稽。因此，剧中人物一说话，也许只是一个表情，我就觉得一切立刻成了这样的概念，那么，这些人物我就再也想不下去了。此时我在考虑，是否在每场表演时，再让一个人物上台，一个仆人角色，他立刻就给别的角色创造了新环境。这应该是个反角，而不是那个通常评论故事、掌控情节、全知全能的观察者。这是因为，这个仆人按照自己的想法所解释的一切——他就是按照自己的想法解释一切——结果证明是错误的。他所预言的，永远都不会应验，他的所有解释都是无稽之谈。他作为解围机器登场，可压根儿就不需要他。这里只需要两个人偶然朝着不同的方向观察，而他就凑上来的目的就是化解分歧。”

“这部剧叫什么？”导演问。

“《汉斯·摩塞尔与他的世界》。”我说。

我告诉克莱尔，汉斯·摩塞尔曾经是一个奥地利演员，虽然他只演仆人角色，可在事态发展过程中，他却会给每个人安排自己的位置。“他演戏很专注，非常严肃，因为他十分投入，只是时而在他插科打诨后，他会意味深长地微笑。看他演的电影里，观众总盼着他出场。”

我说了很多话，此刻又意识到我周围发生了什么。在旁边桌上，烟灰缸里放着一种雪茄的包装玻璃纸。那根雪茄想必够长的！我笑了。克莱尔迅速地看了我一眼，我们想靠得更近些。柜台后的女人用圆珠笔头敲击着收款机的键盘，钱盒子弹出来撞到她的肚子上！导演瞪着黄眼珠，十分疲倦地望去。我恨不得将手臂搭在他的肩上，又怕吓着他。“钱盒子挤到她的肚子上，这叫她好惬意。”他说道。我打算提醒他注意，却发现他只是在念台词。

我们喝了不少，克莱尔请我们喝黑麦威士忌，她一人喝的比我和导演加起来还多。到了街上，我们东倒西歪，几乎看不到车辆行驶，到处都有我们相互提醒关注的东西。在一条横街上，导演与两个黑人妓女搭讪，他时而也回头望望我们；他站在离女人们一步开外的地方和她们说话，她们回答时，他把头伸过去，像个倾听者。他不靠拢，朝她们弯着腰，让她们对着耳朵说话的姿势让我突然感到，他老了不少，又觉得他从未有过的可敬。他用两根手指轻轻地撩起一个女子的假发，被她骂着打开手。他回来后告诉我们，她冲他说了些什么：“别碰我！这是我的国家！在我的国家别碰我！”他迅速地在胸前揉了揉，一个我在他身上从来没有看见过的动作。看样子，好像他用这个动作可以挽回自己的无助似的。

“我完全脱离了生活。”他后来在饭店酒吧里对我们说。“对我而言，它仅仅出现我内心状态的比较中。我已有很长时间没见过去了鳞的鱼了，可昨夜当我在恐惧中醒来，突然发现周围有鱼鳞闪闪发光。同样我也长时间没有亲近过大自然了，尽管如此，当我把手伸向酒杯时，浑身上下此刻都觉得像一只刚才被弄死的蜘蛛，慢慢地沿着蛛丝，像活着时一样坠落到地上。日常生活过程，如戴帽子、乘电梯、或是品尝软乎乎的冰激凌，我都再也没有任何感知，它们过后才会以隐喻的方式使我明确自己的各种处境。”他出去一会儿后又回来了，告诉我们他吐了。他的嘴唇还湿漉漉的，是吐过后喝水弄的。他把各种药丸排在面前，按顺序一一服下。“开始我觉得，仿佛手指塞进水龙头里，而里面空气就要爆炸了。”他说道。他在克莱尔前躬了躬身，请求我允许他和她跳舞。我看着他们跳：克莱尔站在那儿，懒洋洋地原地打转，他换着步子在她前面跳来跳去。克里登斯清水复兴合唱团那沉闷的音乐在低矮的房间里震动：《穿过丛林》。

我们陪他回到上面的房间。“我明天又要上路了。”我说道。我和克莱尔回到饭店前时，我向后打了一个趔趄，外面黑得伸手不见五指。我们回到车跟前，彼此一再紧紧地靠在一起。真安静呀，只听得到一个幽灵似的响声；我想，那是从密西西比河传来的。我们跑到一个工地上，我坐在一个箱子上，把克莱尔拉过来。我立刻就跟她干了起来，我觉得好像此刻嚓嚓作响。我们不再听对方说什么，我很疼，我出血了，那疼痛散去，一个曲子总是萦绕在我脑海里，一遍遍重复着“周日薄荷牛排”。

在回罗克希尔的路上，我对克莱尔说：“我觉得像在梦里一样：我慢慢地醒过来，醒来时梦里的画面变得越来越慢，后来就不动了，变成了静静的梦幻般的画面。我不再像梦中那么害怕，而是让这些画面安抚自己。”

我们下车从一个路灯旁走过时，一只巨大的夜鸟的影子飞过明亮的街面。“有一次，在路易斯安那的原始森林里乘船时，有只猫头鹰从我头旁飞过”，克莱尔说，“当时我正怀孕。”

第二天她开车送我去机场，她和孩子站在露台上，我朝亮着灯的黄色飞机走去，是布拉尼夫航空公司飞往亚利桑那州图森的飞机。我们三人都挥手，直到互相看不见为止。

在科罗拉多的丹佛换机后，我马不停蹄地来到图森。城市位于沙漠中央，热风整日拂面，机场跑道上弥漫着沙雾，跑道边仙人掌开着黄白相间的花。在机场大厅等候取行李时，我把表调后一小时，做了个含糊的动作，就像做坏事被人发现，我四周张望，看到周围的传送带上的行李也像指针转得一样缓慢。我稳住自己，呼吸又均匀了。我来图森干什么呢？旅行社的职员把图森填在了环游单上，因为他一看到我，就觉得我挺怕冷的，说道：“那里现在已是夏天了。”我要夏天干什么呢？ 在飞机中我就已经想像不出，我还会对什么有兴趣。但凡能想到的，我在来的路上在图片上都看过了。现在我却在机场旁，一眼就看到了普罗维登斯酒瓶商标上的龙舌兰草。我有些忐忑不安，仿佛自己对此有愧疚似的。或者是对什么别的事情？我心想着。尽管大厅里开着空调，我还是汗流不止，不是因为想到就要走进酷暑里，而是我对此就根本无法想像。又一次思维休克！阳光透过大块的有色玻璃昏暗地照进来，旅客站在阴影里。我无聊地来回走动着，时不时看看我的箱子出来没有，结果它成了布兰尼夫航空公司传送带上惟一的一件行李。我从自动售货机里买了一听啤酒，坐到一个可以从小屏幕上看免费电影的地方。人们来来往往，有时停下来朝这里看一眼，多是看人，不是看电影。除我之外，还有一个墨西哥人在看电影，他把双脚踩在椅子上屈膝坐着，为了能看到屏幕，将头绕开膝盖倚在肩上，一只手按住挂在膝盖上的宽沿帽。屏幕上放映的是图森附近一家橙子种植园的广告。那另一只手呢？我朝墨西哥人望过去，发现他另一只手一动不动地放在我身边的大衣下面。我站起来，还看到一个橙子从堆满橙子的筐上滚落下来，慢慢拿起大衣，又从眼角望去……墨西哥人那一动不动的拳头上，食指和中指以及中指和小指间各夹着一个刀片，那人好像睡着了，我踮着脚尖走了出来。

在另一家航空公司的传送带上也有惟一一件行李在转动，我差不多已从它旁边走了过去，才发现它。我走回去，是尤迪特的棕色皮包，上面挂着一把各种航班的行李牌。

包是随边疆航空公司从堪萨斯城来的。我在它转了几圈后才去拎它，抓住行李牌，它们是用皮筋系着的，我一拉，它们有弹性，让我向后打了一个趔趄。我松开行李，它又转起来，我跟上，取下来，又放回去。我从布兰尼夫航空公司传送带上拿起自己的箱子，在大厅里站了一会儿。我身后一个门内有人窃窃私语，一个女人吓得在吸气，有人喉咙发出短促又可怕的声音，接着有人窒息。沼泽草丛里群蛾飞舞，我什么也听不到了，突然觉得两只耳朵沉重地垂在两边，就和我当时在刚去世的外婆身边醒来时一样。我朝出口望去，那儿有叹气或吸气声音，原来是刚自动打开的两扇玻璃门，现在正发出吸气声自动关上，我松了口气。外面，一个用拳头按住头上浅色宽帽檐的男人走向一辆车，风很大，他的帽檐几次被掀起。大厅内，一个女人从厕所出来，化着浓妆，穿一条裤缝笔挺的西装裤，上面以前的熨痕依然可见。一个印第安女人，她走进大厅，门随即在她身后关上，她朝那个正跑向门的孩子转过身，示意他踩上门前的橡胶地面。孩子跳上去，可他太轻了，门没动，这个印第安女人又走出来，再和孩子一起走了进去，一切又恢复了平静。

在图森的第一天，我再也没有离开饭店，洗了很长时间澡，磨磨蹭蹭地穿着衣服，直到天黑了，我才扣上衬衫扣子，拉起拉链，系上鞋带。在圣路易斯，我几乎彻底戒除了自己的习惯，现在都不知道该拿自己怎么办。一个人这样待着，我都觉得自己是多余的。如此孤零零的，好可笑啊。我恨不得揍自己一顿，我觉得自己是如此地无聊。我不想与谁相处，只是想摆脱自己。哪怕跟自己有一丝关联，都立刻让我很不自在，我把手臂伸得很远。只要我在一把椅子上感受到自己的体温，便坐到另一把上去。后来我就干脆站着，因为我觉得所有的椅面都被我坐热了。一想到曾经自慰过，我就发抖。我叉开双腿走来走去，不愿听到裤子摩擦发出的声响。什么也别碰！什么也别看！快点来人敲门吧！想打开电视，听听声音，看看图像，一个可怕的念头。我走到镜子前，对着自己做各种表情。我想把手指伸进喉咙里，让自己彻底吐个痛快。自伤和自残！我走来走去，走前走后。或者翻开一本书，强迫自己看一句不着边际的话！朝窗外看去，又是快餐店、德士古公司、冰激凌广告！把一切都封上，浇上水泥！我躺到床上，把所有的垫子压在头上。我咬起自己的手背，用脚踢来蹬去。

“时间如此缓慢地流去。”

我想起阿德尔伯特·斯蒂夫特一个故事中的这句话。我坐起来，打了个喷嚏。我突然觉得，我好像越过了一大段时间。我真希望自己快点出个什么事。

夜里我做了很多梦。那些梦如此激烈，以至于我只能回想起那些伴随着我做梦的痛苦。一个印第安服务生给我送早餐到房间里。我当着他的面数了数我还剩下的钱——还有一多半，我考虑着该拿它们干什么。看到我在数钱，印第安人走到门前停下来，我继续数着。他的脸发炎了，额头上有几个黑色小痘痘。印第安人说，前几天风很大，风沙把他的脸打出了血。他住在郊外父母那儿，在沙漠教堂附近，那儿的房子都很低矮，去汽车站要走好几条街。“我父母从没离开过这个居住地。”印第安服务生说。他说话很费劲，口水溢于齿间。尽管饭店游泳池坐落在内院里，他也要每两天清理一次沙子，他说道。

中午我叫了出租车去机场，要确定尤迪特的皮包已经不在传送带上转来转去了。我还去了行李寄存处，从很远处望着货架，没有问什么。我回到城里，在那儿跑来跑去，不知该朝哪个方向去，总是不断地回头。等红灯时，灯变绿了，我站着没动，直到灯又变红了。还有我在汽车站等车，却让车在面前开走了。站在一个沙堆中的电话亭里，我拿起话筒，手持硬币正要投入，却想去买什么东西，而在商店里几乎一件东西也没看，就又离开了。我接近什么，就对什么马上失去了兴趣。我饿了，可当我在饭店前看到菜单时，饥饿感就消失了。后来我去了一家自助餐厅，人们可以穿过珠帘走进去，随意拿些吃的喝的放在托盘上，自己去取餐具和餐巾纸。在这儿，我才感到来对了地方。当我到付款台时，收款的女人并不看我，只是按顺序数着托盘上的盘子，这时我觉得一切如愿以偿。忘记那些已经开始成为我的需要的就餐规矩。于是我也不再去看那个女人，盯着她放在托盘上的小票，随随便便地把钱递给她。接着我坐到一张桌子边，无忧无虑地吃起配有薯条和番茄酱的鸡腿。

沙漠教堂是西班牙在美国最早传教的地方。它位于图森南部，一个印第安人居住地边上。我还是不知道自己该干什么，第一次有了想参观什么的兴趣。外面还很亮，车轮盖子反着光。我买了个太阳镜，而当我在一张布告上看到举办草帽周活动时，又买了一顶草帽，遇到刮风时，可以紧紧地系在下巴上。在图森的百老汇，有庆祝建军节的游行队伍走过。这天是五月的第三个周六，很多人伸长腿坐在马路沿上，孩子舔着冰激凌，拿着美国小国旗跑来跑去，大家都穿着T恤，上面印着与这个纪念日交相辉映的标识：“**美国**”、“**热爱她还是离开她**”、“**乐观者国际**”。游行队伍旁，走着身穿衬裙的女孩，她们叫卖有类似语录的贴标，就像人们通常贴在车牌边上的一样。几个一战老兵乘着马车通过，二战老兵步行紧跟其后，其中还有一个印第安冲锋队队员，他们在占领西海岸时是先头部队。他们有骑手陪同。这些骑兵不由让人想到内战时的骑兵。天气很热，四周叫声笑声不断，几乎听不到马的声音。骑手扛着大旗，它们在风中哗啦啦地响，时而让马受惊。然后它们就跑到了马路中间新刷漆的双线上，骑手牵回它们后，柏油路上就留下了白色的蹄印。直到另一条平行的路上，我才叫到一辆出租车送我去教堂。

经过刚才的嘈杂，这儿是如此清静，你会以为是在做梦，不得不揉揉眼睛。每走一步，我都回头看看。瓦楞铁皮屋后恐怕会突然跳出另一个双影人来将我赶走！我没有权力代表自己，我只是偷偷地潜入了自己；现在他回来了，要重新占据他的位置。我似乎要从自身中倒出来，不再存在。从一截用作烟囱的黑炉管里，穿过小屋的窗户，突然冒出一股浓烟，一只狗匍匐在屋角。我是个骗子，我占据了他人的位置。我该去哪儿？我是多余的；我把自己偷偷带入什么东西里，现在就等着被人抓。还有救，一步之遥。可我站着不动，紧握双拳，用草帽掩护着自己。可是，是个冒牌货的感觉只是闪现了一会儿，我随之觉得那不过是一时的心情。后来，我才想起来，小时候，我就是多么希望有个和我一模一样的人，一个双影人；而我此时因为想像一个双影人感到害怕，我又把这当作一个好兆头。我厌恶只是看到一个可能和我一模一样的人的图像时，我就感到恶心。看到某人做着和我一样的动作，似乎很肮脏。连我影子里的轮廓，我现在都觉得不道德。更何况第二个这样的身体，这样一个嘴脸！我必须跑几步才行。

可是话说回来，我也没有兴趣看见另外的人。走一走，往印第安人的小屋里看看，我就心满意足了。没有人跟我搭话。我甚至走进一个小屋里，那个老妇只是微笑着；她坐在那儿，怀里抱着一个玉米棒，嘴里含着烟斗。太阳火辣辣的，炉子上却燃着大火，洗碗槽里摞着一堆碗，从水龙头里无声无息地流出的水柱落在碗上。这场景帮了我，驱赶走我对自己那种双重感觉。我要继续走去时，看到另外一个门后有个弹子忽隐忽现；路过下一家时，我看到窗里有人抖动着一个黄色假发，然后又收了起来。我怀着一片虔诚观察着这一切。这种虔诚我以前在教堂看那些圣物和圣像才又过。好像这种少有的虔诚状态又是一个兆头，那就是我始终只能沉湎于对物体观察中，却不能深入到别的人之中！难道在我身上始终还没有发生任何变化吗？我跺了跺脚。真幼稚！ 我茫然无助却心平气和地来到教堂前。

在教堂里，我摘下墨镜和草帽。快到傍晚，正在做圣母念珠祈祷。静下来时，你可以听到外面风沙敲打着教堂门。几个女人排队站在忏悔屋前。我向祭坛望去时，记忆里看到有只燕子在前面飞。我又沉浸于那种观望之中。我一直反感宗教，尽管如此，我突然有一种能够与什么产生关联的愿望。真让人受不了，总是独来独往，形影相伴。想必存在着一种与他人的关系，它不只是个人的、偶然的或者一次性的，在这种关系中，你不用依靠不断要挟或者欺骗来的爱情来相互维系，而是通过一种必然的、非个人的关联。为什么我从来都不能如同现在观察这些教堂穹顶，或者石头地面上的蜡点这样来无所顾忌地友好对待尤迪特呢？无法以这样一种感觉从自身里解脱出来，实在糟糕透顶。那么你不得不站在那儿，沉浸在事情和过程中，怀着莫名的虔诚。

我走到教堂前时，草坪上浇灌器的水喷到我脸上。我走进公墓里，坐在一个西班牙墓碑的基石上。眼睛火辣辣的，我将脸埋入双手，觉得脑浆流向前额。这时，教堂钟声响起，我抬起头来。一只白肚小鸟从教堂阴影里飞出，在天空中熠熠生辉。钟楼好像随着每一声钟响移动一下，接着又摆到它的位置上。这一切我都曾看见过！我悄悄地观赏着这个画面，低着头，同时追寻着一段回忆。有一种记忆，当我靠近它时，大脑立刻又回避之。教堂，还有我自己，让我觉得不可思议。够了，我从那儿走开。

交通信号灯挂在路面上方的电线上，摇晃得如此强烈，谁也弄不明白绿灯指示哪个方向。高高低低漆成黑色的电线杆上，裂开的木片嗡嗡作响。我尽力快步地向北朝图森方向走去，把手帕系在脸上挡风沙。

一个印第安人向我乞讨。我给了他一美元，他跟在我身后，伸手抓在我肩上。我开始跑起来，他也跟着跑，然后我停下来，他挤眉弄眼地从我身边走过去。我拦下一辆出租车，看到有房子时又下了车。这是些两层楼木头房子，里面住着墨西哥人，有很多突出来的阳台。一会儿，有小孩在上面还跟着我跑起来，直跑到阳台尽头。又一会儿，铃声响起，接着一个火车头几乎悄无声息地从楼房之间开出来停下，直接横在路中间，司机戴着厚手套拉车闸，因为闸的把手被太阳晒得滚烫。我又看到这个画面，就像在寻觅它，我曾经见过的。我脚下的路面突然倾斜，画面一下跑到了我的下方，我就要一头栽下去了。这时一个孩子从火车头边跑过，消失在房子之间，犹如另一个梦境里跑出来的人。我拐弯走到一条小路上。

天还没黑，空气和中午一样炎热。夕阳中，公共汽车从远处开过，布满尘灰的车窗上映着乘客的身影。当我要在一个酒吧买可口可乐时，才发现自己脸上还一直蒙着手帕。我在桌下把鞋子和裤脚里的沙子倒出来。甚至连自动点唱机里的唱片都有沙子划过的痕迹。我投进一个硬币，却什么也没去按。路上还有人挥着旗子游行归来。我坐在那儿，喝一口就看一下表。后来走进来一个男孩，金发灿灿，让人动情。

我看着杯子边上的柠檬片，迷失了自己。天后来就突然黑了下来，我犹豫地迈上大街，走到对面，又折回来。房子之间漆黑一片，但抬起头却能看到天上喷气式战斗机飞过的痕迹，依然沐浴在阳光里。我身后响起油脂发出的嗞嗞声。一辆汽车慢慢地从我身后驶过来，发出了如同油脂的嗞嗞响声。一群半大不小的孩子，那个金发少年也在其中，向我走来，转移了我对车的注意，他们向我讨钱买车票。我停下来，他们围过来问我从哪里来。我说从奥地利。他们一边笑，一边学着这句话。除了那个金发男孩，他们都是墨西哥人，有一个孩子穿着一双浅色帆布鞋。他用手摸我的脸，我退后一步，又撞到已站到我身后的另一个人，我把手伸进口袋里去掏硬币，可这只手被紧紧地抓住，看见一把匕首顶在我的肚子上。刀刃不长，刚好露出手心。那个金发男孩站在一旁，双脚轮换着跳来跳去，同时朝我这边抡着拳头。有一个墨西哥男孩绊了他一脚，他随即跪在地上。我尴尬地挤出笑脸。马路对面有士兵走动，可我不好意思喊叫。我的帽子被打落了，有几只手迅速将我的口袋翻过来，不曾触碰我的身体。那个金发男孩在地上爬来爬去，捡拾从我口袋里掉落的东西。他们又打了我一下，随之就跑到我身后那辆门子大开的车跟前。他们一跳上去，车就启动了，门一个接一个地关上了。在一扇门上，我还是看到了“赫兹”两字。我看到尤迪特坐在驾驶位上，脸色苍白，眼睛紧盯方向盘，张开的唇上挂着一根火柴，随着车子启动，火柴跌落了下去。

我在那儿转悠了好一会。真可笑！全身挂满口袋里子，我把它们塞回去，又拉出来，好像这样就可以证明什么似的。我这才发现，里面的口袋也被翻了过来。我低头看着自己：胸前口袋的白衬里鼓在我面前，从纽约前往费城的火车票落在人行道上。“**一条木头人行道！**”我心想着。然后我大声地说出来。我戴好帽子，把口袋的衬里塞回去；**离开吧**。

我找不到回饭店的路了。后来我想起来，我常把钱塞在衬衣口袋里：那里还真有一张10美元的票子，于是我坐出租车回到饭店。我不禁发笑，房间的门果真锁着，门锁上这一次也没有刮痕。我躺到床上。终于回来了！慢慢地我觉得有些得意，好在我把机票放在大衣里了，钱也在里面，总共有一百多美元，这是找给我的零钱，我到处都用大钞付款，只需掏一次口袋，现在看来这样做是值得的。我越发高兴，跳起来到处在我的东西里找钱。衬衫里有响声，我伸手进去，甚至在一个裤脚里还藏着一个 25 分硬币。我把钱堆在桌子上，像今天下午看着静静流动的水光那样，陷入凝视之中。空调风吹着窗帘在窗前摇曳，这里还有暖气！有五片，它们斜着并列在一起！仔细再看，原来是我的角度不对。

我给在奥地利的母亲打电话。那儿已是第二天早晨。她说，她那儿刚才电闪雷鸣，一大早就下雷阵雨！她出去把衣服收了。现在忙来忙去，完全忘了时间。总统选举还是选上了社民党的候选人，那个竞选对手在一次集会上澄清了人家说他是纳粹，甚或是犹太人的恶意攻击。我觉得，仿佛母亲在说笑话。我向她问起我弟弟的地址；他是林业工人，几年来生活在这个国家北方的俄勒冈州。为什么？我说："我要去看看。"我记下地址：那地方叫埃斯塔卡达。我会去改签机票，明天就飞过去。

我走到楼下，在院内游泳池边上一棵芭蕉树下坐下。现在风已停了，身后吧台侍者偶尔摇晃出个饮品，池边可口可乐和姜汁水自动机有时咕咕作响，机器的制冷只要关上，里面的罐子就吧嗒地响。池里没水，探照灯照着底部，风轻轻晃动，像是喧嚣后的余痛。院子上空繁星璀璨，你得眯起眼睛看。空气如此清透，不仅可以看到明亮的月牙，连它的阴影部分也能分辨出。我突然发觉，在美国，到现在为止，我还没看到一个人沉浸在什么事情中。感知到什么，这就够了，接着就将目光转移到别的地方。谁看的时间长些，也就立刻摆起行家的姿态。连那些居住地也不是沉没在景色中，它们总是建在高处，突现出来，似乎是随意捡起来的。只有醉汉和吸毒者，还有失业者在这个地方发呆，完全没有知觉。我喝醉了吗？我把杯子推到桌边，直到它从桌边自己掉进游泳池里。

听得到，外面大街上，红绿灯变灯时，很少有车开动。我身后酒吧里有一个男人对他的女孩说话时总是盯着空杯子，还不时地用牙齿蹭着杯口。我实在看不下去了，就自行离开了。

在房间里，我把《绿衣亨利》读完了。在一个他无法临摹的小石膏像旁，他发现自己从来就不会与人打交道。他回家看望向来支持他的母亲，看到她双颊颤抖临近死亡。之后多年，他如行尸走肉，忧郁而厌倦。直到曾因他的思想而对他产生过爱情的那个女人从美国回来时，他才开始又活过来；这个女人敬佩他的思想。于是，他的故事成了童话。当我读到“现在我们兴奋而欣喜地在金星饭馆的贵宾间里共享美食”这个地方时，我不得不移开目光，以免掉下泪来。结果我还是哭了，相当歇斯底里，可这又让我忘掉了时间。

我躺在黑暗中，在朦朦胧胧中，我突然悲伤自己竟然被人抢走了钱。我不遗憾，只是有一种切身的、无头绪的痛苦，我无论怎样都难以打消的痛苦：从我身上被掳走了什么东西；有一个空白，它需要时间才会重新弥合。我什么都不愿意再去想了。梦乡里，有人掉进了一个巨大的盆中，盆里正好长着西红柿。他消失在西红柿中，而我望着这个通常放在舞台上的大盆，想着他什么时候又会出现呢。“如果我现在还经历什么的话，那我就过去看看。”我在梦中大声对自己说。

第二天中午，俄勒冈下起雨。尽管不允许，我还是站在波特兰机场出口处，戴着草帽，试图拦一辆去埃斯塔卡达的出租车。我乘坐“西部航空公司”的班机途经盐湖城飞到这里，依然觉得自己是别人的双影人，游走在一片虚无中。我曾经读到过，受惊者会事后进行毫无目的的咀嚼活动：在我看来，我就是以这样的方式来到了俄勒冈。

一辆从加州运菜进山的车终于把我捎到了埃斯塔卡达。

车子只有司机那边有雨刷，因而外面的一切我几乎什么也看不清。这对我再好不过了，因为我的头很痛。我偶尔会忘记疼痛，但吸气时又会感觉到。司机身穿一件格子衬衣，衬衣下还有件带扣子的底衫。一路上，他脑子里肯定回响着一个曲子，因为他不停地调整坐姿，用手指在方向盘上击打着节拍。可他始终不声不响，只有当我们到达高处时，雨慢慢变成了雪，他才吹起口哨来。雪从车窗上滑去，后来慢慢挂在上面。

埃斯塔卡达海拔一千多米，人口大约一千五百人，绝大多数从事伐木工作。我发现自己马上开始寻找事故、急救、火警、警察之类的牌子。埃斯塔卡达这个地方只有两条乡村公路交错。我们进入时，我在司机指给我的汽车旅店里要了一个房间过夜，费用是5美元。我一觉睡到晚上，后来就干脆让自己滚落到地上。当我感到地上太冷时，便裹上大衣，在打开的电视前踱来踱去。电视画面不清，因为埃斯塔卡达位于群山之中。我在前台询问怎么去单身伐木工人的住地。你得穿过厚厚的积雪，因为这个季节不再有铲雪车。这个地方几乎看不到什么树，只是这儿或那儿象征性地立着一棵松树，只要上面的雪落下来，树枝突然弹回去，会把人吓一跳。有一片松树立在开拓者纪念碑周围，路过时我听到后面有对恋人在窃窃私语。到处都拉着窗帘，从快餐店的排风扇里和运河铁丝网里涌出雾气来，周边的雪已融化了。那个开着门的杂货店里，有个拇指包扎的人在喝咖啡。

格里高尔·巴拉克家门口的灯灭了，可能雪化时水进去短路了。我跺去鞋上的雪，可没人出来。门没关，我走进去，里面黑洞洞的，只有一盏路灯的亮光照进屋里。我弯腰捡起地上的纸片，猜想可能是给我的留言，凑到灯光下去看，原来是我途中给我兄弟发的西联汇款电报。

桌子上有一副牌，彩色的德国牌，旁边是个闹钟，像是铃响时给弄翻了。一把椅子上挂着两根带着泥的鞋带，另一把椅子上放着件睡衣，是格里高尔从我这儿继承的，睡衣上面的手帕上绣着248，是我在寄宿学校的编号，这手帕至少有十五年了。

衣橱门敞开着；门内侧与炉子管道之间拉着一条绳子，挂着内裤和袜子。我伸手去摸它们，都干了，硬邦邦的。冰冷的炉子上有个底盘，上面是一团已变质的黄油，盘上还有个拇指印。衣橱里挂着几个铁丝衣架，是洗衣店同衣服一起送来的，上面挂着洗过还没熨烫的衬衣，袖窝下已开线。

床上没有罩，床单上有拍死的蛾子留下的印子，有只蛾子还夹在褶皱中，床底下满是空啤酒瓶。

窗台上放着洗衣粉，旁边有猫爪子印。

墙壁上挂着奥地利挂历，上面的彩色照片是开满水仙的田野，田野前站着个头戴民族风格帽子的女人，照片下面印着家乡一家贸易公司的名字。

那挂历上的照片——

小时候，我们见识那么少，也没有什么好见识的，以至于我们甚至每次都为挂历上的照片而欣喜。秋天里，我们盼望着保险公司来收年费的人，他们会把公司明年的挂历带来，上面会有一个新画面。

那么弟弟现在还让人寄新挂历到美国吗？

这念头让人受不了，我赶快用一种轻松些的感觉将它驱走。我把电报搁在桌上，一只手护着，免得碰倒桌上其他东西。

出来时我还看到洗衣盆旁的低帮鞋子，袜子缩在里面。“穷困潦倒”，人们都这样说。还是十年前流行的尖头鞋。小孩子拿着汽球在一个屠宰场旁跑来跑去，肉店的伙计把一个孩子举到死猪上方。一步一滑，我头也没回地走上埃斯塔卡达的主道。

四周如此静谧，我不由得一次次停下来。比萨店和加油站的霓虹灯热气笼罩，远处能看到一个汽车影院的银幕，只看得到亮光和阴影，听不到声音。我走进一个游戏厅，却不想玩什么。尽管如此，我还是从一个机器走向另一个机器，悄然地让球滚动起来。

我突然发现，我对任何游戏都很讨厌，简直不可想像，居然会站到这样一个机器跟前，或者洗牌，或者掷色子。突然对这一切没了兴致，我疲惫地坐在一个凳子上，旁边有一个醉汉靠墙睡着了。他脸上出了很多汗，敞着衬衫，脖子窝里积了一窝汗，不时地溢出来。他睁开眼，不得不先眨一眨，直到瞳孔调整好，像剥下的兔子皮。我走出去。

回到酒店里，我立即去浴室洗手。当我去拧热水龙头时，发现龙头很烫。是龙头刚才流水了吗？我退后一步打开龙头，开始出来的是空气，然后突然喷出一股滚烫的液体到水池里，有几滴喷到我的裤子上，立即在裤子上烧出黑边小洞。这可好啦！我点着头，像赞成似的。我看到两个水龙头螺口均有刮痕，便也小心地打开冷水龙头，跳到一边，让硫酸水流出来。洗手时，我看到水杯上的玻璃纸套已打开，让人拿起即可喝。我目不转睛地盯着它们：来自另一个世界的物品，另一个星球的物品。

夜里我敞开着房门。有一阵子，我似乎听到有人在我窗前走动，其实是个夜蛾子被困在了窗户与窗帘之间。很长时间以来，我第一次再也没有做梦。

醒来时，我像变了个人。上午一大早我去了我弟弟工作的锯木场。雾气沉沉，运河铁丝网下融化的雪水咕嘟咕嘟，我变了人似的行动着，犹如在别人的思想里。我不得不跑起来，因为再也走不下去了。像以前寻找语言一样，我现在寻找能让我回到自身的画面。烧焦了的树桩，部分已被砍光了的山脊，燃烧过的垃圾筐，田里什么地方燃烧着稻草，在正午的炎热中沙沙作响。我再也不愿意去想像什么跟我有关了，可是却突然听到自己成了腹语者，肚子取代了我的角色，并且教给我说我不愿意承认什么。迎面走来一个拎着个牛奶桶的女孩；她那样瘦骨嶙峋，我惊讶得立刻又醒悟过来。

水轮锯竖立在一片低处，克拉克马斯河从中间穿过。一群男人站在一台轰鸣的烘干机旁，正给一根粗壮的松木脱皮，我老远就认出了我兄弟。他站在树上，正在将一根铁棍塞进树皮和树干之间。我在一片高处停住步子，从那儿朝他看下去。他戴着手套和毛线帽。他用力撬着铁棍，后腿时而从脱了皮的树干上滑下。另一个工人也将一个铁棍插到树皮下，并从另一端拽出来，树皮变成长长的纤维从树干上脱开。他们用斧子砍断树皮，将它们扔成一堆。

格里高尔此刻走到一边。我想他看见了我，便向前迈了一步。他停在一堆灌木丛旁，四下张望着，却并没有抬起头来。灌木丛旁边还有积雪。他褪下裤子，蹲了下去。我眼看着大便从他光屁股里出来，慢慢落在雪地里。虽然已经完事了，可他还蹲了会儿。他站起来同时将内裤和外面的裤子一起拉上，拍着手走回树干旁。好像我只是为看这些特意跑来似的，我转身走开，径直又回到酒店里。

那里有给我的留言：那是张明信片，上面是从空中俯拍的太平洋岸边的双岩，离埃斯塔卡达有一百多公里。海滨公路画着一条大弧线从那儿穿过，海里耸立着两块黑礁石，海水在周围溅起浪花。尽管拍摄的高度很高，但公路线条依然清晰可辨。在一个地方，公路呈拱形延伸到海边，犹如一个海景观赏点，或者只是一个汽车站，上面用钢笔画了个圈，画得很用力，从背面都可以看到划痕。“这么说，此间她又换了一支钢笔？” 我对那个酒店收包裹的女士说；她正在分拣我付给她的硬币。她抬头看了一下，又得从头再数一遍。她用一只手数着，另一只手张开，让刚涂抹的指甲油晾干。她的围脖后，我看到一条长长的红色疤痕，开始我还以为是汗湿后的化妆印。我不想再给她制造麻烦，也没问明信片是怎样到她手里的。

我用最后剩下的钱乘出租车穿过俄勒冈州。这是阴沉沉的一天，好像专门为你出门才这样，只有下雨时天时而会亮起来。相机放在膝上，可看的东西很多，前后左右都是，可我太伤心，不想拍什么。

我有时小睡一会儿，一次醒来时，我看到一条河流在面前延伸，河中有一座光秃秃的小山包。又一次醒来时，我们正在穿越黑漆漆的针叶林，我必须把身体伸出车外才能看到天空。“别开窗，空调不然就白开了。”出租车司机说道。我就受不了清醒时闭着眼睛，因为这样的话，闭眼前我最后看到的一切立即就会袭来，令我窒息；等我睁开眼睛时，它才退回原位。又下起雨了，车窗变得模模糊糊，想必我睡着了，因为接着车窗玻璃又明又亮，阳光有气无力的样子，车窗前耸立着一面巨大的灰色岩壁。我直起身，摇醒自己，这面岩壁一直延伸到天边，那是太平洋。司机打开收音机；里面全是噪音。几分钟后，我们停在双岩，海鸥卧在惟一一家加油站的屋顶上。

下车！“这不过是个不到百人的小地方。”就是这样的话现在也不管用了。我本想放下箱子，却一直提着它。这里天空晴朗；阳光透过云彩时，汽车牌照的底板闪烁着。我站了一会儿，并没有放下箱子，看到一扇窗里有个孩子注视着我，还懵懵懂懂地学我的表情。我走开了；许多燕子飞来飞去，飞得那样快，你几乎只能看到它们一闪而过，就像暮色中的蝙蝠一样。

坐在刨床上，
等妈回家转，
等来黑山羊，
把咱顶地上，
飞来白蝙蝠，
将咱又来搀。

在最后那些房子玻璃上，已经映现出大海的情景。没错：烧焦的垃圾筐！在一个房子前，有一个蓝白相间的圆柱在转动：一家理发店。里面只坐着一个女人，头戴头罩，一直遮到眼边。女理发师蹲在她面前给她涂指甲油。女人将脚趾张开，它们有点弯曲和变形，关节部位长着老茧；我认出这是尤迪特的脚：年轻时，她当售货员时将脚站坏了。这时，我也在衣帽间看到了那个棕色皮包；皮包半开着，尤迪特大概从这里面拿出了披肩，现在就围在她的肩上。这条披肩是锦缎的，在夕阳中闪闪发光。“她竟把披肩也带到美国来！”我心里大声说着。女理发师给她涂手指甲时，我观察着她用一只脚的两个脚趾夹住另一只脚的大脚趾。简直是梦魇，清早醒来，口中呕出一条蚯蚓。我目瞪口呆。尤迪特在椅子上动来动去，猛地愤然的样子，好像她预感到了什么。在一个莫名的记忆中，有一个瓶塞刺耳地发出吱吱声，它是被人用嘴咬着从瓶子上拔出来的。女理发师抬头望着，由于她将手指就紧放在自己眼前，什么都看不到，我赶紧躲开她的视线。

鱼骨卡在运河的铁丝网上；霉菌长在小屋的缝隙里；走出屋子的人们，看看天空，又回到屋里；作为开拓者纪念碑，这次是超市前用装着润滑油和猪油的大桶搭建的，上面是讲述这个地方历史的文字。一个没穿内裤敞着裤裆的醉汉拐过来，径直向我走来。我给他让开道，他在我正好挪开的地方绊了一下，脸向下倒进一摊雨水中。

尽管天还没有黑，可街上的霓虹照明灯亮起来了；有根灯管闪烁着。我嘴里有一根头发，老是吐不出来。我觉得倒挺惬意的，这样就不至于我走路时无事可做啊。有时我也跑一跑，沿着没有了房屋的海岸，我一直走到我能看到海中那两块礁石的地方停下。在这里，我穿过马路，跑到这条路伸向大海的地方——也就是明信片上圈定的——坐在箱子上。太阳刚刚落山，起风了。这儿既是观光广场也是车站。很少看到来往车辆。我朝脚下深处的海滩望去。这是个岩滩，泛着泡沫的水中漂着木片。广场有栏杆围着。一个女人还站在那儿，身边有个傻孩子，一次次地爬上护栏。女人紧紧地抓住他，他不断冲着大海狂叫，让人抱他下来。一辆写着湾城的汽车停下，她们上了车，就剩下我一人了。

我朝着太平洋望去。虽然水上还泛着夕阳的余光，却是黑汪汪的。我想找回它给我的第一印象，那高耸陡峭的岩壁：可是我面前依旧是平缓的大海，直到我的脑筋转不动了。

对尤迪特的第一印象：为什么我对此一点也想不起来呢？我努力地去想：一种甜蜜的爱慕，它让我忘乎所以，飘飘然。难道这就是我们非得始终相处的标准吗？我早已忘得一干二净，我们相互只会是怒目而视。

目光又投向大海：如此空荡，我觉得自己好像被它吞噬了似的。雾气弥漫在海滩上。我疲惫得全身像散了架，这些空空荡荡的中间空间使我晕眩。跌跌绊绊，肮脏不堪，糟糕透顶。在这些随意拥有的陌生姿态中，我太久地感受到了惬意；我和所有的人都保持距离，因为我让他们成为“生物”：**这个生物**，我这样说尤迪特，**这个东西：他，她，它**。我将双手插进两腿间，身子缩成一团。一架直升机飞过街面，照亮了柏油路面。

万籁俱寂。远处能听到有一架飞机，它的嗡嗡声如此低微，让人去倾听头都会痛。

我朝四周望望，看到尤迪特拎着包从双岩最后边的房子之间走出来。她在街对面停下，左右看看，然后走过来。

她还戴着头巾，也许头发还没有干吧。她身后几乎一片黑，她早就用手枪对着我。“她对我动真的了！”我心想着，“没错，她真的动真的了！”她拉上栓。响声那样轻微，你只能在想像中听得到，根本不会信以为真。我烧成了灰，也还是个整体，恐怕只是稍稍一碰就会散开。不过如此呀！我相信自己就是为此而生的！我失望地从箱子上站起来迎着她走去。我们如魔鬼般凝视的面孔冲着对方走去；她突然将头扭向一边大叫起来，如此凄厉，就像一个大喊大叫的孩子一样，几乎要窒息了。我屏住呼吸，等她接着再叫下去，她肯定立刻还会叫下去，还会这么尖厉。可她没有叫，只是哽咽着，几乎要窒息。我从她手中拿下手枪。

我们并排站着，双脚不断交替，不知所措，心情糟糕至极。我把手枪扔到海里，它落在一块礁石上，撞出一发子弹，钻进海水里，尤迪特用拳头将嘴唇摁在牙齿上。

我们走来走去；一个人走动时，另一人便停止不动。已经入夜了，一辆灯火通明的巴士摇摇晃晃地开过来；那是一辆灰狗，车内只有几个人，枕着垫子睡觉。司机向我们招手。我问他去哪儿，他说：“向南。”我们上了车，第二天一早，我们就到了加州。

电影导演约翰·福特当时七十六岁高龄，住在自己位于贝莱尔的一栋房子里，离洛杉矶不远。他六年没有拍电影了。房子是按殖民时代的风格建造的，他常常坐在屋前的露台上与老朋友聊天。从露台向山谷望去，是一片片橙子树和柏树。客人坐的是藤编扶手椅，并排放在一起，前面的脚凳上铺着印第安式的垫子。只要你坐到椅子说起话，很快就会开始向对方讲故事。

约翰·福特满头银发，他脸上布满皱纹，有发白的胡茬。他戴着一只黑眼罩，另一只眼睛忧郁地望着前方，下巴上的肉偶尔会抽搐一下。他穿着一件海军蓝上衣和一条卡其色布裤子，脚上是一双浅色厚橡胶底布鞋。他说话时，即便是坐着，也把手插在裤兜里；他不动声色。只要他一讲完故事，就把脑袋朝着我和尤迪特转来转去，直到能够用那只眼睛看见我们。他头很大，表情严肃，从来不苟言笑；他在场时，大家都变得严肃起来，即使忍不住为他的讲述发笑。他有时起身，亲自给尤迪特续上加州红酒；我可以自己随便倒白兰地喝。他太太玛丽·弗朗西斯过后从屋里出来，和我们一起听他说话。她和他一样来自东海岸，来自北边的缅因州，也是一个爱尔兰移民后裔。你可以从阴凉的露台里望着外面的阳光；雷阵雨前的乌云从四面涌起。

“在爱尔兰我父母的村子里有一家食品店，”约翰·福特说，“小时候，我去买东西，要找回的钱用糖果来代替，糖果就放在一个桶里。几个星期前我去过那儿，五十多年来是第一次。我想在那儿买雪茄。你知道发生了什么事吗？他们把手伸进收款台下的桶里，给我找回来的不是钞票，而是糖果。”

约翰·福特重复了很多我在旅途中从克莱尔和别人那里所听过的有关美国的事；他的看法并不新鲜，但他可以讲出那一个个故事来，指出这些看法的来龙去脉。常常在人家问他一些普通事情时，他总是思维跳跃，讲起一个个细节，特别是一个个具体的人。问起美国时，他总会想起与他共过事的人。他从不评判他们，只是原原本本地告诉大家，他们说了些什么，他和他们一起经历了什么。他也只是直呼朋友的大名。“与人为敌是让人难受的事，”他说，“对方会突然变成无名无姓，一个赤裸裸的形象，他的面目进入阴暗中，变得模糊不清，扭曲不堪，我们的目光只会一扫而过，由下而上，像耗子一样。如果我们有了敌人，我们会讨厌自己的。可尽管如此，我们还是始终有过敌人。”

“为什么您总是说‘我们’而不是‘我’呢？”尤迪特问道。

“我们美国人，即使谈论我们的私事，都说‘我们’，”约翰·福特说，“这也许出自于此：在我们看来，我们所做的一切都是大家共同行动的一部分。‘自我’故事只存在于一个人代表所有别的人的地方。我们不像你们那样庄重地对待自我。在你们那儿，哪怕是售货员，出售根本就不属于他们的东西时也说：‘这个和那个我已经卖光了’，或者‘我还有件哥萨克式样衬衣’。我自己在那边就碰到过这样的事情，这是我实实在在的经历啊。”约翰·福特说，“另外你们又相互模仿，将自己隐藏，甚至连那些服务小姐都用女主人的口吻接电话，”他说，“你们总是说‘我’呀‘我’的，可当你们被看成另外什么人时，你们却觉得受宠若惊。那么你们可是一再希望绝对不可混淆啊！正因为如此，你们一再抱怨，你们受到伤害，每个人都很特别。在美国这儿，不存在这种抱怨，没有人会退缩到自我世界里。我们不渴望独来独往；如果你独来独往的话，人家会瞧不起你，那么你只有围着自己去寻寻觅觅。如果你依然我行我素自说自演的话，等不到你说完第一句话，人家就跟你不说了。”

“您常做梦吗？”尤迪特问。

“我们几乎不再做梦了。”约翰·福特说，“即使做，我们也会忘了它。我们无所不谈，也就没有什么梦可做了。”

“讲讲您自己吧。”尤迪特说。

“每当人家让我讲自己时，我就觉得这还为时太早。”

约翰·福特回应道，“我自己的经历离我还不够远，因而我喜欢说我之前人的事情。我更喜欢拍有关以前的电影。我经历的事我几乎不想回头，但是我对还没做的事和还没去的地方的渴望更大。小时候，我被一群意大利移民小孩揍过，虽然我们都信天主教！其中一个胖子很狡猾，他只对我吐口水，用脚踢我，没动手。一个小时后，我在街上看到他一人独自走过，肥头大耳，平足，突然我觉得他是那样孤独，我有一种冲动，想对他好，去安慰他。后来我们真的成了好朋友！”他回想着，过了一会儿说道：“那时我还穿着短裤呢！”

他向山谷下望去，最后几束夕阳落在橙子树枝叶上。“看到阳光照射下的树叶那样摇曳着，我觉得它们自古就这样一直摇曳着。这的确是种永恒的感觉，我会忘了还有历史。你们可能会说这属于中世纪的情感，是那种一切都还处于天然时的状态。”

“可是橙子树是人栽的，并不是天然的。”尤迪特说。

“当阳光照射其中，不断闪动，我便忘了这点。”约翰·福特说，“我也忘了自己和自身的存在。我希望，什么也不要改变，树叶永远这样摇曳下去，橙子永不被采摘，总之，一切保留这样不变。”

“那么，您也希望人们也这样一直生活下去，和他们有生以来一样？”尤迪特问道。

约翰·福特忧郁地看着她说：“是的，我们想这样。直到一个世纪前，人们要求进步，他们也有权利推行进步：从新时期起到前不久，救治理论都出自当权者：出自公爵、工厂主、慈善家。可现在，当权者不再是慈善家，最多也就是个别人充当慈善家，只有穷人、那些无产者和无权者在渴望着什么新的变化。那些有能力改变的人不再想变，这样一切就得保持老样子了。”

“您愿意这样吗？”尤迪特问。

“我不愿意这样，”约翰·福特说，“可当我这样向下看出去时，这些正出现在我脑海中。”

一个印第安女仆出来，拄着拐杖，给他膝上盖了条毯子。“她在我的几个电影中演过戏，”约翰·福特说，“她想成为一名真正的演员，可她不会说话，是哑巴。于是她成了走钢丝杂技演员，摔了下来，后来又到我这儿来了。”

“在钢丝上她感觉不错，”他说，“她觉得自己似乎会说话了。现在她落脚的样子也像是在走钢丝。”

“在有些行为中，你会突然感觉到自我的存在。”约翰·福特说，“对，这才是真正的我，你会这样想。可惜当你真正感知到自我时，你大多情况下却是独自一人。然后你就立刻努力投入社会，同时又失去自我，装腔作势。这是不幸。这很可笑。人们要在思考时获得惊喜，而不是固守自我。有时你一说出真话，连自己都吓一跳。幸福感是那样大，你一个人是忍受不了的，而且立刻又要说出真话，那么你当然就是说假话了。我还总是说假话。”约翰·福特说。“刚才我还知道我要做什么，可此刻又忘得一干二净了。只有我明确知道我要做什么时，我才是幸福的。那么我想我会高兴得牙全都掉光的。”

他领我们去房间看那一摞电影脚本，人们还源源不断地给他送来。“这里有不少好故事，简洁明快。人们需要这样的故事。”他太太站在我们身后的门口；他转过身向她望去，她微笑着。女仆用一只金属杯给他端来咖啡，他仰头喝着，耳朵上竖起一束白毛，另一只手叉在腰间。他太太走过来指着墙上的照片：一张是约翰·福特拍摄电影时照的，坐在一把X型导演椅里，脸上戴着一个蜜蜂防护罩，几个人或站或坐在他身旁，也都戴着防护罩，他脚下是一条耷拉着耳朵的狗。另一张照片上是他刚拍完一部电影的情形，他单腿跪着，紧紧地抓着三脚架，演员们围着他，头都伸向他，其中一个手搭在相机上，像是在抚摸它。“这是《铁骑》拍摄结束的那天，”约翰·福特说，“有个女演员拍摄时哭个不停。等她不哭了，大家给她擦去了眼泪。这时，她想起了自己的伤心事，又开始哭起来。”

他朝窗外望去，我们也跟随着他的目光：外面是一座山脊，长满青草和开花的灌木丛；有一条小路盘绕着山丘直到山顶。“美国没有小路，只有大道。”约翰·福特说，“我铺了这条小路，因为我喜欢在新鲜的空气里走走。”他的床上铺着一条海军毯，床边墙上挂着一幅《卡布里尼修女》画，她是美国最早的圣人。福特曾想过要拍一部有关她的电影。

他太太坐到放在房间中央的手风琴旁，演奏了一首《绿袖子》。印第安女仆用托盘端来涂过黄油的热玉米面包片，我们边吃边眺望窗外。“皮毛里的猪耳朵望着我们。”约翰·福特突然说，“您愿意陪我走走吗？”

他向尤迪特伸出手臂，我们跟他登上山丘。路面上满是闪亮的尘土；天已经落下几滴雨点，雨点落在哪儿，那儿就缩成一个个小泥球。约翰·福特边走边说，如果有谁落下，他就停下来，因为他不想对着下面说话。他谈到他的电影，一再强调其中那些故事实实在在。“没有一个是虚构的，”他说，“一切都是真正发生过的事！”

我们坐在山顶上的草丛中，向山谷下望去。他用一根长长的火柴点起一支雪茄。“我总想与人交往，”他说，“我也总想着最后一个离开，因为我不想让留下来的人中有人对我评头论足，同样也想阻止别人离开时让人说三道四。

我也是这样拍我的电影的。”

对面山上开始打雷。我们周围的草很高，时而有风忽明忽暗地吹过去，树上的叶子翻卷着，颤抖着，好似枯萎了一样。

好长一阵子，一片宁静。然后，我们身后一丛灌木沙沙地响起来，可其他所有灌木依然静静的。风在这丛灌木中停息了，一转眼，山下房子旁一棵树的树冠晃动了片刻。一切又平静下来，一点动静都没有：一种长久持续的宁静；突然间，我们脚前的草开始波动。一眨眼，四周变得一片昏暗，万物紧贴着大地。空气令人窒息。刚才还待在灌木叶子上的黄色大蜘蛛，死在我们面前。约翰·福特在草上擦擦手，同时转着戒指，仿佛他要变什么戏法似的。我的手背痒痒的。我一看，是只蝴蝶，它正扇动着翅膀；与此同时，尤迪特的睫毛垂了下来。你只需要少呼一口气，就能看到这一景。下面山谷里的橙树林里传来了雨声。“上周我们晚上驾车穿越荒漠，”约翰·福特说，“在下面的亚利桑那，那儿落下了很多露水，我们都得打开雨刷。” **在亚利桑那下面**：这几个字勾起了我的回忆。约翰·福特弯腰坐下来，几乎闭着眼睛。大家等着下个故事，于是都俯身恭听着，而我发现，我此刻在重复着他一部电影中一个人的动作；他原地不动，伸长脖子，身子俯在一个行将死去的人上方，看他是否还活着。

“讲讲你们的故事！” 约翰·福特说。

于是尤迪特就说起我们怎样来到了美国，她怎样跟踪我，抢劫我，还要杀死我，以及我们现在终于愿意和平分手。当她讲完我们的故事后，约翰·福特静静地笑了，笑容溢满他的脸庞。

“噢，上帝！”他用德语说。

他严肃起来，转向尤迪特。

“这一切都是真的？”他用英语问道，“这个故事没有一点虚构？”

“是的，”尤迪特说，“这一切都发生了。”

（1972年）

真实感受的时刻

丁君君　译

说到底，暴力和愚蠢难道不是同一回事吗？

——M. 霍克海默

1

有谁曾梦见自己变成了一个凶手，只能装模作样地继续从前的生活？从前，时光仍连绵不息的时候，格里高尔·科士尼格在奥地利驻巴黎大使馆担任了几个月的媒体官员。他和妻子、四岁的女儿阿涅丝住在十六区一间阴暗公寓里。房子建于世纪之交，是一栋法国市民住宅楼，二楼和五楼分别有一个石砌的铁艺阳台。这栋楼坐落在一条宁静的林荫道上，四周都是风格类似的建筑，顺着林荫道走下去有一个小小的下坡，那条路通向奥特伊门——城西出口之一。白天，每五分钟就有一趟火车经过林荫道边的低地。每到此时，饭厅里的玻璃和碗碟就会乒乓作响，列车上的旅客都是从郊区去市中心的圣拉扎尔火车站，然后转乘西北方向的火车去大西洋，去多维尔或勒阿弗尔。（百年前，这个居民区还是葡萄园，现在，这里的一些老居民周末偶尔也会带着狗，乘坐同样方向的火车去海边。）晚上九点之后这里就没有火车了，林荫道一片静谧，不时有微风吹拂，连窗前梧桐叶的刷刷声都切切可闻。七月底的这样一个夜晚，格里高尔·科士尼格做了一个悠长的梦，梦的开端便是他杀了一个人。

突然间，他和世界脱钩了。他想改变自己，就像一个求职者想“改变自我”一样。然而为了不被觉察出异样，他还得延续从前的生活和自我。这样一来，即便他每天毫无异样地和旁人一同坐在餐桌边，已然是一种伪装；他突然开始长篇大论地谈论自己，谈论“从前的生活”，也是为了岔开别人的注意。他杀害了一个老妇人，草草处理尸体后放进了一个木箱里——我会给父母带来多大的耻辱，他想。家里竟出了一个凶手！他最大的困扰是，自己已变得面目全非，却还得假装合群。那个梦的结尾是，陈尸的木箱已明目张胆地竖在他住的公寓门外，终于有一个路人打开了木箱。

从前，科士尼格对某事忍无可忍时，一般会找个地方躺下来睡一觉。而这天夜里，情况截然相反：那个梦令他不堪忍受，终于醒了过来。然而他很快发现，清醒和睡眠一样不再可能，甚至比后者更可笑，更无聊。仿佛他已开始受到无法预见的惩罚。事已发生，无法挽回。他双手交叉枕在脑后，但这个习惯对现状没有任何改观。卧室的窗外风平浪静；寂静良久后，院里常青树的一根枝条抖了抖，他却觉得，那根枝条并不是为风而动，而是因为自身内部蓄积已久的压力而动。科士尼格忽然意识到，自己的屋子在底层，上方还有六层楼，重重叠叠，很可能都配备着沉重的家具，暗漆箱柜。他没有把手从脑后抽出来，而是鼓起了腮帮，仿佛在找一种庇护。他左思右想，希望知道接下来该怎么做。然而，既然一切都已失效，他也无能为力。他蜷起身体想重新入睡，却史无前例地第一次失眠了。快六点时，第一趟火车开过，床柜上的水杯终于叮当响起，他木然地起了床。

科士尼格的公寓很大，结构错杂。屋里走道繁多，两个人会不期然地忽地撞个满怀。走廊很长，看似通往一面墙，到墙边却又有一个拐角，拐过去又是一段悠长的廊道，你不禁会怀疑自己是不是还在同一所公寓里。走廊一直通向一间里屋，他的妻子正在自学一个听说教程，偶尔会待在那个房间学法语，有时就睡在那里，对此她解释道：疲倦的时候，她很恐惧幽长的走廊和那些曲折的拐角。公寓如此曲径交叉，他们虽然明知女儿不会在里面走失，但还会不时叫一声："你在哪？"女儿的房间有三个入口：走廊，被妻子称作"工作室"的里屋，以及不明就里的客人眼中的"父母卧房"。再往前还有饭厅和厨房，厨房还有一个"用人入口"——他们没有用人——以及用人专用的洗手间（洗手间的门锁莫名其妙地安在外面）。公寓最前方的"几间沙龙"紧挨着街边，妻子称其为"起居室"，租房合同把其中一个沙龙列为"图书馆"，因为墙上有一个小书龛。直通街面的房间在合同里名为"前厅"。公寓每月房租是三千法郎；房东是一个法国老女人，丈夫曾在印度支那有过地产，现在她只得靠房租度日。奥地利外交部承担了三分之二的房租。

通过里屋半开半合的门，科士尼格观察着沉睡的妻子。他希望妻子一醒来就会问他在想什么，然后他会答道："我正在想，怎么才能不想我的生活。"突然他又希望再也见不到她，听不到她的声音。把她撵走。她闭着眼，眼皮皱巴巴，不时悸动一下，看起来快醒了。她的肚子咕咕作响。窗外有两只麻雀正在叽叽喳喳地尖叫，应声总要比呼声高几个八度。都市夜间的朦胧低语正渐渐清晰，不同的声音凸现出来：车流渐密，刹车声和鸣笛声此起彼伏。妻子头上还戴着耳机，语言教学唱片还在唱机里转动。他关上唱机，她睁开眼。睁眼的她看起来要年轻一些。她叫斯蒂芬妮，直到昨天，他至少还曾为她心动过。为什么她看不出他的异样？“你已经穿好衣服了。”她说，一边摘下耳机。这一刻，他觉得自己几乎要跪在她面前，和盘托出一切的一切。从哪里说起呢？从前，他有时会用手按住她的喉咙，那不是粗暴，而是他表达感动的某种方式。现在他想，除非她死了，否则我再也不会为她感动。他站着不动，仿佛罪犯名录里的人物一样，把头转向一侧，以一种家常便饭式的口气对她说：“你在我心中没有分量。我再也不想跟你共度一世。我再也不想关心你的任何事。”——“很押韵么。”她说。话脱口后，他才意识到最后两句押韵，太迟了——这样的话，她就不会当真。果然，她闭上了眼睛，问他：“今天的天气怎么样？”他瞥也没瞥窗外一眼，就径直答道：“天高云淡。”她笑，很快又睡着了。一无所获，他想。太奇妙了！这个早晨，在他眼里，自己的任何行为都那么奇妙！

来到孩子的房间，他觉得自己在告别；不仅向孩子告别，还向迄今为止与自己相得益彰的一种生活方式告别。再也不会有任何适合他的生活方式了。他站在堆放着乱七八糟的玩具的房间里，心里惶惑不已，一不小心竟扭伤了膝盖。他坐下来。短暂的想像缺席让他很疲倦，觉得自己应该找些事来做。孩子昨晚睡前把鞋带抽了出来，于是他给孩子穿鞋带。沉睡的阿涅丝的头发遮住了整张脸，他看不见她的样子。他把手放在阿涅丝背上，感受她的呼吸。孩子的呼吸很宁静，闻起来很温暖，以至他回忆起了从前，那时的一切都和谐美满，仿佛蜗居在一片巨大穹顶之下。那时他常常把妻子误叫成“阿涅丝”，把女儿误叫成“斯蒂芬妮”。这些现在都已成泡影，他甚至连再多的回忆都没有了。科士尼格站起身时，觉得大脑似乎正在缓缓冷却。他皱起眉峰，死死合上双眼，仿佛要将麻木的头脑重新催热。从今天开始，他想，我要过一种双面生活。不，我没有生活：无论是旧的还是新的。旧生活只是一种伪装，而新的生活则泯灭在旧生活的伪装中。我的心已不在此地，却又无法设想去往别处；我无法设想再一如既往地生活下去，却也不能想像别人那样去生活。我并不是排斥，只是无法想像自己像佛教徒、前卫者、人道主义者，或一个绝望者那样生活。对我而言，“如何”并不是一个问题，最多只是如何继续“如我”地活下去。——这个念头突然让科士尼格喘不过气来。下一刻，他觉得自己几乎冲破了躯壳飞出去，留下一大团湿糊糊的血肉在地毯上。仿佛这个念头已经玷污了孩子的房间，他匆匆离开了。

不要东张西望！他走在走廊里，心里念叨着。“目不斜视！”他大声道。他盯着一间起居室里的红沙发，沙发上放着一本打开的儿童书，乱七八糟。一切如此熟悉，却让他厌恶。他合起书放在桌上，让书和桌沿保持平行。然后他从地毯上拾起一根线，捏着它穿过走廊走进厨房，扔进垃圾桶里。做这些事的同时，他一直沉浸在恐慌中，竭力以完整的语句来思考。

他神色木然地离开幽暗的公寓，走到街上。外面一片残酷的明亮！我也可以这样赤条条地一览无遗，他心想。一有这个念头，他不由自主地低头看看自己的裤链是否拉上了，并悄悄地整理了一下。不能让别人看出他的异样。他出门前刷牙了吗？马路的另一边，排水槽中的流水正灿烂地汇入奥特伊门，那景象暂时驱散了他脸上的木讷。水底石板的颜色已经被冲洗得很淡。科士尼格走着走着，忽然瞥见了一条很像自己家乡附近的小路，路边的墙上爬满了细溜溜、湿乎乎的黑色蓝莓根。他小时候经常在家乡的那条路上刨粘土，然后捏成弹子和火箭形状。幸亏刚才和斯蒂芬妮说话时不小心押了韵，他心想：不然我就暴露了自己。他将袖口从大衣中抽出来。今天起床以来，他终于首次有了一点好奇心。通常科士尼格是一个好奇心很重的人，但他从不会给自己惹事。这条路的尽头有什么？他一般会在奥特伊门坐地铁，在拉莫特－毕盖－格勒奈尔转车，一直坐到荣军院广场附近的拉杜尔大街。奥地利使馆是一幢三层建筑，位于法贝尔街附近的七区。今天他打算步行去使馆，给自己开个小差——或许这就是一种方式。他可以从米拉波桥过塞纳河，然后沿着码头一直走到荣军院广场。走路时，他或许能理清脑中那团“非此非彼”的乱麻。对，理清！他一边想着，一边注视着自己在奥特伊街一家面包店橱窗里的形象，看起来很整洁。他好奇地伸展了一下身体。

作为媒体负责人，科士尼格打开任何一份报纸第一眼都会搜索“奥地利”和“奥地利人”等字眼，好像那才是他的名字。走到米拉波街，他经过一栋楼时瞥见了一块纪念碑，上面竟写着“奥地利”。原来这块碑纪念的是一个奥地利籍游击队员，参加了法国抵抗军抗击纳粹的战斗，三十年前在这里被德国人枪杀了。7 月 14 日国庆节，人们打扫了碑石，在碑下的人行道上放了一个铁盒，里面是一根冷杉枝条。这个蠢货，科士尼格暗想，踢了一下铁盒，盒子向前滚了几步，他只好又用脚拦住。他走过凡尔赛大道，看见一排工地围栏上挂着一幅海报，鼓动人们参加某个会议："伊莎贝尔·阿连德对我们说……" **对我们！**他想，转头吐了一口痰。垃圾！他经过一家报刊亭，早报栏只有五点发行的《费加罗报》，他在上面读到，土耳其军侵入塞浦路斯后，现在已经攻进了首都尼科西亚；战争一触即发。真烦人，科士尼格想：干扰我的生活！桥上有一对情侣向他迎面走来，手挽着手。女人啃着一块长长的白面包，毫无战争临头的忧伤感，这让他的心绪平静了一些。那个男人怎么这么矮？这种身高真让人倒胃口。想想看，他怎么把可笑的精子射进这个女人可怜的肚子里！他走到桥中央停住脚步，低头看塞纳河。"米拉波桥下流淌着塞纳河和我们的爱。"[1] 对面的河岸上挂着一幅推销高层公寓的海报，上面写道："从米拉波桥上看诗一样的巴黎。"失势的诗歌！塞纳河水一如既往地泛着褐色，一如既往地向西边的丘陵流去，晨光正渐渐漫向市郊的默东森林。对于科士尼格而言，一切都同样遥不可及，同样毫无意义：左岸的淘沙厂、默东的丘陵、圣克劳德、他的鞋头。仿佛他的目光在接收任何对象之前，就已经被一层不可见的隔阂消解了。一切都是不可触及的——他也没有兴趣去触及什么。眼中

---

[1] 引自法国现代诗人吉尧姆·阿波利奈尔（Guillaume Apollinaire，1880—1918）的名作《米拉波桥》。

没有任何可爱之物，他以一个受虐者的目光看着外界，心里想：我这时就是跳进地铁轨道，也没有人会注意，大家都只看自己的眼前。他在雅威尔坐上了列车，然后像往常一样，刚过七点时走进了奥地利使馆，惟一的不同就是万念俱灰的糟糕神色。

科士尼格的办公室在使馆楼三层，窗外有一棵栗子树。他的主要工作是读法国的各类报刊杂志，从中圈出与奥地利相关的所有文章或报道，差不多每天向大使作一个总结报告，每月还给维也纳的外交部打两篇报告，报告的内容是法国大众媒体中的奥地利形象。奥地利为自己设定了一种新的形象定位，他得以这种定位为标准来衡量法国媒体中的奥地利形象。新定位认为：奥地利不仅仅只是一个以利皮扎马和滑雪著称的国家。因此，如果法国报纸或电视媒体仅仅传达了奥地利的传统形象，科士尼格就得去信予以纠正。他在办公桌上贴了一份信件样本。比如说去年，《金融时报》为奥地利颁发了一份“经济奥斯卡”奖——奥地利在工业国统计数据中位居第一。科士尼格寄出去的纠正信件很少受到重视；他写给外交部的报告更是回音寥寥。他偶尔也会参与记者们和法国政客的工作餐，餐费得提前汇款支付。有时他也会请请那些记者，之后都能入账，因为这些花费都属于他的工作范畴，可以报销。餐费的入账名目为“坐式活动”。“立式活动”指喝酒，顶多加一份自助快餐。这些差不多就是他的工作内容。迄今为止，他的工作态度一直无可指摘。他自己心中并没有奥地利形象，因此很高兴有官方的形象指南。惟独有时，他会收到一些孩子写来的信，向他打听奥地利的事，这些他不知道该怎么回复。好在这些信中的问题大多是在成年人的指示下提出的。

几个月前，科士尼格向在夏悠宫举办的一个系列电影展提供了一套奥地利默片，之后虽多次催促，对方也没有归还。这天早上才终于来了一辆货车，送还了电影胶卷。他在使馆楼的院子里对照送货单一卷一卷地检查，对司机的不耐烦置若罔闻。没人注意这里。使馆里几乎空无一人。他因为要读报纸，像一贯那样来得很早。到办公室，他打开夜班工人放在门前的包裹，扯掉印着“奥地利大使馆”红色字样的地址标签。他想起联合国派到塞浦路斯的维和部队里有奥地利士兵，于是在各个报纸上寻找相关报道。还没死人吗？他手里拿着一支油笔，开始认真读报，每半个小时起身一次，从嘀答不停的传真机上扯下法国媒体发来的报道。短波收音机也打开了。八点前后，他就收到了关于塞浦路斯暂时停火的消息。现在，他可以不受干扰地独自待着。像平时一样，他的手指在报纸上摩挲得乌黑。读报时的他纹丝不动，连脸上的痒也不知道挠一下，只是一直读，看到所谓的“关键语句”便用笔画出来，果断得头都不抬。哪些是奥地利形象定位需要的“具有推广意味的”报道呢？贡比涅的农业经济博览会上展出了一种奥地利制造的造林设备。里昂的显微镜展览中有一款奥地利的研究型显微镜。《世界报》称赞了蒂罗尔自然环境的改善。《作者报》又提到了奥地利的反犹主义，虽然科士尼格根据形象定位方针已经多次去信纠正。一家试用商品杂志推荐了一款奥地利的滑雪板皮带。可是《解放巴黎人》报把奥地利的布鲁克纳误称为德国人。九点左右，科士尼格认真洗净了手，去找大使。大使今天来得比较早，他问科士尼格对塞浦路斯局势的看法，然后几乎关切地自己替他回答，科士尼格只须偶尔应道“很有可能”或“这也不排除”。虽然大使自己也常常宣称，上级应该有察言观色的能力，但连他都没有发现科士尼格的异样。（否则他会跟科士尼格一道一道地细数昨天和法国伯爵晚餐的菜肴吗？）科士尼格如释重负，却也有一丝莫名的失望。

他像往常一样，在拉杜尔大道的咖啡馆要了一杯茶。

望着街道，他忽然发现，自己对所有人都已无话可说。他常听人说："要我说……"现在他只想：要我说，我要消除一切。人行道上的垃圾桶上浇满了咖啡汁，中间还有滤纸，这让科士尼格想到了一块刚用人粪施肥的草坪：草芽间尽是点点厕纸。他走进洗手间，郁闷地对着洞撒尿。尿液的气味让他清醒了。他想起了明天和后天，十分厌恶，不由拉响了手指骨节。他咧了咧嘴，同时立刻左右打量了一眼，生怕有人在看他。回使馆的路上，他突然很想表达自己的愤怒。他从咖啡馆舒适的椅子上站起身来，前景黑暗。他紧紧抿着嘴，以这副表情和一个迎面而来的同事打招呼。那人的样子让他想起了袖套，虽然他很久都没见过戴袖套的人了。为什么这些人不能对他视而不见？为什么非得朝他迎面走来呢？一杯放了几天的牛奶上结了一层褐色的奶皮。他目前虽然还活着，能自由行动，但很快就会完蛋。他想揍所有人！一切的一切，甚至连喝第一口茶的享受，突然都变得那么有限。我的生活轨道中断了，科士尼格想，仿佛想让自己心情好一些。一辆童车停在一个楼道里，车上盖着一块塑料遮雨篷，他匆匆走过时瞥了一眼，那景象令他顷刻毛骨悚然，仿佛昨晚未完成的噩梦在这里被续写了。他强迫自己走回来，仔仔细细地打量童车。

他看见前面走着两个黑人，双手插在口袋里，外套被撑裂了一道缝，从后面能看见露出来的屁股——两人都是同样的裂口，同样的屁股！一个女人左右脚穿不同的鞋，一只的鞋跟比另一只高出很多。还有个女人正抱着一只美国可卡狗失声痛哭。他觉得自己仿佛被囚禁在迪士尼乐园里。

他看见人行道上有一行粉笔字："哦，美丽的人生啊！"下面还有一行"我和你一样。"旁边还有一串小小的电话号码。这个人书写"美丽的人生"时，还得弯下腰。他想，一边抄下了那串号码。

他坐在办公室里读着刚送来的报纸。阅读中，他发现那些版面的标题上经常出现"越来越多……"的字眼。"越来越多的婴儿有营养过剩的问题。""越来越多的儿童自杀行为。"读《时代周刊》时，他看见很多版面上都有"我正在发掘生活"这句话。一个篮球巨星说："我正在发掘生活。"一个退伍老兵说："我们是一个幸福的大家庭。"一个乡村女歌手说："我非常幸福。"一个使用新牙粉的男人说："现在，我要发掘生活。"科士尼格想冲着整栋大楼怒吼。但他只是静静地盯着天花板，小心翼翼，仿佛这样即会被人识破秘密。

他把人行道上的电话号码放在面前，却先拨了其他几个号码。接下来的这段日子里，他想尽可能避免独处，找些熟人一个接一个地见面。由于害怕自己在电话里说漏嘴，或突然哑口无言，他在每拨一个号码前都把自己想说的话写了下来。最后，记事本上直到月底的日程全部爆满，每天晚上都有一个约会。我要献身工作，他想。最后，他拨通了人行道上的那串号码。接电话的是个女人。她说不记得自己在马路上写过什么，可能是醉酒后写的。科士尼格原本只想讽刺她几句，这时却改口说："您没有喝醉。明天晚上九点，我会在剧院旁边的和平咖啡馆。您来吗？""也许吧，"女人说，然后又补了一句，"我去。我们不要约定接头暗号。我希望自然见面。我会到的。"

中午时分，科士尼格穿过圣多米尼街去坐 68 路巴士，照常去蒙马特见一个情人。他跟着一个裤子上印着"芝加哥城"的女孩走了好几条小街，想看清她的脸，后来又意识到自己已经忘了她。上车后，他发现车厢里只有他自己一人，亢奋了一阵，蓦地打了个寒战，心中泛起了一股不针对任何人的强大感。到了下一站，他抬头一看，前面已有了几个后脑勺。

科士尼格朝车窗外看，眼前仿佛闪动着无数透明的斑点，他闭上眼再睁开，斑点竟然更多了。下车后，他决定静静站立片刻，耐心地盯着什么看，比如说天空。他麻木地站着不动。一个人走过他身边，淡淡地说了一句："很平常。"是啊，一切都平常得可悲。他忽然想起了某乡村里的一个朝圣地，地名就叫做"玛利亚·可悲"。

他尽量让自己不引人注目，于是第一次为情人买花。如果有人在观察他，看着他走进花店，也不再会觉得他有什么异样。他只是芸芸众生中的一个，沉浸在日常琐碎中，无忧无虑到了买花的境界。他打算做个正统的人。花店里很凉爽，有人要买一束剑兰，他心里充满了安全感，竟很想帮女店员扎花束的蝴蝶结。店内的环境、水的气息、四处的水池，都让他很舒服。店员以一种优美而细腻的认真态度，将剑兰一枝又一枝摆到包装纸上。以前如果有人问他，送人的花束应不应该精致包装，他会不假思索地回答：简单包就可以了。今天他却在一旁认真观察，看女店员如何用针线缝合包装纸。整个包装过程中——无论是剪断花茎，摘下枯萎的花瓣，还是将花束递给客户，女孩没有一个多余的动作，科士尼格认为很妙。在这家店里，他觉得自己似乎很卑微。如果嘴唇能绷紧，他就能笑出来，女孩也笑了。这种纯粹客套的友善在他看来却是一种人道待遇，她令他感动了。

他拿着那束花往蒙马特走，看起来毫不起眼。勒皮克街各家市集的气息混在一起，根本无法辨别源头：鱼、奶酪、阳光下的法兰绒西装的味道……从一家面包房敞开的门内飘出一缕白面包的香味，那气味令他措手不及地沉入了回忆之中，并非他自己的回忆，而是一种全新的、更宏大清晰的回忆，他眼前的平面世界骤然立起来了。所有人的举止都果断自如，没有人自怨自艾：在这些他永远不会认识的人中间，他有了一种归属感。他在情人的门前慢吞吞地脱鞋，一边幸灾乐祸地笑——笑谁呢？门内传来了脚步声，越来越近，他知道，一切马上就会重演，毫无廉耻，他们将认出对方，然后彼此微笑，这个念头让他的目光无地自容。还不晚，他还可以顺着楼梯火速窜上去。科士尼格一动不动地站着，双脚并拢，直到门像往常那样打开。惟一不同于往常的是，他几乎要被心中的荒谬感击溃。

他不动声色。贝亚特丽斯第一眼就认出了他，这让他颇有些困惑。他突然担心自己下次认不出她，于是努力想记住她脸上的细节，或记住某个特殊标志。贝亚特丽斯在十五区的联合国教科文组织做兼职翻译。丈夫骑摩托车时撞死在一辆拖车上，她独自拉扯着两个孩子——孩子此时不在家里。他们是在一次使馆的接待活动中认识的。她走到他面前，问："接下来我们做什么？"科士尼格经常来看她。他喜欢望着她忙活家务。她话很多，听她说话时，他有一种宁静而又强烈的兴趣。"在你面前，我不怕自己会做错事。"她说。他们从来不想彼此的关系。"不多想或许是个好征兆。"贝亚特丽斯说。她把自己遭遇的一切都理解成一种征兆；即便在别人眼中是很坏的信号，她也只会看到事情将有转机。她不喜欢困境，却把困境看成是好事的兆头。因此她才能开朗地活下去，和她在一起，科士尼格至少能暂时忘却那个万念俱灰的开端时刻。

然而现在，他所见到的一切都成了死亡的征兆。他什么都不想看。虽然睁着眼，却感知不到任何令他欣慰的事情，忧虑令他一阵剧痛，从心口一直痛到舌尖。他想起了那条楼道里盖着雨篷的童车，雨篷上还有水泥块，贝亚特丽斯想帮他脱大衣，他不情愿地转过头去。现在，他突然变得担心自己说错话做错事，担心自己做事心不在焉——切肉也罢，拥抱也罢，甚至是呼吸。一切惯熟的动作，他都做得谨慎庄严，因为担心自己会脱离角色：从酒瓶里拔出软木塞，把餐巾铺在膝盖上。在致命的恐惧中，他突然给家里打了个电话。“一切都还安好吧？”他用了“安好”这个生僻的词，掩饰自己的恐惧。再次坐在饭桌边，他什么都想自己来，虽然平时他很喜欢贝亚特丽斯在饭后给他削一个苹果。

他没让她帮脱衣服。如果她敢碰他，他会一拳把她打倒。裤子放到椅子上；双双躺倒在床上；阴道接纳他的阳具。女人用指甲轻轻摩挲他的阳具时，他觉得她正在传染一种恶心的皮肤病给他。做爱时，她的肚子轻轻擦着他，他才有了安全感，然而到高潮时，他体会到的不再是一种火热感，竟是一阵迅速漫遍全身的冷战。他巴不得马上冲个澡，穿上衣服，跟她面对面远远地坐着。她望着他，于是他用大拇指爱抚般地摸她的眼帘，让她合上眼不看他。但她立刻又睁开了。他觉得那双大睁的眼睛仿佛在笑，于是强迫她合上。贝亚特丽斯挣脱了他的手转开头，依然继续望着他，她并没有紧张，反倒有些忍俊不禁。于是他只好闭上眼睛——随她去，直到他觉得有了安全感为止。然而失明般的感觉很快让他难以忍受。他想睁眼，眼睛却无耻地拒绝就范：眼皮仿佛粘在了一起，很费力才能扯开，先是一只，然后另一只。贝亚特丽斯还在盯着他看，或许她一直都在注视他——仿佛他有问题。她抿紧了嘴唇，但嘴角还有一丝缝隙，里面似乎有一颗闪着光的虎牙。他在脑中想像一只死猪，其实只是为了不居于她的下风。他们对视的时间越长，她越发显得关切，而他越发心不在焉。由于脑中一片空白，他做了个鬼脸——不，他的脸变成了一个鬼脸，虽然他并没有刻意作任何表情。他假装打了个呵欠，这样至少能暂时再次闭上眼。他抓住贝亚特丽斯的头发，推着她的头沿着自己的肚子滑下去，让她含住阳具，用舌头从下往上舔，仿佛要把它舔长。他的身体暖和了，觉得自己和贝亚特丽斯暂时是一体的。他还觉得，自己只要此时开口说话，就能彻底理解她。

他们在厨房里喝咖啡，他望着她从冰箱里拿出焦糖布丁，这样孩子回家时布丁就不会太冰。如他所愿，她真的坐在了他对面，在他伸手能及的范围之外，她认真地为还在上幼儿园的大孩子削着用钝的彩色铅笔。凝望着她时，他终于能纵深地进入视线之中。透过敞开的窗口，他听见了寂静的街道上排水渠中的水流声。在某些悬突的石头上，水的叮咚声格外清晰。他聆听得越久，周围的空间就延伸得越远，水渠的水在他心中变成了一条小溪流，汩汩的溪水声讲述着一段几乎被遗忘的故事。贝亚特丽斯一直不停地转动着卷笔刀中的铅笔，咯吱咯吱——科士尼格突然忘记了自己的名字。只要厨房用桌上还有这些未完成的工作，他就能远离危险。厨房用桌：这个词语现在有了更重要的含义，某种安全的含义。他可以从桌边站起，一直向后退，退到红色地板砖那里。贝亚特丽斯专心致志地转动着铅笔，忽然停住了手，反过来开始转动削笔刀，仿佛她脑中掠过的某个念头突然变成了一种强烈的意愿，一个客观意向变成了一种主观矛盾，或是一段早被遗弃的回忆变成了一种当下的感觉！他周围的公寓仿佛变成了平地，明亮通透，宛若在一片高地上——科士尼格心醉神迷地闭上眼，想阻止自己哭出来，又像要更好地享受眼泪。

他以一种“再不来”的目光看着一切。虽然眼睛望着贝亚特丽斯，但他已将她抛到了脑后。他已经不再属于她，只能如此；必须如此。他的体内一阵噼啪作响，然后轰然崩溃。一次复杂的灵魂塌方，他想。一些零星的思想突破了外壳，他永远地僵化了。人的身体上有丑陋的痛苦吗？身体有丑陋的伤口，灵魂才有丑陋的痛苦。身体的伤口有时也是美好的，尤其那些令人扼腕的伤口，美好在于它们愈合时——而灵魂中只有一种，一种丑陋的痛苦——“我觉得自己吃太饱了。”他对贝亚特丽斯说。她在一边不时投来同情而又冷漠的目光。窗外飘过一颗球状的花种。怜悯！科士尼格觉得自己体内的那团垃圾仿佛倾塌了。他几乎想对着房间大声放出一个响屁。

贝亚特丽斯把目光从他身上移开了一阵，很快又看过来。她想帮助我，他愤怒地想，几乎要一拳砸向她的脸。摆在桌上的前臂已绷紧，他悄悄地抽回了胳膊，她把卷笔刀里的木屑吹了出来。不要特殊处置！他偷偷看自己桌面下的双腿是不是像平时那样放着。一条腿伸开，另一条弯曲——正常！现在，科士尼格最害怕的是别人的洞察力，害怕别人会真正读懂他。如果一个人心领神会地说："生活有时就是这样，我也经历过！"他会觉得恶心；但如果有人沉默不语地看穿了他，那又会成为他的耻辱。贝亚特丽斯移开了目光，仿佛不想看穿他……或许她根本没有兴趣看穿他吧？不错，她没有兴趣。谢天谢地，这就意味着她并不把他当回事。他站起身，隔着桌子俯身凑近她，高兴地抚摸她。她完全不理解他的动作，高高地耸起了肩膀，但并没有拒绝，因为对方是**他**。一切都不会再回到从前了，科士尼格想。——他也不愿回到从前。从前根本就不是从前！之前的生活令他呼吸艰难，令他……他简直无法描述。他第二次有了好奇心。"你突然眯起眼睛，"贝亚特丽斯说，"想起了什么好玩的事吗？"——"你呢？"——"每时每刻。"

她答道，“我总在最开心的瞬间想，还有好事会发生。”

他们一起离开公寓。她乘电梯，他走楼梯。两人在街道上遇上了，又分道扬镳，贝亚特丽斯的神情严肃而淡漠，没有语言，仿佛以后的事都已安排妥当。再见，明天见。今天呢？他得回去工作。六点钟，他得参加在爱丽舍宫举办的一场关于政府新政的媒体发布会；九点钟，他还要在家里会见一位旅居巴黎的奥地利作家，和他一起吃饭（预算之内的坐式活动）；然后他会筋疲力尽地睡死过去，无梦。满满的日程，他感恩地想，没有自由的空间，包括深夜熄灯的动作在内，一切都已得到安顿。至少今天的每分每秒都已有安排，没有危险的多余行为，日程表爆满的幸福。想到这里，他真真切切有了一种被呵护的幸福感，可以放心大胆地抬起眼睛，世界就候在他面前，仿佛一直在等待他的到来。

空气很澄净，站在小山上可以鸟瞰巴黎城内城外的全貌，眼中绿意盎然。城市的全貌毫无零乱感，每一个叛逆的细节都被归约到整体印象下。这一点让他很舒服，因为他不愿被唤起任何记忆。第一眼望去，这幅全景并没有任何不寻常之处，因此他能够在呼吸中将内在的自我推出体外，不留一丝烦闷。他蓦地发现旁边冒出了一个游客，穿着军夹克，前胸口袋里插着一支牙刷。在看清牙刷之前，他突然抽搐了一下，仿佛裂成了两半。他想起昨夜的梦，梦里也出现了这样一支牙刷。那支牙刷和他这个逃窜的凶手有关。而在此之前，站在高处，他已成功地把那个梦放在了其应有的位置上——梦就是梦。现在呢？我真蠢，居然认为这种高处的全景图就能修正所有的维度。真正的维度是什么呢？那个梦是真实的，他想，但我竟被这个全景摆布了，出卖了自己的梦。登高望远的懦夫！这么久以来，那个梦或许才是我的第一个生命征兆。它想警告我，它要扭转我，因为我一直站错了边。为了保持清醒，我要忘却这种梦游式的安全感。忘却梦向来容易。然而摒弃安全感却很困难，因为每天我都会迎头碰上这样的安全感——其实那只是旁人灌输给我的梦。我站在高点，俯视低处的芸芸众生，这种视线给了我安全感，然而这种安全感守护的只是别人的生之梦。我的生之梦是什么？科士尼格思索着。只要我找到自己的生之梦，就能忘却那些安全感。或许，昨天夜里的梦就是我的生之梦吧。——排水渠中的水沿着山势向下淌去，汇入另一条水流，科士尼格很想追随这条水流穿过整个城市。

这一天，他的情绪虽然偶尔也会开朗起来，但都是转瞬即逝，只能持续一次呼吸的时间，一切都变得不可救药。甚至在那些开心的时刻，他依然还在思考以后该怎么做。令人绝望的是，他一刻不停地想着未来，却又无法想像未来的模样。他从来没有如此开心，也没有这样绝望过。虽然情绪不断好转，但他已不再信任自己的感觉。对他而言，愉悦并不能留驻在当前，一切都不能留驻在当前——哪怕是对生之梦的念头。他就像一个浪荡子，脑中只盘旋着一个念头，不是女人的阴部，而是一种无法想像之物。难道没有人察觉他猥亵的表情吗？他无法理解，为什么别人瞥他一眼后不再投来意味深长的第二眼，为什么女人看见他竟不扭过头去。不对，的确有一个女人转开了头，脸扭曲成了一种厌恶的表情。或许，他应该去公园，坐到一丛灌木边？这样就会有更多人以这样的目光看他了。

他闻到了嘴里的血腥味。令人厌恶的，并不是他一夜之间的诡异变化，而是其他的一切都如此永恒不变。令人厌恶的，并不是他展现给外界的形象，而是其他人没有展现出同样的形象。他思忖着自己的年龄，不但计算年份，甚至还算到了月、日，一直算到他站在蒙马特高地上的那一分钟为止。原来他已经活了这么久！想到之前那一个小时的煎熬，他奇怪自己为何没有在很久之前就窒息而死。

无论如何，时光终究还是消逝了吧？是的，无论如何，时光已逝。无论如何，时光就这样一点点消逝。无论如何，将来的时光也会这般消逝：这是最令人作呕的事实。他一看见比他老的人，就觉得这些人已经活得太久。他不明白，这些人为什么到现在还没有死。他们是怎么扛过来的，怎么继续活下来的，他实在无法想像。肯定有什么伎俩——单靠循规蹈矩是解决不了这个问题的。他有点佩服他们，但这些人还是唤起他的厌恶感；他不想知道他们的伎俩。一个丹麦人开着一辆哥本哈根车牌的小车，那家伙真令人致敬，居然高高兴兴地开着车穿越了整个欧洲，居然没有在半路上开进某个悬崖下。或者，他应该在某条德国高速公路上，及时掉转车头，连人带车滚到桥下，这样不是更令人肃然起敬？在这里展示自己的丹麦身份，只能是个笑话！一切都毫无意义，只是一种合理的假象；太有意义了，科士尼格想。一对情人坐在咖啡馆里，起身离开时，他们还是一对情人：非常合理。他不理解，这对情侣为什么起身离开时还和对方讲话，甚至很友善，仿佛什么都没有发生过。其实，他这种对己对他的观念并不是昨夜之后才有的。慢慢地他想起来了，从前他偶尔也会对这个世界的运作和状态感到疑惑。一次，他坐着地铁 9 号线穿过了整个巴黎城，只是想看清杜本内葡萄酒的广告牌，那些广告牌悬挂在各个地铁站之间，坐在车上隔一刻就会看见一幅。可是地铁开得太快，他每次只能看到广告牌的同一个角，而不是全貌，而那个角传递的信息又不够。本来他可以在市中心站下车，但他还是坚持坐到了巴黎东南郊的夏朗门，列车在经过一处工地时减缓了速度，这时他才最终看明白了，那些莫名其妙的斑点原来表现的是一团彩云，前方的圆球则是太阳状的地球，球面上用不同颜色标示了所有有杜本内酒的国家……从前，如果事情发生得太快，他会快步跟上，想认清其真相。自从昨夜之后，某些东西停滞了。它的面目无法辨认，他只能回避。投奔它已成了一个笑话，重归旧世界又不可想像，安身其中等于人间地狱！他仿佛看见了一口和世界一般大小的锅，焦烂的米粒在锅中胶结成块。骗局已被识破，他已清醒。

科士尼格一步一步，沿着小山坡走下来。他的走路方式中有一种造作的无动于衷，他的表情中有一种敌意的冷漠。他已失去了模仿的兴趣，只想恶意地去戏仿别人——每个人的神色都洋溢着夏天般的高涨热情，只有在一种恶意的戏仿中，他才能忍受这些嘴脸，就像在咖啡馆中，他常会不由自主地去戏仿那些矫揉造作地匆匆走过的女人，她们目不斜视，生怕破坏了自己美观形象，或担心自己像酒鬼一样，傻乎乎地将真正的面孔暴露给迎面走来的人。

他在路上看到一个女人，走到路中间。她突然开始微笑，向前跑了几步。他大吃一惊。她疯了吗？这时他才看见有男人从远处向她走来——他也在笑！两人全神贯注地微笑着奔向对方，虽然距离很远，障碍不断，虽然男人差点被一个空箱子绊倒，虽然女人和一个路人撞了个满怀，但他们还是坚持不懈地维持着微笑。科士尼格难以忍受这样的闹剧，又尿急，便继续走他的路。接下来，他们要用可笑的胳膊抱住对方，交换可悲的眼神，亲吻对方可怜的脸颊，他想。然后他们又会全神贯注地走自己毫无意义的路。恐怖！他觉得自己应该垂下下巴，让满嘴的唾沫流出来。他看见一个孩子满怀心思地站着，嘴里吐出一个水泡，又破了。他遇见了一个手提黑色文件包的男人。这个人真不知羞耻！科士尼格立刻想。我应该对着他在胸前画十字。——可是他自己也提着一个相似的文件包，他不但没有把包扔进旁边的垃圾桶里，却也得意洋洋地拎着走。都是俗世的英雄，他想。他模仿别人的傻笑表情，那笑容竟挥之不去了，脸上开始发痒。他没有用手抓脸，而是变本加厉地扭曲面部肌肉。连那些阳伞下的小婴儿们，脸颊上泛着婴儿食品的褐红色，也让他觉得造作。这些小东西也会装腔作势，他想。事实上，他们对婴儿的乏味存在方式厌恶至极！看见一只动物，他会惊讶为什么它不拉一泡屎。有一阵他心想：如果有人上来跟我搭讪，我就打得他头破血流。只要有人看他一眼，他就在心里说：哼！（即便如此，他还是不明白，为什么没有人来搭话。后来一个乡下来的法国人问他去东方街的路，他为自己能帮上忙而感到一丝感激，然后飞一般地走开了。）

对于遇到的一切，他只想说：别进入我的视线！可是它们还是孜孜不倦地跳进他的视野，不同的形态，同样的恶意。他无法感知事物，它们只是**进入他的视线**！他走得很快，这样别人才不会发觉他的肆无忌惮。可是每当眼前出现一个有点胸部的女人时，他就很自然地想多瞅一眼。一切看起来都很合理：好像在玩“抢凳子”游戏时，每个人都找到了自己的位置，再不需要多余的人站在圈外。他觉得自己无聊之极，孤独至极！

以前，即便他和贝亚特丽斯分开很久后，阳具上还会留有一丝熟悉而甜蜜的感觉。今天，那种感觉很快就消失了。他眼睛只看着**地面**。人行道上有一颗刚被人丢弃的桃核，湿漉漉的，这时他才真正意识到，现在正是夏天，此时，这个认识有一种莫名的重要性。好兆头，他心想，终于放慢了脚步。是不是还有更多类似的征兆呢？一家咖啡馆整个夏天都关门，玻璃内面被刷白了……一辆轿车开过他身边，车顶上放着一辆自行车，轮子闪着光咕噜噜地转。他深深吸入已关门的集市摊篷的海鲜气息，那味道让他心情舒畅。

走到山脚，他来到布兰奇广场，路面豁然广阔起来，他不由停住了脚。“圣地亚哥！”这是他听到的声音，还是脑中的念头？——然而一想到**圣地亚**哥，他不由攥紧了拳头，心想：是谁说世界已经被发现了？

他站在布兰奇广场上一动不动。这一刻，他想立即离开巴黎。然而他很快意识到，如果在过去，一次旅行或许能改变现状，现在已不行了。他所遭遇的问题是无法逃避的。更何况，那个问题也不是一种遭遇，而是注定的降临。早就应该发生在他身上。圣地亚哥和攥紧的双拳：这意味着，他要继续待下去，他还没有输。我会让你们见识到的！他想。——虽然这样想，但耳中听到一家旅行社里传来的打字机声，他还是感到一阵急切的嫉妒。打字机的声音很犹豫，一个字母，又一个字母，仿佛正在敲击某个大洋彼岸城市的复杂名字。然后是计算器的嘀嘀声，好像正在给旁边的客户打印机票和住宿费用的账单。

一对男女站在人行道上，苍老让他们颤颤巍巍，男人把颤抖的头靠在女人的肩膀上，那并不是一种暂时的姿态，他已无力做出任何其他举动。女人用手按着男人的头，两人就这样缓慢地、不可分离地穿越广场。就像男人和女人一样，科士尼格讥讽地想，然而在某一刻，另一种念头平息了他的情绪。“你不等于全世界。”他对自己说，忽然为那对男女感到一丝奇特的骄傲。——然而坐上出租车后，副驾驶座上那只狗——巴黎的常见景观——对他一阵狂吠，仿佛他是违禁人员，再加上那股柴油发动机的熟悉气味，他心中又浮起了一种愤怒的杀人冲动。不对，现在他就等于全世界，他试图掩藏这一念头，这一感觉在他心中化成了一种图景：他始终想把一只咬过的苹果塞到别人的篮子里，让它看起来完好无缺，可是苹果总是滚来滚去，露出咬过的痕迹。事实也是如此：司机摇下车窗，大吼了一声“杂种”，然后立刻转过头来跟他讲话，仿佛他们是同谋。我再也不会回答任何人，科士尼格心想，我只会作旁白，在一旁悲鸣。他突然觉得自己像狗一样，舌头斜耷在嘴角。没有任何香盐能对付这种彻底的饱和。默哀一分钟！他想，请在这场永恒不休的闹剧中让出一分钟的默哀时刻！有人在街角处吵嚷起来。这时，他眼前的一切都乱了套；望不见终点——然而脑中除了终点已再无他物。

他在车窗玻璃中突然看见了自己的脸。那张脸如此扭曲，他起初简直无法接受。根本不用刻意比较，他脑海中已浮现了很多野兽的形象。长着这样一张脸的人根本无法表达任何观念或情感。他再次去看玻璃中的自己，这次他像早上在面包店橱窗前一样，做好了充分的心理准备，但那张脸竟不见了，即便他努力做鬼脸，还是找不回之前的面孔。但事已发生：在那措手不及的一眼中，他已然失去了对自己相貌的认同。贝亚特丽斯真是忍辱负重！难道正如人所言，女人对厌恶的忍耐力更强一些？不论怎样，有这样一张脸的人应该保持沉默，他心想。在这副面具下，连自言自语都需要勇气。很难想像，他还能对自己友好地打一声招呼吗？不过话说回来——想到这里，他坐起身——有这张脸，他才能应付之前只在梦境中出现的那些情感！——他立刻回忆起来，一次他梦见自己往一个女人身上撒尿，那行为给了他一种莫名的快感。从那个梦里醒来后，他还觉得很难堪。那不是我，他立刻认为。但那份快感却和现在这张新面孔很合拍；那快感对他并不陌生——那就是他。这时他醒悟到，发现这张脸之后，他不会再对任何事物感到陌生。对陌生之物的歉意已成过往；他也不再会为任何事而懊悔。如此卑鄙的表情不需要任何借口。科士尼格相信自己有能力做出任何事，包括强奸杀人。终于他向自己承认，在梦里，他对那个老女人施行了奸杀。——司机的狗突然对科士尼格发出狺狺吼声，他对自己产生了一丝恐惧。赶紧去工作，他心想：美好的，甜蜜的办公室。

这是一个漫长的下午。然而时间突然变得急迫起来，就像人的某个器官，只有在出问题时才会受到重视。时间忽然生出了无数事端，变成了一种自主存在之物，不再了无痕迹地流逝。一切都为之改变：再没有任何可以用来藏身的事务；科士尼格几乎有一种解放的感觉，相信终于不再只有自己为其所害了。那普遍统一的依赖性器官突变成了自主之物，不再满足于乖乖运作，一切都不再运作。这一天似乎太过漫长，时间变成了一种充满敌意的元素，以灾难来恐吓昏昏欲睡的文明。正常的时间仿佛已失势，构成这个敌意元素的东西，现在只是针对一个人的，犹如一个捕猎的陷阱，不被动物所察觉的陷阱。流动在楼房之间的时间忽然开始服务于一个人类之外的体系，和街道的走向无关；和码头墙的伸展无关；和起重机的摇摆无关；和屋顶落下的鸽子羽毛在空中的打旋无关；和花的种子在车流间的飘浮无关。在科士尼格眼里，这种残忍的本原时间下的世界似乎已失去了灵魂。世界在光芒四射的天穹下蹒跚而行，人的任何一种行为只是一段失却了意义的插曲。庆典早已结束，一群孩子在草草搭建的舞台上蹦来跳去，一些已无人理解的可笑通告在空中飘荡。文明堆起的峰巅占满了画面的前景，天空太高，竟不能入画，仿佛它已属于另一个体系。科士尼格看见，在密密麻麻的背景下，人类的风景正在破败成集市的废墟。伴着溢满的时间一起倾压下来的幽蓝天空是一部分，而天空下那些拙劣的通告则是无关紧要的另一部分，他（只有他一人！）只是出于对生死的恐惧，才能从其中杜撰出某种貌似意义的东西。科士尼格看见协和广场上的天空拱成穹状，天空仿佛一种外来之物，边缘恶狠狠地倾压在广场上。荣军院门前亮着街灯，在科士尼格眼中，那灯射出的光是黑色的，就像久久凝视万里无云的天空之后眼前泛起的黑色，那是对一段已成过往的庆典的回忆。这时候不要去看空旷无人的广场！他在荣军院广场前早早下了出租车，决定步行，这一举动能让他安全吗？走在路上，晴朗而低沉的天空中忽然落下了一滴温暖的雨，砸在他的手背上……走到法贝尔路，科士尼格看见黄铜门牌上的“奥地利使馆”时，差点“再次大笑出来”。之后，他在办公室里开始正经工作，打字机的黑色滚筒吐出洁白的纸张，这时他才觉得一切事物又恢复了正常的功能……只有一次他弯下腰，竖起耳朵聆听心脏在体内的深处悸动，似乎在守护着他的墙外，有某种东西正在呼啸而至，最无懈可击的通告也无法抵挡它的到来。可怜可悲，我们这些没有防卫的人，他想，但同时他又希望这种状态延续下去。在灾难情结中，他已丝毫感觉不到自身的存在，即使有那么一点，他也已和其他人完全脱节。如果这只是他的错觉呢？——科士尼格心想，如果这种充斥一切的状态依然是我自己的心态，那就是一种可能性的终结。

2

这几天，科士尼格正在为外交部写一份报告，题为《法国电视中的奥地利形象》，副标题“奥地利，一部室内电影”。他是在看了几部根据阿图尔·施尼茨勒[1]小说改编的电影之后才有了写这份报告的念头。这几部电影中的人物无一不是在单调的室内活动；所谓的“外界”顶多只是一辆马车的内车厢。科士尼格在报告中已提到，电影正是以这样的布景来传达奥地利形象，布景指的并不是用来装饰场地的奥地利特色，那些单调的房间本身就是奥地利特色，人物正是在其中经历外界的一切。无历史的无人之国，无历史的小人物：在这些电影中，奥地利特色似乎就体现于此。如果有人激动万分地走进房间，令他激动的原因必

[1] 阿图尔·施尼茨勒(Arthur Schnitzler，1862—1931)，奥地利著名作家，代表作有《古斯特少尉》、《梦的故事》、《轮舞》、《阿纳托尔》等。

然与国家无关，只和公寓的前厅有关。科士尼格试图说明，由于电影从不表现国家，也没有介绍这个国家的任何一个角度——如历史——因此片中人物仿佛在作一种朗诵表演（或许他们之前就在前厅里背台词）——拥抱也是一种记诵，熟记对视的方式，熟记接吻的方式；而电影本身……（他想说什么？）而由于电影中的角色……（他也会熟记句子吗？）并不是真正生动的人（什么意思？），而只是……**熟记表演，就像伪装一种生活**……而正如上文所言，科士尼格写道，当一个国家的特色似乎仅限于单调的装饰，除此之外没有任何其他体验层面……因此这些电影将奥地利塑造成一个仅仅只在讲述“**连载故事**”的国家，仿佛这就是真正的生活！（话说回来，哪个国家和体制不把连载故事当作体验呢？）因此这些电影……

科士尼格忽然忘了自己到底想证明什么，对此他感到很开心。他撕掉稿子，然后接着寻找可以撕毁的东西。把一张张的纸揉皱、撕碎、扔掉，这样的行为让他心满意足，仿佛在以此进行某种报复！他把整个办公室里可以扔掉的东西聚集起来，排成一行，然后一件件地扔掉，大挥臂地扔进废纸篓，哪怕只是一个轻巧的信封。他撕掉了使馆同事从度假地寄来的明信片，然后扔掉。其实，我在这些电影里也能证明相反的观点，他想。如果是在昨天，他还愿意以严密的论证逐句证明自己的正确性——现在他宁肯去读报，享受一个无所作为的下午。他也读一些占星术文章，同时意识到自己正在趋向平庸。他独自一人，舒舒服服、正经八百地坐在房间里，顶多望一眼窗外的栗子树，墨绿的叶片间已闪耀着毛茬茬的青果。今天报纸上的报道很有道理——评论员有个人观点，他极为钦佩！这些人并不想着自己！他想，觉得很感动。他想把每句话都画出来。读到一篇《……的悲惨命运》时，他觉得应该把这位无私的记者视为自己的楷模，这个人的命运无疑也是同样的悲惨，但他竟置之不顾。——最触动科士尼格的是笑话。创造一个笑话需要多么灿烂的情绪啊！在自己的所有遭遇中寻找笑料，太有意义了！所有事情肯定都能被理解成一个笑话！“你听说过这个吗，有个人梦见自己成了一个凶手。”——“听说过，可这有什么好笑的？”这就是答案吗？——在他惬意平庸地读报纸时，所有人都对死亡不屑一顾，这一点还是让他很嫉妒。

后来他意识到，自己的注意力早就离开了报纸——他一直在盯着面前的办公桌：打字机，摆得整整齐齐的铅笔，手中拔出笔帽的钢笔。我这么快就把屋子整理干净了！他想。我用这种整洁让自己笃信一种并不存在的安全感。难道把办公用品整理完毕，一切就能自动运作了？我就不会再遭遇厄运了？——把这些东西布置成用品，然后自己藏起来，难道他不是这一切的运作者？使用短波收音机能保障他的未来吗？在门边放一个文件筐，上面贴上“待发”，就能保证办公人员即时完成待交的报告和信件吗？——门外广场上，一辆车发出尖锐的刹车声，科士尼格听见了一只狗的吼声，他曾经踩过那只狗的爪子。转瞬之间，一切又恢复了正常程序。他还是得开始思索自己。怎么想？我出生于……，我的父亲是……，母亲曾……幼年的我有时认为……还有其他思索自己的方式吗？科士尼格突然想，如果我现在死了，只会留下一片烂摊子！——于是他用拔出笔帽的钢笔写遗书，每一个字，甚至每一个数字，他都写得完完整整，尽可能地拖延时间，因为写字让他觉得安全。笔尖沙沙地刮着纸面，此时此刻，死亡似乎正在大步离去。他把遗书装进一个信封，外面写上“在我辞世后打开”，因为他想逃避“死”这个词。

他望向外面的荣军院广场，毫无特色，对他毫无触动。他强迫自己观察什么，好让心痛的感觉止住：比方说，他可以观察那些临时工棚，是在连接地铁线路吗？这些工棚小得可怜，工人们得弯腰弓着身子才能从里面出来。啊哈，他想。宽大广场上的阔叶树的叶子都已变黄，碎裂：如此而已。他还可以观察东方那轮苍白的月亮。为什么不呢？广场远处的另一头，法国航空巴士站的一扇玻璃又反射来刺目的阳光，比昨天早了一些。就这样吧，科士尼格心想。他把看到的一切一件件口头数落出来——这样他才能真正感知其存在。

然后他发现，在同一楼层，隔着几个房间的旗杆后面，也有一个人站在窗口：一个他不太熟的女孩；她这几天才开始在资料室工作，顶替休假的人员。她并没有特别注意科士尼格，正在用一个小咖啡盘为一盆天竺葵浇水。然后她从窗口消失了，不一会儿又端着续了水的盘子回来。他注意到，她将盘子高高地举过花顶，然后小心翼翼地往下浇注出一条水线。她的嘴唇微微张开，面容显出一种奇特的苍老感。他突然心里一动，怀疑自己是不是偷窥了不该知道的事情。他身体很热，汗也出来了，却无法移开双眼。——她离开窗口后，他心里希望她再回来。她果然又回来了，甚至比他期待的更快。她是跑着回来的，仿佛很激动，飞快地瞄了他一眼——她浇得愈加小心，连倾倒盘子的动作都慢腾腾的，仿佛在克服某种障碍。她突然又朝他看来，表情却毫无变化，久久地望着他，毫不回避，眼神好沧桑，满含欲望的邪恶和痛苦。他的阳具硬了，他大吃一惊，向后退了几步。——很快他又忘记了一切，快步穿过走廊去找她。她面对着他站在房间中。他关上了门。两三个动作之后，两人已经在地上缠成一体，又几个回合后，她睁开双眼，他却让她合上。——下一刻，他们同时向对方发出一阵可怕的大笑。

科士尼格并没有觉得自己遇到了一个特别与众不同的女人，事后他在对方身上也感到了一种力量和漠然。只不过是互相帮忙。他们坐在两张椅子上，隔着办公桌，疑惑地面面相觑。她很严肃，对他微笑时也抿着双唇，之后又很快恢复严肃。他也能自如地打量她，并不觉得难受；不怕泄露秘密。他的目光不需要支撑物，他不需要知道她的细节、特点，以便以后认出来。——他泛泛地看着她，没有发现任何特殊之处。如果在这一刻他对她说“我爱你”，至少在一瞬间，他会知道自己话下的含义。此刻就是此刻，不需要说什么。在她面前，他不用玩捉迷藏游戏，再也不用。没有恐惧，他就能专注于她：他们对彼此没有秘密，却向外界隐瞒了一个共同的秘密。在短短的一段时间内，他们共享一切。他们听任办公楼里的电话此起彼伏地尖叫，听任电梯轰然上下，听任院子里的门铃嘀嘀作响，听任一只苍蝇在房间里嗡嗡乱撞：任何事物都无法阻止他们沉浸在宁静的思想空白状态中。他看见墙上挂着她手写的 Per Aspera AD ACTA[1]，丝毫不觉得好笑，窗外对面房子墙头的常春藤上，两只鸽子正在咕咕对话，毫无含沙射影的意思。即便刚才有人偷看了他俩的行为，他也无所谓。看就看吧！——他们不需要秘密，或许那个人能从中受到一点启发？他目不转睛地看着她，忽然想到：现在我终于有了一个盟友！这个念头他并没有说出口，女人竟点头了，将一根手指放在嘴前，然后落在下唇上，仿佛要取消那层意思。他们又大笑出来，惊讶，几乎有些自豪。然后他们开始交谈，女人说“每当我和一个男人在一起时……当男人摸我这里”，他没有丝毫不快。相反，他对这个女人可有可无的意义让他觉得很高兴。离开房间时，他吻了她的手。——然而回到自己的房间里想她时，他突然觉得喘不过气来，因为没有任何痕迹让他记得起自己跟她做爱的过程。没有任何细节——既没有温暖感，也没有柔滑松软的感觉——没有一丝能唤起他回忆的痕迹！——为此他感到有些羞耻。

---

[1] 拉丁文，大意为“殚精竭虑，以至遗忘”。

六点左右时，科士尼格走到广场上，打算参加爱丽舍宫的媒体发布会。突然他停住脚，双手叉住了腰。他想攻击整个世界。“现在我让你见识到了！”他说，“我会征服你的。”他攥紧双拳，朝荣军院桥跑去，穿过奥赛码头，毫不顾忌路上的车流。他渴望在此时此地就发起抗争，以某种行为来证明自己。现在他很明白，还有些事可以做，可是在哪里呢？狂奔时，一些硬币在口袋里叮当作响，他跑得更快了，跑啊跑，**被迫害的人们**。起码在短短的一刻间，他有一种无所不能、藐视世界的感觉。世界是强加于他的世界，现在他侵入了世界内部，去改变那些被遗弃的事情。“塞纳河，你在这里啊！”穿过大桥时，他居高临下地说，“继续不声不响地流吧——我终究会知道你的秘密！”然后他想：我正在体验。他突然觉得很开心，放慢了脚步。阿涅丝经常对他说：你从来不说什么！这时他倒有话说了：“住口！”最起码，世界向他臣服了几分钟。他还要添油加醋：陡峭的街道突然变平了，所有楼房都矮了一层。这个故事她肯定会喜欢。对她而言，“世界”还是一种空间概念。如果他什么都不对她说呢？他已经无话可说了。——最少他给自己留了什么，面对这种无法逃避之物，如果有这样的记忆，或许更容易去想像它是什么。我应该高兴，他惊讶地想：我是一个能高兴的人。这也是我直到今天才意识到的一件事实。他突然很想画画：于是他用手指在空中画大皇宫的玻璃尖顶，刚才他沿着富兰克林罗斯福大道恰好经过皇宫……

在巴黎，人不需要抬头就能经常看到天空：哪怕只是望着前方，天空总会落在道路的尽头。科士尼格发现天上出现了几片云，几条洁白的云线一动不动地停在高处，离得极远的斜下方还有几片云，因为距离较近而显得有些阴暗，这些云极快地贴着屋顶移动，不断变幻，让他目不暇接。为什么我现在会注意天空呢？他想。其实他并没有注意天空，只是恰好看见，被带入其中，没有多余想法。他想着天空走了几步路，只想着天空，以至于后来他想：我想一直沉浸在这种忘我的、充实的瞬间里，不去留意某事，却也不会遗漏什么。然而云朵的景象很快又让他的情绪糟糕起来。他什么都不想看。消失吧，一切！他走在人行道的中央，双手叉腰，很想骂人。滚开，聪明的人们！他要是现在对一个女人大喝一句，她肯定会终生难忘。只要找到那句话，一句没有人能回答的话！

上方的香榭丽舍大街尽头只有一个景观——凯旋门，站在下面的圆形广场；目光穿过凯旋门，只能看到西面的天空落在宽街的地平线上。“一直往上走，穿过凯旋门，会看到几架起重机，孜孜不倦地在市郊的拉德芳斯区盖新楼。”我在为别人感知！科士尼格想。但这一念头暂时分散了他的注意力。

他从人行道拐到马提尼翁大道的药店。拐弯的动作——最少在那一瞬间——突然让他觉得自己得到了拯救。拐弯的动作让他摆脱了沮丧的直行动作，就像是一种歇息。他穿过药店，在人群中继续前行，在一种不为他所支配的节奏感中停顿、避让、前进，参与其中，只重复穿越药店的动作：这时他才能想像自己过着一种完全不同的生活，自由自在地跟着药店的感觉，一切都不再是他的难题。“不错，我要开始一种新的生活！”他大声说出口，仿佛事关重大。此时他脑中浮现出一段回忆：一群小学生穿着运动裤站成一列，前面是两个队长，不断喊着队列里孩子的名字，让他们加入自己的团队。被叫到名字的人走出队列，玩得好的孩子很快就被叫走了。队列里剩下的都是没人要的，十分尴尬：拜托，叫我的名字吧！倒数第二个孩子也被叫走了，只剩下最后一个，孤零零地被扔在那里……而在这里，皱巴巴的纸巾堆在糊满番茄酱的餐盘上，桌边坐着年轻的单身女人们，在拉开的手提包上重读情书：这个混乱的世界中，不再有游戏让人成为挑剩的最后一个。科士尼格在书摊买了三本餐饮指南；他想从头到尾读完这三本。还有一些能让我有所依靠的事，他想。

然后他又回到大街上……油腻的药店，路面上被人踩烂的薯条，充满折页的杂志！他站在交叉路口，看着天上的云层渐渐积厚。他想回忆起刚才拐弯时的新感受。哪个拐弯？忽然他什么都回忆不起来；其他的事也都一概想不起来。虽然他能历数发生的事，却不能回忆。他记住的只是事实，却不是感觉。几年前，婴儿护士让他隔着玻璃看孩子，看见那张被孩子自己抓破的脸蛋，当时他难道不是有所心动吗？他有一种幸福感，真真切切——但那是怎样的幸福感呢？他回忆不起任何感受，只有曾经幸福的**事实**。幸福从他身边擦过，当然，可是即便闭上眼睛，他也无法再重现当时的那种状态。耐心地吸气，尝试。他尝试……可是空气走错了路，他被呛住了。——他看着一辆空荡荡的公车从面前开过，落日的光芒斜斜照在车边，每扇窗户上都显出了密密麻麻的鼻印。真是一个动物，科士尼格想，没有记忆。他只能数着脚步往前走：一……二……三，仿佛只有通过欺骗自己才能继续前进。

时值七月末，广场绿地上的儿童游乐场已空无一人，他走过广场时，天空已完全被云层遮住。一阵强劲的冷风吹来，栗子树沙沙作响，甚至盖过了香榭丽舍大街上的车流声。一些小枯枝刷刷落到地上。旋转木马场上的马在夏天都被包在塑料袋里，用粗绳子捆着。天色已暗，科士尼格独自一人站在广场上，尘土飞进了他的鼻孔。风很大，他突然感到一阵强烈的恐惧，简直无法抑制自己。他跑到加布里埃尔大道巴士站边的公用电话边打了一个电话：阿涅丝在家，她自己接的电话，得意洋洋地回答他的问题，一边咬着糖果……

再往前走时，他突然想到自己刚才的恐惧。一种感觉；……记住。刚才是怎么回事？他全身的肌肉在一瞬间忽然凝固，形成了一种独特的结构……仿佛变成了第二副骨骼。是，那就是他感到的恐惧。我要重新发现所有的感受！他想。

3

爱丽舍宫所在的绿地大道虽然从中横贯巴黎城，走在路上却看不到一家商铺，也不见居民公寓的窗口，只有栗子树和高高的公园围墙。只有在通往圣奥诺雷街的入口处有一家带报摊的餐厅。作为通往高速路的并线公路，这条大街的长度和宽度都很有限，但路面笔直且一览无遗。很少有车停在路边，连人行道上都没有，因为路上设着密密的混凝土路障。大街上也不见人影，只有警察在围墙前走来走去，手背在身后。科士尼格拐到这条路上时，不由自主地去摸自己的护照，仿佛没有身份证明就不能上这条街……街口的岗亭里站着一个警察，正在用手指转动一个挂在长绳上的哨子。科士尼格突然想打喷嚏，真不巧。这应该是一种没有什么危险的证明，对不对？但他觉得，自己今天的面孔很难让人忘记。每一个试图让自己显得自然的尝试，只能更让他惹人注意。他看见警察的脖子有一个蚊子叮的小包，这时梦里的一个场景又浮现出来：他的上身布满了蚊子叮咬的痕迹。他想起来，梦里的自己是赤裸裸的，他经常做这样的梦——但这个梦和以往不同，他的赤裸是**自愿**的。他第一次很想展示自己的赤裸，不是对一个人，而是展示给整个社会；他不是从他们身边走过，而是站在所有人面前。

排水渠中积满了栗子树的枯叶！他一字一句地想，仿佛这种字斟句酌的思考能保护他。面前又走来了两个警察，腰间的白色皮带后挂着皮手套，裤脚扎在高高的系带皮靴里。在他看来，相伴通行让他们显得很放松，两人连成了一个整体。他只是一个第三者。可是即便他身边还有一个人，甚至是很多人，迎面走来的人还是会立刻揪出他：就是他！——他嫉妒这两个警察的面孔。他们的自信在他眼中显得多么美妙；他们不需要掩藏秘密，多么美妙；他们的外表多么流畅。在危急情况下，他们中的任何一个都会清楚自己每一步该做什么。他们已久经世道，不会有预料之外的遭遇，因为他们早早就为一切都制定了**次序**。试过所有的可能性，能够防备一切不测。他觉得他们像来自大急流城的美国人一样，是先驱者——这些人注定会永垂不朽。

我也需要一种次序，科士尼格想。要次序的话，他首先得建立一种体系。可是他已经没有体系。可是他要次序做什么？为了掩盖他没有体系的事实。我只会想到那些用不着的东西，他想。

他又从一个警察身边经过，这次是一个人。虽然是独自行动，那人也显得很和谐。或许是制服的原因，科士尼格想。后来他又遇见一个便装男人，那人的面孔也很悦目。和他相比起来，所有人都很像人类。风吹翻了一个禁止停车的牌子，他又感到了那种死亡征兆。本来已走过去了，但他还是折回来，重新把路牌竖起来，仿佛这么做能取消某种效力。接下来，他透过围墙的一处豁口，看见一条碎石路上立着一排空荡荡的岗亭。他再次转身回来，仔细打量那些岗亭的细节——两边的瞭望口，后墙上的小暖气片——这样它们才会乖乖充当人类的用品。他甚至数了数暖气片的数目：刚好六片，这有什么意义吗？下一个征兆是街口的餐厅：如果是餐饮指南里提过的地方，就不会有什么事，他想。如果不是的话——果然三本手册里都没有提到这家！一辆警车开过来，开着警灯和警笛，拐进了另一条街。他走过一家报摊，摊主担心下雨，正用塑料布盖住报纸，至少在这个人眼中，他此时应该是一个无关紧要的人，这一刻他们拥有了某种共同点。有一捆报纸上竟然斜斜立着一个半空的酒瓶！他想一直走进空间的深处，手上转着一根手杖，就像……

借来的生存感。这一天，生物体不断排斥这种感觉。生物体只想在排斥中证明自己：如果关闭了这种人为的情感，他就连自身都感觉不到了。它不过是一种空洞感，和整个世界相逆，负重累累，像尸体一样沉重。排斥是一种厌恶感，对呼入的一切陌生物的厌恶：经过全世界认证的体验形式只是一个拙劣的骗局！当然，他也可以随便在这个城市的某处看一部亨弗莱·鲍嘉[1]的电影。现在是夏天，正是上映老电影的季节，这周正在放《盖世枭雄》。但他也知道，看完电影后，他在下楼梯时或许还会想着鲍嘉和他那令人心跳的湿漉漉的嘴唇，但在街道上走几步后，他又会失去这个同伴，一无所有，然后他又会问自己，他为什么还要往前走，往哪里走？他不想愚弄自己：对他而言，老电影的时代已经过去；没有任何以金钱轻松获得的产品能满足他的新状态，也没有任何产品研究小组和体系能研

---

[1] 亨弗莱·鲍嘉（Humphrey Bogart，1899–1957），美国电影演员，代表作有《卡萨布兰卡》、《马耳他之鹰》等。

制出满足他需要的产品。他需要什么？他追求什么？他追求虚无，他答道：我追求虚无。这样想时，他突然觉得自己有了一种权利，并且要维护这一权利，向所有人。他干吗还要伪装自己？难道他会危害公众吗？直到这一刻为止，他今天只有做某事的欲望，却都没有真正去做，除了和那个女孩（但他已想不起任何细节了）。他有大吼的欲望，赤身裸体的欲望，龇牙咧嘴的欲望。懦夫，他想。但他同时又害怕起来，怕自己会在下一刻泄露秘密。

一个军人肩扛刺刀，站在爱丽舍宫入口处的岗亭里，他发觉自己很想仔细看那个军人。我现在就这么做！他想。他仔细观察刺刀的刀锋前后摇摆的样子；那军人突然盯了他一眼，他立刻移开目光看表。秒针走得多么欢快！时间的流逝几乎令人欣慰。科士尼格又开始装模作样：环顾左右，仿佛……没有可以打招呼的熟人，这样别人就不会以为有人在等他。那边的清洁工应该可以随便打量吧？可是在这个地方，似乎连清洁工都在装模作样地工作，如果有人盯着他看，肯定不会是没有危险的路人。

他更想和其他人一起进门。难道他是最后一个到的，没有其他人了吗？几点了？（他之前瞥了一眼表，仿佛瞥上一眼就会知道时间似的！）他来对地方了吧？不管怎样，法国电视台的采访车停在院子里。科士尼格出示了证件，门卫招招手让他进去。爱丽舍宫上有一扇角窗晃荡不停；另一个窗口前走过一个自助餐女侍者，头戴白色软帽；一辆黑色雪铁龙大巴停在一个侧门前，司机望着阴沉沉的天空，收起了天线；有人骑着摩托车从后面公园围墙的小门中离开了：这些景象让他觉得这栋楼很亲切，不拒绝观看。一个官员对他进行身体搜查，另一人检查他的公文包。他透过举起的双手，看那人小心翼翼地盖上他的文件包，心想：终于有一件不需要我参与的事了——我只须在一旁观看。自由的一秒！他想对某人或某事表达感激……搜身的人用双手拍着他的肩膀，在这一刻，他惊讶地发现，这种令人不快的接触竟像是一种鼓励，又一个自由的一秒，那官员摸索着他的胸袋，这一天他体会到的长久而丑陋的痛苦突然化成了一丝甜蜜的、充满怜悯的忧伤。不要很快就忘了这一刻，科士尼格想。今天晚上六点，我把这种冷冰冰的搜查体会成了一种温情！

他颤抖了。同时，他的表情由于恐惧的自我抑制而变得非常空洞。一个法西斯分子空洞而浮夸的严肃，他心想。那官员惊异地盯着他看，科士尼格愚蠢的表情逗得他短促地笑了出来，另一个官员也笑了。

科士尼格之前无法想像人在这个地方奔跑的样子——但他竟跑了起来，穿过那种满盆栽树的庭院跑向入口。没有哨声，也没有人吆喝他停步。一群穿着黑西装的人迎面而来，他立刻放缓脚步走起来。他想起来，自己小时候，如果跑步时有人从对面走来，他立刻会停下来一步一步地走，直到那群人过去后才敢继续跑。现在，那群人已经走过去了——为什么他不继续跑呢？——他回忆起了无数情景，无数地点，他在人群前停住脚——无数不同的人——他回忆起，自己那时只能一步一步走。——他还惊讶地发现：之前，整个周边环境仿佛正在逃离他——他什么都看不见！——而跑了几步之后，这片空间又充满关爱地环绕了他。之前他仿佛是从一切的背面经过，而现在他却看到了一些向他敞开的细节。——他又跑起来，注意到了碎石路上刚浇过水的盆栽树下闪亮的小水洼，同时感到一股梦幻般的归属感。他在大门前站住了，摇着脑袋，仿佛要否认之前的郁闷。现在他可以随心所欲地四处观望了。进门前，他又恋恋不舍地回了一次头，怕自己漏看了什么。和之前相比，整个环境现在变得多么宽敞！只有以这双自由的眼睛，他才能发现环境的丰美和无私。缀满低低云层的天空此刻仿佛也敞开了胸怀。科士尼格咬牙切齿。——沿着楼梯往上走时，他惊讶地重复了梦中的一次奔跑。在奔跑的过程中，他第一次在一个梦中移动了身体。

此次新闻发布会的主题是新政府政策，参加这种活动，科士尼格的烦闷很快一扫而光。一进到里面，死亡迹象立刻显得不可想像。他不需要设想自己的未来，不用担心不测，只须坐着，和很多人一起，聚精会神地记录发言，这就是和平。共和国总统站在遥远的前台，介绍政策大纲，科士尼格心中浮起了一股强劲的希望，他相信一切都会改观。一个记者问总统某一项政策是不是毫无意义。他答道："我不容许自己做的事情被视为毫无意义。"科士尼格很喜欢这个回答，把它记了下来。在这个场合，一切说出的话都是为了被记录下来，这一点就很让人放心！科士尼格不理解的是，几个月前大选结束后，墙上的选举海报被替换成熟悉亲切的广告时，他为什么会觉得如释重负。难道选举海报预示着会发生什么吗？为什么他那时会觉得大选是一场赤裸裸的闹剧呢？现在他却有了一种奇妙的安全感，因为政策是为他所制定的。以别人的言论来思考自己多么令人愉快：他正在记录的政策大纲能告诉他，他是怎样的人，他需要什么，甚至不缺次序！大纲中没有定义的他的那部分，则可以忽略不计——那些是因为自身过错而导致的无法克服的行为方式，是顽固老化的后果。我是被定义的！他想，并感到受宠若惊。被定义的事实终于让他显得平庸无奇，包括在自己的眼中。仅仅因为一个愚蠢的梦就不知所措！他算什么人物，居然认为自己只能在神圣时期寻找生命的意义！告别自说自话的情绪无常吧！思想游戏太困难了，其他人根本无法应付。如果今天的危机再次发生呢？如果发生的话，只要他还是一个成年人，明白自己分内的事，他就永远有一个简单明了的体系，在其中对自己进行重新定义。以这种方法，科士尼格心满意足地想，真正的我就永远不会跳出来了！总统那张意味深长的脸……不管多么纠结复杂的语句，他都能找到一个稳健的结尾。任何意料之外的问题他都能立刻应答，然后闭上嘴，仿佛一切都已说完。科士尼格觉得如释重负，彻底得到解脱了。他听着别人的一问一答，相机嗡嗡作响，快拍发出的尖锐声音，仿佛这些都是为他量身定做的音乐。后来，一盏灯碎了。一只鸟从外面撞到顶上的一块薄玻璃上，又拍着翅膀飞走了，然后又撞上了另一块。科士尼格想到自己如何通过自我欺骗来营造安全感，突然一阵恐慌。不能再分心了！这真是生死攸关的问题。风已经停了，一群鸽子在沉寂中飞过庭院，那声音在他听来仿佛是一场风暴。

总统化了一点镜头妆，他在专心致志中撅了撅嘴唇，胸有成竹的他看起来很优雅。科士尼格这才意识到是什么让他不安：这个政策大纲并不是只为他制定的，而是针对所有人。就像以前在大学听讲座时一样，他心不在焉地往窗外望去：白色的窗帷被拉到一边——那声音从哪传来的？啊，下雨了，他开心地想。雨沙沙地落下来，就像一辆沉甸甸的卡车开动起来。爱丽舍宫上空传来了雷声，安全感漫过他的全身。

总统摘下了眼镜，说："我喜欢改变。"这个回答之后，场内静了片刻，科士尼格担心那些记者已经没有问题了。他很快地翻了翻笔记本——他听到了某种动静，好像之前鸽群飞过的声音。他想不出任何问题。总统先生，您愿意看到流血吗？镁光灯灭了，他还没来得及利用最后的共同点，和其他人一样用手去揉双眼，共和国的总统就消失了。（是第几共和国来着？科士尼格想。此时数数又派上了用场：他觉得自己也被数了进去，至少能感到自己也是一个当代人。）

他还不想回家。他想像自己如果早早回家，斯蒂芬妮会毫无准备。（今天他还得争取重见自己的妻女。）如果他早早回家推开门，说不定会撞上她正在做什么呢？他在绿地大道的报亭——他朋友的店——买了一份报纸，举在头顶挡雨，尽可能地放慢脚步，在八区的街道间穿来叉去，丝毫不觉郁闷。

一个女店员独自坐在货架几乎全空的面包店里，眼睛瞪着前方。他买了一块椭圆的白面包，她心不在焉地招待他，找回零钱，走开时用手擦了擦指甲。他看到后心情很好。他走过一家早就歇业了的彩票站，屋里的衣架上只挂着一件毛织背心。几个面色苍白的女人已坐在一家洗衣店里，双手放在胸前，不时笑出声来。一家餐馆的所有桌子都已摆放完毕，却没有一个客人，老板和侍者坐在里面的角落里，胳膊摊在桌面上吃饭，喝着没有标签的酒瓶里的红酒。——一辆巴士从他身边经过，往街道前方驶去，车里的扶手晃晃悠悠，乘客被雨淋湿的衣服冒出腾腾水汽，蒸得车窗里一片模糊，巴士离开时似乎带走了他身上的什么。我会想出办法的！科士尼格想。巴士门边写着“服务正常”。

他跟在一个推着购物车穿过米罗梅斯尼尔街的女人身后，很好奇如果自己一直这样跟下去会发生什么。周围非常安静，他突然意识到自己正在深深地呼吸。他叹了一口气。四周传来的轻微声响仿佛在维护自身的宁静：女人的高跟鞋偶尔刮擦地面的声音，远方门铃的嗡嗡声，几乎是同时响起的开门声，集市苹果摊上的一个苹果从果堆上滚到街上……科士尼格开始有些兴奋，因为他一直都没有看到那女人的脸。他在一家肉店前等她，购物车被她留在外面，车上挂着一包香芹菜。他的注意力很快就被店里瓷砖地面上的锯木屑吸引住了，经过漫长的一天，那些木屑都结成了块状，他抬起眼时，女人刚好拐进了另一条喧闹的街道。他一直跟着她到香榭丽舍大街，走进了“不二价”大超市。在音乐和“不二价电台”广告语的陪伴中上下楼梯，他感到很欣慰，他在其中失去了自己的生活。——女人在宠物食品柜边买了一罐鱼酱，让店员用棕色纸袋包起来，然后转过身，此时他几乎已失去了对她的好奇心。她皱了皱脸，似乎对他毫无兴趣。她眼睛看到的并不是他，而是**和他类似的人**。刚才我还有些忧伤，以为这个女人此刻之后将永远退出我的人生，科士尼格心想：现在我很开心，因为没有漏掉什么。——他心情舒畅，在自动照相机前给自己拍照。由于是彩色照片，闪光灯十分强烈，他觉得脸上很热，仿佛享受了一次舒适而礼貌的抚摸。——后来，超市关门了，他只好又回到街上。

他坐在绿地广场儿童游乐场旁的一个长椅上，期待某个偶然事件的降临，好给他一次思考自己的机会，虽然他经常有意识地去思考，却已不相信自己的思想——那些已不属于他自己。像往常一样，巴黎的雨很快就停了，沙地上的水洼在最后一丝夕阳中闪着微光。鸽子们都回到树丛里了。他坐在摊开的报纸上，直直地看着前方，避免注意力集中在某个特别的地方。地面上的一切似乎都逼得很近。只有栗树小巷里的深色树叶，后方大皇宫的宫顶和埃菲尔铁塔的尖顶才不让人觉得憋闷。太阳落山了，所有的物体仿佛开始从自身发出光芒，而它们之间的暮色却正在渐渐昏暗。某一刻，这些物体的光芒如此强烈，仿佛它们即将在能量中爆炸。在这种闪烁的光芒中，科士尼格看不见任何细节。另一个体系降临了。光后来消失了，但那些物体依然透亮，只是不散出光来，它们之间的那种暮色又变成了日光。——这种光拒绝退去。一切都拒绝退去。一个地狱般的万物界建立了，仿佛将永远留驻下去。科士尼格觉得这一天似乎会永远持续下去。惨淡永恒的光芒中，树木单调的沙沙声让他觉得头疼。这些物体显得如此牢固，单是看它们一眼，他就会得脑震荡。他像害怕体罚一样，在它们面前卑躬屈膝。如果他跑到孩子们的秋千前，踢一脚让它晃动，向后倒下的肯定是他，因为秋千就像其他一切物体一样，是被封锁、捆死、拧紧的。秋千边有一些小小的沙漏，如果孩子投钱的话，里面的沙子就会流动起来——今天不会了。科士尼格诅咒这种死亡之光。在这种光中，他变成了自己的幽灵。他厌恶地摇着手。他想抱怨，抱怨这个再次变得空荡、贫瘠、冰冷、渺小的世界。求求你了，让天黑下来吧，他心想，脑中轰然作响……

一个女人提着满满的购物袋走过广场，朝着一个明确的方向。嘿，望着我！科士尼格想。没有人愿意看我……很快，她会回到家里，在乏味的厨房里把黄得恶心的油倒进热好的平底锅里，一点也不会觉得害怕。她把一块肉放进锅里时，会爆起一阵难以入耳的、可笑的噼啪声……然后，就像祈祷中的“阿门”一样，会掀起一股令人绝望的、难以抗拒的香味。她任凭那味道飘到无辜的路人身边！科士尼格想像她一手戴着厨用花手套，毫无悬念地走到自己的男人前，那家伙肯定在起居室（或图书馆）里，手里举着一杯开胃酒等她，女人会坚定地向他打个手势，告诉他饭已做好。（或许她会在他起居室的门上敲四下，两声短，两声长……）然后男人必然会去取开瓶器……做所有这些事时，她都怀着一种毫无羞耻的自信，科士尼格心想：面对这种彻头彻尾的单调，她居然没有找个地洞钻进去！——他突然开始想像巴黎城各个角落里同时发生的事件：在游客集中的圣日耳曼德佩区，盘子里的比萨饼被切开，饥饿的游客们在无数餐馆前犹豫不决地读菜单；在工人集中的梅尼蒙当区，工人们在真正的工友餐厅享受下班后的啤酒，那家餐厅叫“司机之家”，今天还有一些知识分子也会到那里去；在外国人集中的美丽城，黑人们三五成群，一些戴着非洲斗篷，露天站着，手上拿着一罐啤酒，沉默不语；在富人集中的奥特伊区，大资本家的后代们在英国装潢风格的酒吧里，侍者问他们喝**法国啤酒**还是**外国啤酒**；——整个城市中，没人玩的弹子球机正在闪闪发光，有人玩的则叮当作响，街道上的梧桐树和栗子树沙沙作响，地铁车厢间的车钩在行车时摇摆不停，恋人们正在对视，在仍未倒闭的温比快餐店里，**汉堡包**里的洋葱圈已经软化了——科士尼格依然盯着那束不变的光，眼睛刺痛，他想，所有的这一切，都会经年累月地延续下去，以同样的不可抗拒性，不可预见性，同样的无聊，要命的惟一性，正是在这样的惟一性中，那个为人或许不错的女人才会用辣酱汁烹制鳄梨来做开胃菜。

他哪里都不想去，什么都不想要。取消一切！“我不相信上帝！”他说，这句话并不代表任何意义。（他以前也经常这么说过。)

天黑了，终于只剩下科士尼格一人。他伸开双腿，手放在长椅背上，心想：我孤独得多么奇妙！他真的开始咬牙切齿了。他还想：不仅仅因为必要性——现在我自己也很想以关联的眼光看待一切。风突然猛烈起来，科士尼格迷失了自己……

过了片刻，他发觉，在这一天，他的大脑第一次处于一种完全沉寂的状态。这一整天，他几乎没有一刻不在说话。现在他只倾听。游乐场边的草被风吹倒的声音……他聆听着。风停了。他站起来，树的沙沙声又响起来，此时他感受到了一种陌生而宁静的生存感。草立起来，瑟瑟发抖。树后不断有车子开往香榭丽舍大街，有时会传来一阵喇叭声，摩托车赶汽车时，会发出嗒嗒的尖声。他有些分心，却没有完全走神。

然后，他有了一段体验——在体验的同时，他希望自己永远不会忘记这一刻。在脚下的沙子里，他看见了三个物体：一片栗子树叶；一面化妆镜的碎片；一根孩子用的头绳。它们一直躺在那里。突然间，这些物品共同构成了奇迹。——“谁说世界已经被发现了？”“世界只是在故作神秘的意义上被发现了，有些人以这种神秘性来对抗别人，维护自己的安定，这种人为的秘密已经不存在了，不会有人再向他们逼供，不管是神圣同盟的秘密还是宇宙的秘密：任何一个高尚的秘密本质上都是黑蜘蛛的秘密，或中国围巾的秘密——恐吓的工具。然而这些躺在他面前土地上的神奇物品不是恐吓。它们让他充满希望，激动得难以自抑。他用脚跟擦着地面，笑了出来……在它们身上，我发现的不是针对我个人的秘密，而是一种关于秘密的**观念**，面对所有人的观念！”“当名称在**概念**的意义上无能为力时，它们就以**观念**的手段来表现。”这是他在哪儿读到的？他不需要秘密，但或许需要秘密的观念——如果他拥有的只是秘密的观念时，就不需要再借助虚假的秘密隐藏他对死亡的恐惧了！想到这里，科士尼格无比开心，连自己都大吃一惊。他突然觉得自己已被解放了，甚至不想再独处。他要走到某人面前说：“你在我面前不需要有秘密！”沙子中三个奇妙物体的景象令他充满力量，对一切都产生了一种无助的爱意，但他不想放弃这种感觉，因为此刻它是理性的表现。我有的是未来！他满怀胜利的喜悦想。栗子树叶、镜子碎片和头绳似乎仍在渐渐合拢——其他的事物也在随它们一起合拢……直到什么都剩不下。魔法变出的亲切感！“我可以改变自己。”他大声说。他跺脚，但那的确不是幻觉。他四处看去，眼中已没有敌对的对象。因为已经从那三个物件中得到了一切，他踢起沙子把它们埋了起来。他想把那片树叶收起来，留作纪念吗？不需要纪念，他又扔掉了树叶。然后他开始咬那块白面包。现在我可以允许自己饥饿，他离开时心想：因为我终于有了一个观念。——他又一次觉得自己无所不能，但并不是拥有凌驾在他人之上的能力。

真是刺激的一天！他无法步行，又跑了起来。他九点钟必须到家。只有坐出租车才能在那个奥地利作家来前准时到家。后来他又想：我还得体验什么，于是在一棵栗子树前停住了脚步，那棵树的后方还有一线明亮的天空，他突然觉得很欣赏。我有资格观看它，他想，久久盯着荡来荡去的树叶。——坐巴士的体验比出租车丰富。因此他在加布里埃尔大道坐上了从歌剧院直接开往奥特伊门的52路巴士。

坐在巴士里他想：直到昨晚为止，我好像从来没有体验过什么，之所以会有这样的感觉，是因为我之前已为体验作了定义。就像旅游传单一样，自始只有一项活动代表着“体验”——“篝火宴会的体验”。——而在我看来，排水渠里的流水，新鞋油罐里柔滑的表层油脂、刚铺好的床、一个老人好奇的表情才是体验——不要再依赖这种对体验的许诺，他想。

巴士里只有他和一个醉醺醺的北非工人。车子开得很快，因为几乎没有人在站前等车。巴士猛地拐进了弗里德兰大道，丝毫没有减速，那人走到过道中间。司机将车开到路边，一语不发地打开车门。醉鬼用母语大声嘟哝着什么，说话时却没有面朝司机。科士尼格假装望着窗外。车里三个人彼此都没有目光接触。北非人开始大喊大叫。司机关了发动机。现在说什么都太晚了，科士尼格想。突然他发觉北非人转向了他，开始对他说话。他一脸若无其事地望回去，于是北非人沉默了，下了车，车子立刻开动了。司机没有说话，仿佛他不需要证明什么。科士尼格看见地上有一摊呕吐物，旁边也星星点点地溅了一些，映着顶灯发出的惨白的光，那呕吐物仿佛是为他准备的。——他在下一站下了车，那里离奥特伊还很远。下车时他对司机说：“先生，您不是个好人。”他说这话时还犯了语法错误。

他没看见那个醉鬼，此时他很怜悯那人——虽然刚才觉得他很讨厌。如果他不是骂骂咧咧的话，我会帮他的，他想。正是因为他要自卫，变得怒气冲冲，所以他才失去了同情。我怎么会有这么荒谬的想法？那不是我对从前的自己的怜悯吗？看着那个受辱的人，我想起的是那个一声不吭接受屈辱的孩子。——侮辱行为的目击者：在这样的侮辱行为中，目击者也会觉得自己是受害者。——科士尼格悄悄跑起来。他沿着台阶走到下一个地铁站里，很快转到托卡德罗公园，坐在开往奥特伊的9号线熟悉的车厢里，他才觉得清净了。

虽然没有特别留意，但他整个身体都能体会到站点之间的不同距离。像往常一样，庞佩街站和缪特站之间的距离显得特别长。到了缪特，他照例会惊讶车才走了一站；车从捷思敏站开往米歇尔－安热－奥特伊站时，他照例不知不觉地早早站到门边等着下车，虽然地铁照例因为拐弯而越开越慢。——终于，蓝底白字的“米歇尔－安热－奥特伊”出现了，他觉得那就像一段漫长艰辛旅程的终点站牌。——很多事情都和平时没有两样，但他已不再留意，只是心不在焉地感受着。他小心翼翼地把用过的车票扔进了垃圾桶，仿佛这个动作关系重大。车票却没掉进去……他已经走到围栏了，又转回来，捡起车票，把要扔票的手深深地探进垃圾桶，直到碰到了桶底。

差不多到家了。他又拐了一条岔路，穿过让－洛兰大街，这里每周有三天是集市。广场空无一人，中心有一口小小的喷泉，水流静静地注进盆中。那水线如此圆润，清澄，科士尼格不禁走近去撩拨。柏油路上落满了梧桐叶，拥着叶片的路面平时很干燥，此时却湿漉漉的。天色越发黑了。平时安插摊位支架的洞眼里还有一些油腻腻的水迹，映射着微亮的天空。一个人骑着发动机轰隆作响的摩托车拐进了一条小路。在一家餐厅的窗口，科士尼格看见窗帘上映着很多被夸张放大的大衣影子。排水渠里的水已经流干了，一只麻雀在几个残留的小水洼里一来一去地喝水。科士尼格突然想起之前地铁通道里的一只飞来飞去的小鸟。他抬起头，夜色已深的天空下，无数车灯从远方穿过凯旋门。然后他垂下双眼，经过一些被管理员刷得白亮的房基，小狗们每天都会在这里撒尿。

科士尼格站在家门前，他不知道自己现在该怎么做，以什么样的次序做，因此感到很厌恶。他不明白自己为什么每天都能找到回家的路，从来都没有走失在半路上。今天在地铁里，他干吗小心翼翼地攥着家里的钥匙呢？我得先在脑中演练一遍待会儿要做的事，他想。首先，他肯定要把文件包放进衣帽间。然后，最好（不要像童话故事里那样害怕）是孩子先来迎接他，在见其他人之前先给他一层保护。如果孩子不在（已经睡着了），他就得抓紧时间在衣帽间练好一副合适的表情——想想那个花店女孩——，然后去见那些人，不要有任何多余动作。他没有什么期待，也不想见任何人。和他们离得越近，他们的共同点就越少。转动钥匙时，他故意转错方向，轻咳一声，他觉得自己仿佛正在走向刻在石头上的古老象形文字，根本无法读懂它们。马上就会有人问他："你好吗？"——他连狠狠关门的机会都没有。他来回活动下巴，放松表情，提前微笑，至少给别人一种他还没有走样的假象。

公寓的通道如此之长，他走到一半就演不下去了，表情变得很空洞，只能重新挤出一张笑脸。他伸手给作家的女朋友，却抓了个空，只摸到对方的小指头——于是他只好握了握那只手指。到他的妻子来吻他左右脸颊时——这是她从法国女人身上学来的——他也没对准脸。她怎么又穿着这件衬衫，同样布料的围巾，还有这件斜拉扣的外套？同时他问："阿涅丝呢？""她想等你，"斯蒂芬妮说，"但等得太困了……""知道了。"科士尼格无法忍受让她说完他知道结尾的话。他不自觉地转着手中的面包，被咬过的那一面露了出来。作家拿出了一个笔记本，往里面写了些什么，然后微微一笑。斯蒂芬妮为什么又以那种女主人的姿态坐着：一手抵着脸颊，胳膊肘撑在另一只手的手心上！“我去看看她是不是还醒着。”为了不让作家看见自己那张泄露秘密的脸，科士尼格只好说。“别把她弄醒了，如果……”他打断了斯蒂芬妮，弯腰看她的衬衫，仿佛上面沾了什么似的。她怎么那么多话？

孩子还在房间里唱歌，没有发现科士尼格走了进来。我来这里干什么呢？他心不在焉地想。他来找孩子的举动，其实是一种并不由衷的表示。我要想着她，这样才能感受到她。——阿涅丝的歌声更响了，几乎在尖叫，然后她安静下来，发出各种奇奇怪怪的唇音。科士尼格坐下来，昏暗的房间中，一种宁静感从床上弥散开来。孩子还在蹬脚……终于睡着了，进入深沉的睡眠前，她还长长地叹了一口气。科士尼格站起身来，清醒地浸透在一种完全陌生的忧伤感中。这种忧伤让他抛开了对外面几个人的恐惧。他很愿意跟他们混在一起。他要全心全意地坐下来，直视他们。“她安静地睡着了，肯定会一直睡到大清早。”他说，很享受自己也开始说废话的感觉。仿佛一场经过调解的争执后，当事者只说那些理所当然的废话，以此向对方表示自己愿意跟他讲话。“今天的风真够大！”他坚定地说。作家的女朋友接口道：“把我的头发吹得乱七八糟。”这番应答后，这几人似乎重新建立了一种共同的信任感。他轻松地把餐巾铺在膝盖上；斯蒂芬妮问“来点开胃酒吗？”时，他颇为感动。不管别人说什么，他都说“我也是”，此刻这就意味着和谐。作家仍在笔记本里写东西。“你是警察吗？”科士尼格问。

作家很胖，比他大几岁。虽然动作并不显得笨拙，但他似乎拥有一种摧毁所有手边用品的能力。比方说，他想擦燃一根火柴，却点着了整个火柴盒……收起笔记本后，他开始不断谈论自己，仿佛这是对之前的弥补。“我没什么特别想说的，”他说，“我对任何人都不再好奇。从前有段时间，如果有人对我说‘您是作家——写写我吧！’我会想，干吗不呢？现在如果有人开口说：‘我母亲会弹钢琴……’我会觉得恶心。我发现，和别人的共同点越多，自己对他们认同感就越少。每次听人说‘学习目标：团结一致’，我都想吐。一个女人站在去厕所的楼梯上絮叨自己，我真想问她：你这个小脸婆，有什么权利说**我**这个字？在街上看着迎面走来的人，我总是想：千万个不同的命运——同样的无聊。有时候我也想了解卖报女的社会拼搏历程——只是出于嘲弄。在咖啡厅里，一个女人站在柜台边，大声打电话，我会捂住耳朵，不想听到她的任何故事。或者‘邻桌’的那些谈话，它们有时也能逗我们开开心：但现在我也腻了这种偷听的体验！看见一个车队，我会想：我永远不会对这些人产生兴趣。昨天我在纳伊一个企业家的别墅里，他妻子说：‘我很喜欢观察人，比如说他们的手。’还说：‘我的葡萄牙保姆今天声称心情不好，但我希望拥有一个和谐的环境，毕竟我从来不向别人展示自己的心情。’——我厌恶得无以复加，心想：哦，上帝，现在她开始剖析自我了。今天，我看到了某个不认识的人的讣告，立刻想：这头猪，终于死了。一次我去拜访某人，他说：‘我家里灰太重了。’其实我家里的灰更重，但我就是不说，不想安慰他。”（他停顿了一下，惊讶地说：“这些西红柿真好吃！”）然后又继续说：“我不想再观察任何人。前几天，我看着街上的人流，问自己：我是不是应该看看他们怎么工作，或在家里干什么？但我很快就意识到，在那些地方，他们的行为举止也毫无悬念，和在大街上一模一样……有人找我来诉苦，我说自己更想看电视里的球赛。遇到一个漂亮女人……我会想：又一个平庸的美女。有时我出于老习惯观察着某人，然后却突然醒悟：我怎么了？我害怕东张西望：到处都有渴望被看到的东西。到处都有人把外套围在脖子上，在屋前花园里烧炭。每次见一个人前，我都打算好好研究他——可是一站到他面前，我就想：研究他干吗？然后我只能一直郁闷地盯着那张无聊的脸……我很奇怪，别人是怎么从星空中看出画面的。我从来不能从繁星中认出星座来。因此我也不懂如何把那些零碎的现象组合成一种表象。你们有没有注意到，有些哲学家经常使用‘调解’、‘蕴藏’和‘拯救’这些词汇？在他们看来，要**调解**的是**概念**；要**拯救**的是**表象**，而且要从那些概念之中来拯救；然后就是这些从概念中拯救出来的表象**蕴藏**在**观念**里。我很了解那些观念，但在观念中我并没有安全感。我并不鄙视观念，只是鄙视那些以观念为保护伞的人——最重要的原因是，他们在我面前满怀安全感。格里高尔，你有类似的感觉吗？如果你永远都不醒来的话，难道那样的关联就不存在了吗？”——“哦，”科士尼格说，“我每天都很高兴自己还活着，我的好奇心永远在增长。对你的问题，我似乎也很愿意回答‘不错，我也有同感。’——因为我知道，你依赖于这种感觉。但我不能容许把自己做的事情看成毫无意义。”——“很奇怪，”作家说，一边往杯子里倒满红酒，甚至都洒在桌布上了，“如果别人跟我感觉不一样，我就觉得很痛苦。只有和那些觉得自己每天所作所为都毫无意义的人在一起时，我才有认同感。

最近这段时间，我就遇到了很多这样的人，证实了他们的感觉。在我的统计调查中，我本也希望你属于其中之一。难道我能坑害你吗？”——“我险些就上了你的当，”科士尼格说，“后来我发觉，你一边喋喋不休地抱怨，一边专心地、甚至可以说是狡猾地观察着我。这是我从孩子身上发现的：不管孩子哭得多么伤心，她同时也在观察我脸上的每一个细节，眼都不眨一下。我怎么可能相信你不会再对旁人有好奇心呢，之前你不是在拼命地做笔记吗？”——“我当时只是突然想起，”作家说，“今天惟一深刻的体验，是午饭时喝的马德里汤。也就是说，在我面前，你暂且可以放心。”——“要不然我跟你换一换，”科士尼格说，“在别人面前这样抱怨，或许能给人一种成功感。”——“首先，这种行为能让别人觉得轻松。”作家说。——这时，斯蒂芬妮忽然问他：“您是什么星座？”话音刚落，所有人，除了作家的女朋友弗朗索瓦，都开始大笑。——作家笑得连鼻涕都出来了。

他们笑声未停，弗朗索瓦就严肃地说：“我想谈自己的生活，因为我渐渐意识到，自己和同龄人，尤其是同龄的女人们，是多么相似。其实我经历的无非完全普遍的东西，但每次我都把它当作特别的东西来经历。如果回忆起来，在我看来，那些个人的经历始终都表现为那些同时发生的政治事件的后果。北越人占领奠边府[1]的那一天，我的继父喝醉了酒，强奸了我。我后来的老公是在巴士上向我搭讪的，搭讪的话题是法国秘密军队组织的行刺事件。阿尔及利亚战争结束后，我们被迫搬家，因为公寓是一个阿尔及利亚农夫的，他的财产被政府没收了，因此得索回公寓。法国退出北约时，我失去了在一家美国空军基地的秘书职位。1968 年 5 月，我的丈夫和另一个女人同居了……我以前想，是不是因为我是一个女人，所以自己的经历才会被这些公共事件所左右？这些几乎都是悲惨经历，其实也都不是。但它们改变了我。如果我在四十岁时得了癌症，或进了疯人院，或许就知道为什么了。”——“那些不悲惨的经历呢，”作家说，“那些也是类似的情况吗？比如说，你爱上我的经历？”——“工会让我每天只用工作半天，但还有一份稳定的工作，”弗朗索瓦答道，“因此我不厌恶工作，也不用担心求职，有更多的时间享受美好的感情。”——作家在笔记本里记录着。他说：“我刚想起来，今天在餐馆里，侍者打开酒瓶时把瓶塞放在鼻子下，却根本没有去闻。”——“你当时注意到他那双完全磨平的

[1] Dien Bien Phu（奠边府），位于越南和老挝边境地区，这里指 1954 年 5 月越军攻破法军防线，占领了奠边府。

鞋跟了吗？”弗朗索瓦问，“我认为，你之所以不想了解别人，是因为你希望看到的那些特殊之处已经被发掘光了。剩下的只有那些毫无新意的日常琐碎，这些你都看不上眼。”——“我所依赖的是那些人们所注意不到的特殊之处，它们并没有被挖掘完，”作家答道，同时一边左手吃饭，右手记录，连桌子都被撼动了，“刚才这几分钟，我又对某人产生了好奇。”弗朗索瓦捏了捏他胖乎乎的脸颊，他突然把一根手指伸进她的耳朵里。“对谁？”科士尼格问，刚才那段时间，他一直沉浸在一种安全感中，几乎是温顺地听着他们一问一答，同时还盯着弗朗索瓦刮得干干净净的腋窝里的小疙瘩。“对你，亲爱的格里高尔。”作家低头记着笔记，头都不抬地答道。圆珠笔断了，于是他又掏出一支继续写。这次只有斯蒂芬妮笑了。

到此为止了，科士尼格想，刚吃到嘴里的桃子变得索然无味。“连法国的水果都这么难吃。”他大声说。——“你进门之前，我们一直在谈你。”作家说。科士尼格虽然很想知道他们谈了些什么，却并没有问下去。“我有什么可谈的。”他说。他很不喜欢斯蒂芬妮从一旁投来的目光，却不想回望她，给她一种权利。现在千万不要心虚地冷笑！他想着沉睡中的孩子，渴望把头埋在桌上立刻睡着。走廊里传来公寓水管里的水流声，他突然像很久之前那样，抠自己的指甲盖，想看上面的小月亮。屋里突然响起圆珠笔的咔嚓声，他吓了一跳。灾难降临了，他想。我的真实面目暴露了。他立刻站起来，把窗帘拉上，以防外面的人看到屋里发生的事情。此时他想起了斯蒂芬妮以前说过的一句话，那次，阿涅丝和另一个孩子不知所措地站在一堆玩具里，她说："他们玩完了！"我玩完了，他想，眼睛下的一根血管突突地跳，竟让他觉得很舒服。他还想控制住自己，却不知道该怎么做。他回到桌边坐下，给手表上发条。他的西装上一尘不染。终于，那支圆珠笔指向了他，科士尼格不由自主地冷笑出来。

"今天我在城里看见了你，"作家缓缓地说，同时吧唧着回味刚才喝下去的酒，"你变了。平时我每次看你都是一个模样，但每次我对你的体会都不一样——这种感觉很好。今天你之所以变了，是因为你一直在绝望地想维持自己平时的模样。你努力显得不动声色，我吓坏了，仿佛看见了一具行尸走肉。我只是从西装上才认出你来。你现在这样死盯着我都是没有意义的，这样也骗不了我。刚才斯蒂芬妮拿走你的碟子后，你用手挡在前面，把吃饭时掉落的豆子捡了起来。每喝一口酒，你都会把自己嘴唇和手指留在酒杯上的印记擦掉，刚才你放在桌上的餐巾上露出了擦过嘴的痕迹，你立刻把它翻了过去，——就像之前翻咬过的面包一样。你不想别人帮你做任何事，格里高尔。甚至不让人给你递盐瓶——好像你很害怕别人帮你做什么，害怕他们以此接近你，看穿你。你在隐瞒着什么吧？”

科士尼格装出盯着作家的样子，实际上他看的是作家面前的托盘，斯蒂芬妮刚才在盘里烧了一块法式橙酒薄饼，炙热的酒精冒起了一个气泡——泡泡破了。他用餐刀的刀尖抵着额头，心想：刚才的对话本来是为了让我觉得自己不引人注目。他忽然想在碟子里找到什么可以扔的东西。现在我就扔了！他想，但最终只向作家扔了一块面包屑。连斯蒂芬妮都没有笑。很快，他就会让自己变得**不可救药了！**他这才真正地望向作家，满怀哀求，作家却移开了目光，不是出于怜悯，而像一个胜券在握的人，对自己的成绩不无骄傲，带着优雅的微笑从已丧失生命意识的牺牲者身边走开。荒谬感让科士尼格头疼欲裂。他发现，自己不由自主地复制了作家的面部表情，同样的微笑，同样低垂的眼帘——在满屋的寂静中，他们以同样的狡猾表情不断交换着目光……

在这一刻——他嘴里正含着一颗桃核——科士尼格在完全清醒的意识中，体验了一种一般只有在梦里才会出现的状态：自己变成了一种可笑的异物，但所有人都认识他，对他了如指掌——就像巢穴里一个供人观看的动物，为自己感到无穷尽的羞耻，无休止地出尽洋相，在孵化成形的过程中被揪出了正道，变成了一个难以捉摸的怪物，一个半成品的臭皮囊，自然的困惑，一个**四不像**，整个世界都对它指指点点——如此引人作呕，以至于他们指点时都得转过脸去！科士尼格尖叫出来，将桃核吐到作家脸上，开始脱衣服。

他仔仔细细地解开领带，然后严谨地把裤子沿裤缝折好挂在椅子上。其他人都站了起来。作家观察着他。弗朗索瓦望向斯蒂芬妮，后者则垂下了头。赤裸裸的科士尼格沿着桌子转圈跑，弗朗索瓦还想笑，他扑向了她。他们叠在一起倒下去。科士尼格盲目地抓起一只碟子，将剩余的肉汁抹在自己脸上。期间他不小心碰到了作家的腿。“你别插手！”他说，向他扑过去。他站起来，两人开始打架，打得很慢，一来一回，死盯着对方，不发一语，像孩子打架一样，规规矩矩，慢慢吞吞。终于，科士尼格发觉自己有了哭出来的冲动，因为他如释重负，不用再在万念俱灰的悲痛中伪装自己。啊，我哭了，他满足地想。他从作家面前转过身，带着一种巨大的愉悦感对斯蒂芬妮说："今天下午，我在使馆和一个连名字都不知道的女孩子一起睡在地上。"——她撇着半张嘴强笑，于是他又重复了一遍，要明明白白说出自己话里的恶毒。

4

洗完澡，换上衣服后，科士尼格邀请作家一同去散步。两个女人钻进了里屋，听不见声息。“我们晚上从米拉波桥过来时，塞纳河很安静。”作家说，“波平如镜。”——“我今天看水看腻了。”科士尼格说，“还是沿着铁轨往帕西走吧。我想出去，只想去外面走走。其他什么都不想做。”

他们默默地沿着林荫道往前走。几乎所有高楼的窗口都已熄灯，很多外出度假人家的百叶窗都低垂着；惟有一些顶层小天窗里还闪着光。大街很宽阔，加上铁道的洼地，他们脚步声的回音从另一边传了回来。他们没有碰到一个人。路边有一辆车，一对男女坐在黑暗中，直直盯着前方。夜空中有一些明亮的云朵，被城市的黄色灯火染了色，透过云能看到黑幕中的星辰。微风吹拂，只有树梢的叶子在瑟瑟颤动。在树后灯火的映衬下，树枝仿佛一种牢固的黑色枝形装饰，四周装饰着叶形饰品，那叶形仿佛从内部散出光来，静静地戏耍着光和影。只有细心地听，才能辨出叶片抖动的声音：不是沙沙声，而是一种宁静的、几乎令人害怕的沸腾声。有时，某一片绿丛中的枯叶会发出尤其响亮的声音。在科士尼格的余光里，那些不是缓缓舞动的树叶，而是一群突然探头又缩回去的动物。一只黑色甲虫从一棵树上重重地摔到地上。人行道上到处是新撒的狗尿……虽然并没有特意观察，但科士尼格发现自己没有错过任何一个景象。他停住脚步，感受着风像一丝凉气拂过自己的太阳穴。

他们经过圣母升天街时，科士尼格又想到了和平咖啡馆那个约好明晚见面的女人。他在路边一个长椅上坐下来，望着幽长昏黑的圣母升天街，名字令它含着一种纯真的希望意味。他不愿意看到任何征兆，但现在他还是身不由己地体验了一个。他需要这个征兆吗？

作家在他身边坐下来，伸展开四肢，差点把他挤下去。过了一会儿，他说："我突然想再看一遍希区柯克的《迷魂记》，西班牙尖塔和后面蒙着纱幕般的蓝天，现在就想看！有人出文集时问我如何看待祈祷，现在大家好像又开始祈祷了。你祈祷过吗？”科士尼格想回答，却只是呼了一口气。接下来，他突然很满意自己没有说话。我是自由的，他想：我不用再说话了。终于能沉默不语了，他几乎心满意足，惊讶地笑了。

他们继续走，从帕西往上走到火车站，科士尼格很想消失在黑色的布洛涅森林里。但现在他不想再跑了。铁轨沟里的蓝色信号灯会毫无意义地闪耀一整夜……他们走进了惟一一家还在营业的咖啡馆，在架在桌上的椅子的簇拥下喝白兰地，作家谈起前不久遇到的一个弹吉他的乐手，他很惊讶那人从来不走调。“那人肯定对世界无欲无求。”作家叼起一支烟，却把烟折断了。帕西门边寂静的街道上忽然响起了一只狗的吠声，另一只狗呼应了一声，声音仿佛来自奥特伊门下面，仿佛乡下深夜里的狗。无数黑乎乎的房子中，有一间的厕灯亮起来，很快又灭了。虽然已过午夜，百叶窗还是被拉了下来。这些民宅现在看起来简直像不可攻破的壁垒！远方的环城大道上仍有车流声，却没有一辆往这个方向来。那个窜过街道的白脚小动物是一只老鼠吗？人行道上的碎石闪着光，像地铁的台阶……这一刻，科士尼格惟一的感觉就是疲倦。

回家的路上，疲倦变成了恐惧，恐惧则令他肆无忌惮。他走得飞快，终于把胖胖的作家甩在了身后。在恐惧中，他甚至忘了去注意各种征兆。通往铁轨洼地的人行道没有铺石子，路上那些光秃秃的树根单独看起来很狰狞。他惊慌失措地回到家时，发现两个女人正交头接耳地坐在房前的台阶上低声交谈着，丝毫不理睬他，两人构成了一道充满敌意的防线，敞开的门内飘出了吉他曲声。

他从她们身边走过时，两人并没有让开身体。他经过时碰到了她们，两人惟一的反应是提高了话音。他恨不得她们死去。

他在堆着脏碗盘的饭厅里坐下。无数念头纠结在一起，每个都是完整的句子，却都无法说出口。他根本无法再鼓起说话的力气，却又厌恶上床睡觉的念头。他像一个病人，既不能站也不能躺，只能一动不动地弯腰坐着。闭上眼睛，什么都不要看——这样他还得为整个身体动用眼帘。他得听听门外台阶上的女人们怎么说他，两人提及他时俨然已在用第三人称——“像格里高尔那样的男人们”，好像他已经算不上数了。期间有几个人从公寓一层的窗外走过，在寂静的夜里用西班牙语交谈，他有了短短一瞬的渴望和舒缓。作家呼哧喘着气走进来，坐在他对面的地上。太可笑了！他不用抬头就能感觉到他的动静。有这个无所不知的作家在一旁，他觉得自己身体所有毛孔里仿佛都有毛虫在爬动，感到一阵奇痒，尤其是四肢和鼻孔。他抓着身体。耳道里有一块干耳屎松动了，掉到了什么地方……我想看无辜的东西，他想，看一个我毫无了解的人，不知道他未来的人。他听见作家嘴里发出响亮的咂舌声，仿佛要讲话的舌头即将和上颚脱节——果然他听见作家开始清嗓子了。什么都别说！“如果一切只是玩笑的话，”作家说，“你这种态度也说得过去——但事情严峻了，你总得开口说话才行。”科士尼格对他龇了龇牙，作家想走，却无法从地上站起来。他滚来滚去，最后只好把女人们叫进来帮忙，她们把他拉起来，和他一起走了出来，在科士尼格面前没有说一句话，也没有笑。到了外面，几人开始喋喋不休地说话。

科士尼格保持着那个姿势一动不动，直到他听见客人们坐在一辆轰鸣声震耳欲聋的柴油发动机出租车离开了这个坐在一起的聚会，听见斯蒂芬妮关上屋里各处的灯，走进卫生间里。他坐在黑暗中，听着她刷牙的声音，听着她穿过长长的回廊走进自己房间，听着她开门、关门。他听着一个接一个的动静，听着事情的运行。在这一天，他无法错过或忽视任何一个环节。

过了很久，他突然站了起来，却没有意识到自己怎么站起来了，并且已经向她走去。房间里黑洞洞的。她呼吸着，就像在梦乡里一样。他冷漠地站着不动，感到一阵困意袭来。这时，她以缓慢清醒的口气说道：“你知道，格里高尔，我爱你……”话音如此平静，科士尼格非常惊讶。他打开灯，坐在她旁边。她的脸色无比严峻，以至于他都觉得不好意思去看房间里她那乱七八糟的物品。看着这个脸色时，她在他眼中比任何时候都更清楚。他们面面相觑。他忽然想把她的头扳到自己下巴底下。她开始抽噎起来。他发觉她胳膊上出现了鸡皮疙瘩。“你伤心吗？”他问。“是的，”她说，“可是这事你是无法改变的。”他俯下身抚摸着她，自己也颤抖不已，心里一片空白。她的身上多么冰冷啊！他激动起来，爬到她身上。她一脚把他从床上蹬下去，他滚到地上。然后，他几乎心满意足地溜出了房间。

现在一切真的成了个笑话！他弓着背，乜斜着眼走进**父母卧房**，不怀好意把裤子乱扔在椅子上，然后坐在床上读那三本餐饮指南，手上拿着一支圆珠笔，不时在那些星级、花冠、厨师帽上面画个圈。一个如此偏远的小角落也不会被人遗忘，因为那里有一家被推荐的餐馆！他有这么多逃难所！他想回忆过去的这一天，发现已经忘了大半。他为自己还活着而感到骄傲。他的头垂到了一边，于是他立刻关了灯。头一碰到枕头，他就睡着了。

片刻之后，他从梦中醒来，以为自己在一个险峻的悬崖上，他梦见有人想杀他。之所以醒来，是因为他在最后的时刻陡然想起，自己才是凶手。他是被害者，同时又是从屋外的浓雾中闯进来的凶手。醒来也没有改观局面——只是他的惊恐没有了对象和图像。他醒来时身体摊得很开，双手平放在身上，一只脚的脚跟压在另一只的脚背上，牙齿咬得紧紧的，双眼猛地炸开，像骤然苏醒的吸血鬼一样。他躺着，既无语又无力，身上发出恐惧死亡的恶臭。什么也不会改变。既不能逃难，也不能得到拯救。连保护心脏的肋骨都没有，跳动的心脏之外似乎只剩下一层皮肤。

屋里弥漫着化不开的黑暗。他在各种念头中呻吟着，因为仇恨、厌恶、愤怒——却无法发出任何声音。从前他以为，在陌生的国家里，陌生的语言中，那种贯穿人生的恐慌瞬间应该具有另一种意义，最少不会如此不可救药，最重要的是，这种异国语言并没有渗透进他的身体，他在法国的生活远不像在奥地利那样真切实在，因此他在法国不会像在自己出生成长的国家那样，毫无抵抗地任由那种恐慌瞬间来摆布……这些想法似乎松动了他的身体，他一拳打到床上，就像一个孩子捶打自己撞到的东西一样。

后来他很不愉快地想起来，关灯前看见床头柜上有一些水杯留下的干环印。明天早上，他要做的第一件事就是擦掉那些痕迹。他还想起饭厅里的脏碗碟。一切都混乱得不可救药，仿佛已经彻底腐烂。冰箱里还有一盒打开的玉米罐头，里面剩下的玉米马上就要坏了，也没有人把它们倒进碗里。唱片也没有放回套子里……还有洗手间里梳子上的头发！在这样的环境里，除非是疯子才会想像自己的未来。

他想接着睡。睡觉时或许会有新的事发生呢。我需要一个全新的人，他又重复了一遍，全身的肌肉都绷紧了。以前我就是这样祈祷的，他惊讶地想，我祈祷的方式就是绷紧身体，默默无声地许愿。他走到窗边，拉起窗帘。

回到床上后，他感到累了，他认为这是自己终于赢得的疲惫感。楼上有个孩子在咳嗽，从胸口呛出的咳嗽，咳得很久。孩子肯定咳得很疼，因为他咳完后哭了一阵，重重地喘了几口气，或许还没睡醒。科士尼格弓起双腿，用手盖住脸。除了管理员夫妇，他从来没有和楼里的住户讲过话，不知道他们都长什么样。奥特伊教堂传来了整点的钟声。孩子又咳嗽了，叫了几声妈妈。科士尼格发现自己一直在不自觉地数着数：他知道孩子咳了几声，教堂的钟敲了几下，孩子叫了几次……他怀着好奇睡着了。

接下来的梦是关于母亲的，梦里母亲的样子越来越生动。他和她跳舞，挨得很紧，却又怕碰到她的身体，所以跳舞时，他几乎站在母亲身边。他醒来时脑中还留有“客床”、“北德地区”、“看望病人”、“新年快乐！”、“奥地利酒家”、“固定菜单”、“小女儿”、“银杏”这些词——都是昨晚谈话间的词汇——想起斯蒂芬妮在一家中餐馆曾提出这样一个问题：“这里的杂碎怎么样？”他不得不翻个身，否则会呕吐。接下来，他梦见一只死乌鸦从冬天的天空中落下来，掉在一只熊身上。与此同时，厨房里的锅中正在煮着碎肉冻。然后他发现了一具女尸，尸体赤裸裸地躺在一座陡峭的山上，大张的嘴中有凝固的黑色血迹，他往她身上撒沙子。然后他又一次站在舞台上，不知道该如何演下去——虽然剧本是他自己写的。他醒来了，望着闪光的卫星从窗外的灰色夜空中掠过。一切都结束了，他想，我再也不爱任何人。接下来，他又梦见自己在一个陌生的公寓里，大便后忘了冲水，这时另一人正朝厕所走去。他梦见所有人突然都变成了他的敌人，他独自一人跑在寂静的阿尔卑斯高原上，云影飞速掠过地面，却一直没有人朝他开枪。他梦见战争又爆发了，最后一辆巴士带他离开，而孩子却被留在了车外。他醒来时，因为害怕而流出了口水。他梦见自己骑在一个胖女人身上，她的经血粘在他阴毛上。他梦见自己犯下了无数罪行，最后凭借假护照和假指纹改头换面，过上了新生活。这个梦进行得无比缓慢，他甚至信以为真。梦里得知自己不用服刑，能隐姓埋名地过完余生，他感到了一种独一无二的快乐。半梦半醒间他想，这是一个重要的夜晚。想到要回到空虚荒谬的清醒状态，他十分厌恶。再来最后一个梦吧，或许能拯救我！——屋里的收音机闹铃声在他头顶响起时，他已走进了一个缤纷的凌晨梦境中，他正在穿越一个阳光明媚的山谷，那山谷如此庞大，充满天堂般的气息，几乎给他一种痛苦的愉悦。所有的房子都变成了旅舍，门前快乐的草坪上摆着木桌和长椅，空气很温暖，他仿佛已经找到了自己的福地。这时厨房里的碎肉冻被倒出来了。打雷了，所有的梦都消逝了，科士尼格终于在一片阴沉的天空下醒了，他还是一个渺小的、令人厌恶的罪犯，很快失去了梦里的意义。一天就这样开始了；在这一天，妻子将离开他，他将失去孩子，他将失去生存的意志；在这一天，终于有些事情会变样了。

5

闪电和雷声几乎是同步进行，因此科士尼格没有时间考虑那些梦。在早晨的雷雨中，他有了短暂的回家的感觉——宛如身处乡下夏天某个阴沉的早晨。邻居的花园里有一男一女在讲话，声音很小，期间有很长的停顿，仿佛时间又到了傍晚！他们又不是瞎子，科士尼格心想。楼里四处有人在跑动，关上刚刚打开的窗户，关上唱机和收音机。天开始下起雨，雨声却并没有让他平静。雨不是为他而落，而是为了这个陌生国度的其他人。天不再阴沉，他难受得发抖，不知道接下来该怎么做。这样一来，他的沮丧和愤懑似乎成了一种懒惰，而在对懒惰的内疚中，他更感沮丧了，同时还失去了之前的理直气壮。这种对自己深切失意的内疚，如果被解释成是出于督促勤奋的需要——他心想——那就什么都不会发生了吗？难道应该用宗教来解释吗？别再想着解释了。大脑仿佛也自动背弃了他。

这个早上，起码他能在各种物品中找到安慰：他站在淋浴喷头下，热水流到他的肚子上，他再也不想离开；在柔软的手巾中，他突然闻到了一股醋味，那是很久之前他在别处用来擦洗过的头发的。他决定不刮脸。这是一个决定，它让他松了一口气，但他后来还是刮脸了，并为自己做出了第二个决定而感到骄傲，怀着这样的骄傲他在屋里走来走去。

他在外间碰见了斯蒂芬妮。她穿着灰色的旅行装，坐在一个石桌边写着什么，字迹很工整。“我等到雷雨停了再走，”她说，“麻烦你待会儿帮我叫辆出租车。”她望着他说，“我的感觉都是同步的——我很幸福，同时我也想自杀，同时我还有心思听唱片。我只是可怜孩子。”看她那张脸，好像在绝望的情绪中睡了一夜，他想。同时他还想：她走前连碗盘都没有洗。她那呆滞的动物眼睛和张开的黑鼻孔让他很吃惊，无法说出话来。“你是不是病了？”她问道，仿佛希望他病了。如果他至少承认这一事实的话，她还能帮上忙。科士尼格还是一言不发，不知道该对她说什么，心里无意识地想：我该给她买些什么呢？“叫出租车吧。”她说。出租车的号码现在也成了让他欣慰的物品：七个几乎相同的数字。等待电话中心回复时，他听着电话里的小夜曲。这时，斯蒂芬妮忽然摔倒了，甚至没有用手护住自己。他弯下身，拍打她的脸。他希望她就这么死了。“五分钟后到。”电话员说。他不禁笑了。斯蒂芬妮还是躺着不动，他把她扶起来，冷漠得连呼吸都感到艰难。他并不希望她走，却又厌烦她。她坐进出租车时，他想对她说：我希望你还回来。出口时却说错了，以“希望你回来”的语气，他说：“我希望你去死。”太阳又出来了。天空很蓝，街上的水几乎都干了。只有那些从阴沉的北部开来的汽车顶上还有颤巍巍的雨点。布洛涅森林上弯着一条宽阔而闪亮的彩虹。其他人现在可以着手干活了！他想。

科士尼格走到石桌边，看斯蒂芬妮刚写的纸条。“不要指望我给你的生活赋予意义。”她比我先下手了，他屈辱地想。现在**我**就不能对她说这句话了。突然，他觉得自己像一个早已讲完的故事中的角色。“这天早上，他比平时醒得早一些。连小鸟们都似乎还在半梦半醒地叫着。今天肯定会很热……”这是对过去日子的表述。彩虹还在，但他希望它消失。他穿过幽长昏黑的走廊走进孩子的房间，想到手帕放错了包——本来应该放在左边的包里，却放进了右边的——他觉得很好笑。他竟然无动于衷地继续活着！

他不知所措地打量着沉睡的孩子，闻她的气味。孩子翻了个身，然后叹口气醒了，但没有发现他。她叫了一声想吃椰子，然后又睡着了。她在一个愿望中醒来！他想。孩子睁开了眼，第一眼就望向窗外的远方。他故意做出一些动静，孩子看着他，毫无惊讶的样子。她说，刚才有一片很白的云飘过去了。他沮丧地看着她床单上的巧克力污迹——难以想像在今天还得换床单。她对他说话时，他特意弯腰靠近她，表示自己在认真听，实际上却不断走神。他心不在焉地抱紧了孩子。“不要忘记我。”他不知所云地说。孩子答道，有时她会忘记他。他走开了，望着镜中的自己。

在厨房里，他在热牛奶前一直沉浸在一个想像中：他们正在沙漠中，现在他要擦燃的火柴是最后一根。会成功吗？火柴点着了，他感到一阵轻松。然后他又不由自主地有了另一个想像：国家宣布进入紧急状态，所有人都不能上街购物，解禁时间难以确定。他紧张地看着几乎空荡荡的冰箱。他给大使打电话请假，说孩子病了。乌鸦嘴，他马上想到，于是改口说，孩子也没有生病，只是要去打疫苗。如果她真因为我撒谎而病了呢？他后来想，于是去看孩子。她躺在床上打着哈欠，他认为这是让他安心的迹象。

然而孩子房间里翻倒的玩具箱让他很警觉。以防万一，他把玩具箱放好了。接下来他在裤袋里发现了两张几个月前的卢森堡公园的木偶剧场票，于是有了短暂的安全感。不一会儿，他发现自己在孩子房间前叠白床单时，竟吓了一跳，于是抱着床单走到别处……气球里的气一夜之间都漏光了！他急匆匆地重新吹胀气球。孩子坐在床上吃的香肠肯定不是熏肠！他立刻从她手里夺走香肠，换了一根蒜肠……他自己吃了一个梨，像一个锦衣玉食的闲人。现在一切该回复平静了吧？为了提前应对下一个坏兆头，他捡起地上的一本书，工工整整地塞进书架。后来他在一管以为已用光的牙膏中又挤出了一点，竟有些感动，因为这些物品都在支持他。

他在又变得明媚的花园里坐下来，把所有能找到的鞋都刷了一遍。他有穿不完的鞋子！孩子沉默地看着他，他脑中什么都不想，能想到的念头都仿佛是一段惬意的小睡……把脚探进被阳光晒得里面暖暖的鞋中，他感到一阵突兀的幸福。然而他又觉得这种安全感仅仅只是一种情绪，于是很惊恐，同时又不快乐了。

他在屋里走来走去，捡起东西放到一边，过一会又放回到原来的位置。他走一回停一回，然后转个圈，突然发觉，自己在茫然和沮丧中仿佛跳起了什么舞蹈！每经过一面镜子，他就不禁要瞅自己一眼。在一面镜前厌恶地转身离开，走到下一面又去看。我真的在跳舞！他想。带着这种念头，他才能在那些昏暗的房间中从一个尽头走到另一个。

他想看火车，火车会经过公寓，开往圣拉扎尔车站，从那里再坐两个小时就能到海边了……他站在敞开的窗前等着，火车终于开出了奥特伊车站。经过岔路时，车厢里的灯泡不断闪烁着。他看着车厢上宽宽的黄带和车轮下的蓝色火花，那景象很亲切，仿佛是专门为他准备的……乘客们撑着胳膊肘坐着，表情放松而宁静，仿佛他们没有任何糟糕的念头，起码在车离开车站那几百米的时间里……

他想出门。但阿涅丝要待在家里。他想给她穿衣服，孩子拒绝时，他差点用暴力逼她就范。他用拳头狠狠地捶自己的脑袋，捶得眼泪都流了出来。然后他走到一边开始撕纸。他想用头去撞墙，不带任何信念地撞！

他又开始在屋里四处徘徊。阿涅丝坐着画画，一边吧嗒嗒地吃蛋糕。他突然差点朝她扔了一把刀。他奔到她身边抚摸她。她推开他，并非出于敌意，而是因为他干扰了她画画。他往她脸上泼脏水。如果能给她讲一讲昨天的故事就好了，告诉她整个世界是怎么对他言听计从的！他试着跟她讲，但心思却在别处——甚至不在别处，而是不在任何地方，以至于每句话都有口误。孩子笑他说错的词，并帮他纠正。“快走开！”她说。突然他很担心会一拳打死她。他走开了，走得远远的，对自己做鬼脸。他觉得，因为产生了打阿涅丝的念头，他已失去了待在她身边哪怕是一秒的权利。他看见湿漉漉的墙面，觉得它马上就会脱落。从前，只要一拉上门闩，他在厕所里总能幸福地吁一口气，今天他在厕所里也不觉得安全。他在里面坐了一会儿，毫不在意能不能大便，很快又走到屋里的另一个地方，然后愣住了，不知道自己到那里做什么。他想起从前有一次问斯蒂芬妮愿不愿意去伦敦待几天，她答道：“我不想一个人坐在伦敦。”现在我也坐在这里，他想，像一个女人坐在陌生城市的酒店客房里。孩子阻止了我的思考！或许我能从孩子身上学到一种思考的方法？他感到一种无趣的孤独。一幅记忆中的景象浮现起来：在一条刚刚灌满水的田间水渠里，一只裂成两半的金龟子在抽搐。科士尼格垂着头转着圈子，一直转。孩子提出了一些理所当然的愿望：要他折纸飞机——要他陪着她玩。但他现在不可能玩，不可能满足她那些理所当然的愿望。所有被他扔掉的东西，她又从废纸篓里扒出来了……他打报时电话，听见一个粗暴得令人厌恶的男人声音，他想像那是一个坐在安乐椅上的胖男人，满怀鄙视地报着时间。他又开始转圈，心里越发沉重，他喊着累，不要孩子打扰他。有没有人让他踢一脚？他走着，看着，呼吸着，听着——最令人无法忍受的是，他居然还活着。

走来走去时，他无意识地读了一封随便放在一旁的打印信件，读到最后一行事先印在纸上的“友好地祝福”时，他突然觉得那是针对自己的，受到了一丝鼓舞。他贪婪地重读了一遍。“祝贺您——您的交易很成功。”他找到了一个女人度假时寄给他的明信片：“昨天晚上我梦见了你，此刻我正在想你。”他读了最近几天的所有信件。这些写给他的信都很温柔，充满渴望——这些享受夏天休闲的人们仿佛不仅睡懒觉做美梦，还很认真地对待自己的梦。然而看到信封上的笔迹时，他又不开心了。他希望能收到一封陌生人寄来的信。

他洗了昨晚的碗盘，熨了几块手帕，给阿涅丝的一件衣服缝上扣子。然后他感到一阵满足，走来走去检查自己的工作。他想起了斯蒂芬妮：她在父母身边和女子学院长大，第一次和他去饭店吃饭时，得知自己不用吃完所有的饭菜，她对他多么感激！她感动得热泪盈眶地望着他……

他哼哼唱唱，装作振奋的样子——这样另一个房间里的阿涅丝才不会觉得太安静。她很快叫着要他安静。他到底要怎样才能取悦她呢？一次他不小心踢倒了什么，于是故意大声呻吟，夸张疼痛，希望这样能帮她打发时间。“你要不要一个苹果？”他问道，那口气仿佛苹果是一种观念。洗苹果前，他特意走过来给她看一看，借此跟她搭话，因为他没有更好的主意。“看，这苹果多红啊！”他故作惊讶地说，为了让她也惊讶。苹果的红色能够告诉她一些什么，那是他自己无法教给她的。他最害怕的是她问：“现在我该干什么？”因为他根本不能给出任何建议。

他想去厨房。去厨房的路上，他突然很急切地想查一个餐馆的资料。然后他又徒劳地想查另一家海边餐馆——他曾在那家点了一份自制肉馅饼，吃的时候却咬到了一粒砂子。他继续往厨房走，走到门前却转了个身，因为饭厅里还放着一个满满的烟灰缸。同时他又想起来床还没有整理，于是他拿着满满的烟灰缸去铺床。在此之前他还想关浴室的灯。往那边走时，他又瞥见一份报纸，于是捡起来看了很久……然后他走进厨房，打开水一个劲地流，却不知道为什么。过了一会儿，他才关上水。

在这样的混沌状态中，他希望能再次体验各种征兆。他把吃剩的苹果扔进一个空铁桶里。苹果撞到了桶身，发出一声极具威胁性的响动。他立刻重新扔了一次，让苹果直接落到桶底：那里不会发出声音。衣架上挂的一件衬衣慢慢滑下来，他竟没有抓住！为了弥补，他立刻把孩子揉皱的一幅画展平，并在上面放了一双长靴，一只摇摇欲坠地压在另一只上。储藏室的门开了一条缝，他疾步走上前去关好。他想：以后我会为此笑死。他走进花园，夏天的微风吹拂着他的脸，缓解了他的压抑。楼上的孩子突然痛苦地大叫了一声，同时教堂的钟声冷静地响起——顽固的恐怖又一次飘进了他耳中。他开始觉得冷，跑进了屋子，给贝亚特丽斯打电话。“我马上去找你。”——“如果你愿意的话。”她答道，然后犹豫着没有挂电话，仿佛在等他问：你也愿意吗？但他已经无所顾忌地带着阿涅丝往门口走去。

他从外面锁上了所有三道门，钥匙每次都转两次，就像他每次回家开门一样，为了赢取时间。铁道洼地对面一棵梧桐树的树荫下，管理员夫妇坐在一张白漆长椅上，由于大多数住户夏天都出游了，楼里没有什么工作。他们年纪已经很老了，女人在织毛衣，男人用一只胳膊挽着她。她身边的椅子上放着一只线团，男人脚下有一只鸟笼，许多金丝雀在里面跳来跳去。这两人以后可以证明今天下午在这里看见过他，他不由自主地想，因此故意隔着街道和他们打招呼——仿佛他以后就需要这两人做目击证人。和孩子一起，他觉得自己不会太显眼。用孩子来获取一种幸福的平庸！他突然想。街角的餐馆已为午餐在桌上铺好了白色桌布，女店主牵着狗在门外走来走去。科士尼格认真地跟她打招呼：如果出事了，店主也可以为他作证。在餐馆的窗户上，他瞥见了一张昨天经过时还没有的手写条："本店"不再接受支票。他在这里从没用过支票，因此第一次觉得自己和店主之间有了一种关系：厚道客户和店主的关系。其实他并不是厚道客户。我需要目击证人，他想，急切地想立刻见到贝亚特丽斯。排水渠里闪光的激流终于又对他产生了影响。

在心不在焉的美妙状态中坐出租车，惟一的感觉就是自己正在穿越空荡的夏季街道，然后脑中一片空白，牵着好奇得一声不吭的孩子，背着走进电梯，毫不犹豫地按响门铃，不用担心自己的表情。然后像个老顾客一样，背对着正在打开的门，仿佛除他之外不会有任何人。

贝亚特丽斯说：“啊，是你。”她对阿涅丝很友好，把她带到两个孩子的房间里。他要求贝亚特丽斯弄点喝的，仿佛为了向她证明自己有所改变：他想让别人为他做些什么！“你知道饮料在哪里。”她说。他仍然沉浸在出租车里的欢快情绪中，走进厨房，看见贝亚特丽斯早上喝茶用的杯子放在桌上。她一个人坐在那里，他想，突然觉得自己理解了她的辛酸。他很快回到她身边，拥抱她，假惺惺地说爱她。她惊异地望着他，然后说：“去洗个澡，你看起来脏兮兮的。”他吹着口哨走进浴室，洗了洗脸。他不会让别人糊弄他。然后他看见由下到上整齐叠放的脚霜、手霜和牙膏柜，才终于确切地意识到，自己已经完全被抛弃了。三个孩子在很远很远的地方，模仿着外面的鸟叫声。

他坐在贝亚特丽斯对面。她一直看着他，却没有问一个字。很快她就会去想别的事，他们的关系将永远结束。这一刻突然决定了全局：再沉默一秒，他在她眼中就会变成一个烦人的陌生人。寂静中她已经开始深深地呼吸，目光望向了别处……他立刻开始讲话，跟她谈南斯拉夫海滩上一棵桑树下的餐馆……要在平时，她听了立刻会做各种各样的计划："我要跟你去这个餐馆，下次我们去那个海滩！"今天她只是沉默。他试着谈起两人共同的回忆，她也没什么反应。于是他像往常那样开玩笑，平时她会大笑，今天却面无表情。她不想遵守两人默认的游戏了！这是不是意味着她希望他能有更多的表示？他贴近她坐下，忽然想起了隔壁房间里的孩子，这才自然地用胳膊搀住她——虽然并非出自本意。他抚摸她的乳房，这才破天荒地有了一点感动，同时他产生了一种很刺激的想像：在这一刻，他想为自己——只为自己——在新英格兰发现一个偏远的地域。她还是无动于衷吗？不，她正在充满渴望地看着他，但那渴望并不是对他，而是对她从前和未来的所有情人的渴望。和谐的一刻结束了，两人的头猛地贴到一起。

他和她睡觉，毫无爱意，同时充满恐惧。她并不掩饰自己的感觉，冷酷地看着他，以至于他都不敢合上双眼。孩子们在隔壁房间莫名其妙地大笑，笑声持续了几分钟。他徒劳地在脑海里想像着另一个女人，却想像不出。他的动作越来越猛烈，贝亚特丽斯却早就不再配合他。他终于落进了陷阱，被看穿了。他的阴囊越来越冷。他大张着嘴，舌头沙沙作响。他抚摸着她胳膊肘上干枯的皮肤，万念俱灰，想大吼一声。冲动时，他胳膊下的一捆报纸正在往下滑……贝亚特丽斯把手放在他肩膀上，从他下面翻开身，然后坐起来，梳头整理发髻。他绝望地躺着。她离开前帮着他盖上了被子。一扇窗子拍打着，整个城市喧嚣着：世界仿佛凝缩成了一些恐怖的声音，除此之外都空空如也。外面发生了可怕的事情，他是受害者。为什么听不见孩子们的声音了？孩子的声音至少还能给他一些慰藉！

他在厨房找到了贝亚特丽斯，她正在往碗里剥豆子。做事时她还在唱歌，唱到一半忘了词，她连剥豆子的动作都停了，直到重新想起歌词。她了解他的一切——而他再也无法理解她了。“我今天充满渴望。”她说，一边在他面前走来走去。她跟他讲话的语气很小心，仿佛在打电话，“早上我看见了一条彩虹，然后变得很虚弱。我想去体验什么！”不错，她说得对：和他在一起，她已经“体验完一切了”，甚至没有值得一提的体验。他叫来阿涅丝，离开了唱歌的贝亚特丽斯，悄悄逃走。电梯还停在同一层：夏天的人真少。楼下走廊里的石块地刚用水管浇湿过，科士尼格似乎突然闻到了家乡那阴暗的教堂味道。这条街上有一家餐饮指南里提到的餐馆，却关着门，正在**年度休假**，玻璃内面被刷白了，他看不见店里的样子。

现在只有一个办法，他想。从现在开始，我要在所有事之前都做好计划，就像做生意一样。一家餐馆的广告是"新配方"，店里却只有一份单一的菜单。在生意场上，人们会在事情停滞之前找到新的方案：他为什么不为自己制订一份方案呢？重新营造自己！为此，他首先要做的是耐心观察其他人，要重新组装自己，这一点很必要。

他和孩子在克利希广场一家餐馆里吃饭，里面用的是布餐巾。他很享受展开餐巾的过程。（因为夏季的食客大多是游客，因此很多餐厅用的都是纸巾。）他摊开双腿，充满期待地观察着其他桌上的客人。未来似乎暂时得到了保障。阿涅丝大声地喝着汤。他喂她喝水，在饮料流动的过程中，他才觉得自己离她很近。她只是自顾自地坐着。之所以需要他，是为了可以放心地做自己的事！尝着嘴里的酒，科士尼格很想找一个陌生美丽的国度。在那里，死亡将不再是一件切肤的事情。这一天终于开始了，他想，并感觉到双眼睁开了，根本不需要他的介入。

邻桌坐着一对男女，两人从坐下到离开一直在喋喋不休地说话，中间没有一秒的反应停顿。他们找到了方案，他想。刚开始时，他很羡慕他们，后来却觉得两人的脸好像都做过拉皮。男人每次说完了什么，女人都会奖励般地说一句：“哦，我爱你！”两人都感冒了，却很享受用鼻音讲话的感觉。女人亲吻男人的脸颊，他同时还在抠着鼻孔。另一桌正有人给一个孩子照相——只有当孩子做出真正孩子气的笑脸时，照相的人才按下快门。他们跟孩子讲话时，故意不说每句话的最后一个词，而让孩子来填。这样，他们跟孩子说的每一句话都变成了问题。“餐巾纸放在——”“膝盖上。”孩子答道。“塞纳河流向——”“大海。”孩子答道。“太棒了！”其他人说。两个独自吃饭的男人如此对话：“我最近很顺！”另一人说：“这三周我都过得不错。”店主站在另一张桌边，正在讲一个笑话。他走开时，桌上客人说话的声音小了很多。一个胖男人独自坐在一张桌边，所有侍者都上来和他握手招呼。填支票前，他大幅度地挥着手，以至于夹克的袖子都缩到了上臂上。他伸着舌头一个个地签字，然后四处检查是否还有签字的栏目。另一对男女正在讨论诗歌。男人经常一句话讲到一半停一刻，仿佛在思考，然后再不出所料地继续讲下去。邻桌的人问科士尼格借盐瓶时，他吃了一惊，仿佛做梦时被惊醒了。“我一直是一个比较感性的人。”他对那个女人说。有个人在看《法国晚报》，看了一小时还在同一页，一次都没有翻过——他看的是根据读者的愿望每天连载的小说，报纸的另一面刊登着一个民意调查结果，宣称在本月对自己的生活感到满意的法国人数量超过了上个月。收银台的女人正在弯着腰看一张纸，以最大限度的认真复查账单。一个黑衣侍者在厨房揪一个白衣侍者的耳朵。一个英俊男人从街上逛进店里，双唇微张，仿佛他能通晓世界上所有的语言。他扬着一边的眉毛，鼻毛修剪得干干净净，咬着下唇。一个姿色平平的女人跟在他身后，脸色僵硬而谨慎，为了维持自己并不可观的美丽。这些人不知羞耻地展示自己——仿佛所有形容他们的话已说尽，不必再担心什么。他们已不再担忧了，科士尼格想。在这些和自己如此相似的人面前，他除了想死，竟没有任何想法。

他觉得饭菜干巴巴的。他推开盘子，望着正在用面包蘸汁的阿涅丝。她俯在桌上忙着吃东西，脸上带着微笑。最琐碎的事都能逗笑她，他想。在这一刻，他并不渴望进入同样的状态；惟一令他高兴的是，她永远不会像他一样，感受到如此的恐惧、仇恨和厌恶。

他发什么神经呢，竟然指望在一家餐馆里获得安全感？他再不可能找到任何逃脱这个世界的场所。已没有任何有效法则适用于他的状态。他观察别人越久，想像力就越萎缩。他和所有人仿佛都是一部电影中的角色，一部看了开头就知道结局的电影。（连侍者事先都知道他在想什么，所以他立刻点了别的东西。）或许他从一开始就把他们观察错了，待在错误的位置，带着错误的态度——不管怎么说，无论他如何整合自己的感知印象，它们都会与他毫不相干地组合成一团习以为常的、精心呵护的混乱。餐巾铺在膝上是一个骗局！女人们的香水代表着他无意了解的记忆，而薯条——之前他还在脑海里想着“美好的老式薯条！”——只能让他头痛。很久以前，如果科士尼格不喜欢别人，他就会想像他们在睡觉，这样能让他们显得可爱一些。现在这些人如此让他厌恶，即便他想像他们正在抱膝酣睡，也无济于事。甚至那些让他备感安慰的“美妙景象”——譬如孩子穿着不合身的大衣服的样子，看着她，他有一种奇特而充满希望的想像，一种确信感，知道衣服终究会合身——也越来越短暂了，已经没有了回味！一个女人从餐馆外面经过，对他友好地微笑着——他们彼此没有威胁。而餐馆里那个独自坐着的女人却在看他。他的样子让她撇了撇嘴，他冲动的表情令她厌恶。她连座位都不愿调换，仿佛担心他会把她的任何一个小动作理解成和他的默契，甚至看成一种性暗示。在看他之前，她一直在无声地哭泣，鼻子都哭红了。你很无聊，他想对她说，你和世界一样无聊。他需要一个白日梦，否则他会立刻爆发出一声野兽般的狂吼。如果要玩思想游戏，我就不应该看那些人。他虽然移开了目光，却是出于一种本能——就像对一把从天而降的刀子的反应……他们是怎么坚持住的！他想：然后他们还会懒洋洋地走到街上，掌心摊在身前，而我们之间惟一的纽带就是，吃饭时大衣领上的头皮屑越积越多。下午刚刚开始，一切再次显得如此无望。

一个半裸的醉鬼在广场上大吼。看到他的样子，坐在屋里的那些穿着衣服、稍微清醒的人心照不宣地微微一笑。一些人开始隔着桌子聊天，也有人向他搭讪。他垂下目光。这是他们的团结方式，他想——他也感受到了这种团结，一种疲惫沉重的疑虑之后出现的虚伪的回归行为，然后，这将成为不可预见的孤立降临之前的最后一个集体瞬间。孩子却是天真的，所有人相视微笑时，她已被那声吼叫吓呆了！他第一次感到高兴，因为自己只和孩子在一起。

6

往克利希广场的北边走，从上坡的科兰库尔街穿过蒙马特墓园，在喧声渐静的麦斯特街继续走一段时间后，会来到一个灰尘遍地、寸草不生的公园。园子的角落里有一个儿童乐园。科士尼格几年前在这个区住过，周日的上午偶尔会带着刚学会站的孩子到这里玩，让她坐在沙盘上。公园离克利希广场不远，他向公园走去，途中还拐过一条经过圣万大街的路。他在路上看到的征兆很少，即便有，也只让他觉得好笑：一辆被遗弃在路上的购物车里有一只长靴；一张巴士车票落在他脚前，每次他弯下腰去捡时，那张票都会往前飘几步……像多年前一样，他看见那个会学鸟叫的乞丐还站在同样的位置，旁边系着几条狗，有女人来逗弄时，它们就会拽住她们，最终她们只好乖乖塞给乞丐一个硬币，以免遭受被狗淋尿的屈辱……科士尼格牵着蹦蹦跳跳的孩子，走在明亮炎热的街道上，觉得很舒服。

他不想去电影院，因为从克里希广场的海报来看，那些电影都是在室内放映。他一边走一边想，这里的自动机器居然还是坏的，几乎觉得很好笑：自动洗衣机、自动邮票机都不能用了，连印刷品店外的自动相片复印机也坏了。以前那里就一直竖着一面“停电”的牌子。天气太热，一家面包房外装着煎饼的玻璃纸里蒙上了一层油雾。一个瘦骨嶙峋的男人走到了科士尼格前面。在街上所有的行人中，惟独那人显得行色匆匆；紧身夏装下面，他的肩胛骨大幅度地起伏着。路边很多台基上挤坐着北非工人，等待午休结束，他们仿佛已经适应了如此狭小的空间。一个非常苍白的女孩子，围裙领上挂着姓名牌，闭着双眼从一家糕点店走到阳光下，叹着气垂下头。另一个女孩手上拿着一杯咖啡，缓缓地走在街上，步子很稳，为了不让咖啡洒出来。科士尼格站住了，不需要他说什么，阿涅丝也停住了脚步——天气热得摧枯拉朽，除了热再无他物。这时，地铁让整个街道颤抖了，地铁无声地从街道下方开过，科士尼格也被撼动了，这一刻他感到：就是这个！就是现在这个！——仿佛是一段他已不抱期望的体验。

他们走在提前降临的温暖中，四处已不再有危机。那个女孩子稳当当地走路并不是出于必要性，而是出于享受。

科士尼格不再像从前那样，为了迎合孩子而下意识地放慢步伐，而是跟着自己的感觉走。夏风偶尔会吹断一根枝条，在他的感觉中，那风仿佛是对愿望的满足——维持着希望。一架飞机从高空中飞过，光短暂地变幻了一下，仿佛飞机的影子闪电般地从街上掠了过去。他想对着远方那些在阳光中闪耀的树丛大吼：保持现状！为什么没有人跟他搭讪呢？

在一条小街上，科士尼格看见了自己几年前住过的房子。房前还有一棵枫树，现在刚好长到了他从前公寓的窗口处。片刻间，他感到一阵剧烈的辛酸，为从那之后所虚度的光阴，以及对自己的失望。从那时到现在，他一无所获，一无所成。一切都维持着混乱的原状，而那时他毫不恐惧的死亡此刻已逼近了许多。我得做些什么，他绝望地想，刚有这个念头，他就自信地对孩子说："我得开始工作了。我要发明。我需要一份能让我发明什么的工作。"阿涅丝听到的无非是他的声音，她天真地跳了一下回应他。这么久以来，他第一次对她又产生了好感，不再像之前那样心不在焉，怀着心惊胆战的爱意。

他想过后在游乐场上读读书，于是在一家书店里买了一本亨利·詹姆斯的平装本小说集。就像那个"当一切肇始”的清晨一样，他在一栋房子的墙上看到了一块大理石碑，纪念一位抵抗战士。那人正是在这里被德军枪杀的。纪念碑下放着一根枯萎的枝条，他给孩子讲述了三十年前发生的事。那个叫“雅克”的男人被杀时正值七月底，和现在一样，卡尔波广场和三年前一样，还是灰扑扑，同时又面目全非——科士尼格觉得，自己很快就能发现那个细节，那个可以让其他一切合为一体的细节。

孩子却有些变了。几天前她下地铁站台阶时，还是踉踉跄跄，一脚拖一脚地走，现在她很自然地沿着台阶跑上了游乐场，动作节奏一致，总是先迈右脚，再迈左脚。刚开始她只站在场边东张西望。他们走来的街道几乎空无一人，而广场上却熙熙攘攘地挤着很多小孩和大人。大人们多是法国老妇和年轻的外国女人。科士尼格在一个长椅上坐下，用脚抚摸站着出神的阿涅丝，她没有回头看他就笑了，仿佛一直在期待这个抚摸。她的自由自在令她散发着一种骄傲的光芒。那光芒如此真实，甚至传递给了他。和她一起感知吧！这样能暂时驱走他的无聊和沮丧。他凭什么自命不凡地鄙视那些疲倦、怨愤的女人们，身后拖着哭喊的孩子们——他们不时忘我地蹦蹦跳跳——还打他们？其中一个女人，站在烦躁不安地尖叫的孩子面前，正悄悄地伸手欲打，发觉科士尼格正在看她，突然间她的目光放开了，同时变得失望、愤怒，仿佛看她的是一个同道人，在他面前她已不需要掩藏。

无数事物以这样的方式显现出来，厌恶感也不能终结这种陈腐！高大无比的白蜡树，阴暗无比的广场……洒下来的阳光太少，年轻的女人们一直朝着仅有的阳光地带挪动自己的椅子。不时有一个女人站起来，往一个孩子面前的沙地上扔一把塑料铲，想吸引他过来，孩子却毫不理睬。被拆得七零八落的玩具很快又在孩子手上合成了一体……如果孩子不听话，人们只要在远处拍手就能制止。这时，在孩子们中间的沙地上踱步的鸽子们都飞了起来。一个正要从爬杆上跳下来的孩子叫妈妈，女人望向他，左手摇摇坐着一个宝宝的婴儿车，右手则盖在再次微微隆起的腹部上。他望着一个女人数织衣针的针脚，另一个正在给痛哭的孩子吹出眼里的沙子。呼唤着陌生名字的声音此起彼伏。蒂茨娅娜！费莉西塔斯！普鲁登茨娅！绝望和苍凉仿佛最后一丝和谐，降临在此地，降临在灰扑扑、人头攒动的广场上，降临在身边放着塑料袋的女人们身上，降临在八角值班室里一边打盹一边待命的公园管理员身上，降临在用脚跟踩着铁板的孩子们身上——然后他们会伴着尖锐的摩擦声从滑板上滑下来，另一些则不耐烦地在下边的梯子边跳来跳去——降临在这种不断重复、毫无内容的来回劳作上——排水栏的沟槽也被灰尘和沙子堵塞了，这里散发着香皂的气味，充斥着孩子们的呼叫，充斥着女人们的呼声，还有公园管理员的口哨声，以及水泥旱冰场上旱冰鞋的尖叫。

观望太久后，连吐气都疼起来。孩子突然重重扑倒在他身上，他差点儿也一起倒下去，孩子的脸颊软乎乎的，哭诉着某种撕心裂肺的可怕东西——原来是一只惊恐的小刚毛狗，被人用包拎着经过。“不能因为这个哭啊。”他说。泪水止住了，孩子脸颊上又放出光来，皮肤也明亮起来……一只蝴蝶飞到他指尖旁徘徊着不愿走，它之所以依附在他身边，仿佛是为了不被他杀死。他看见一个身着黑衣的葡萄牙老妇人，胳膊上套着一件针织马甲，外衣下方露出了一截衬裙。虽然心思游离，她似乎同时在关注着一切，什么都逃不过她的眼睛。她旁若无人地演示着自己，带着一种蠢人的优雅，而她的孩子僵硬地在她身下行走，被照管得严严实实！她身边的一个孩子向妈妈提出了一个愿望，老人笑了，然而并不是出于感动，或许是因为孩子的要求立刻得到了满足，而勾起了她的一段平静的、至少毫无妒意的回忆，想起了一件和她的所见完全相反的故事。

看着她的马甲和露出来的衬裙，科士尼格想起了自己的小农家庭：在那个环境中，人们喜欢自己亲戚的所有特点，而对于具有同样特点的非亲人群，他们却无比厌恶，虽然自己也毫无两样！

他一直坐在广场上，身处人群中，不想未来。他没有任何期待，只是有过一种想像，希望所有人突然面目全非，开始撕心裂肺地哭泣，同时还为此道歉：他们昨晚没有睡着，他们受不了暴晒，他们没有胃口。那时该由谁来告诉他们不用为此羞愧呢？——他抬头望天，疑惑为什么一切到现在还没有变化。阿涅丝平静下来后，终于开始跟他讲话，仿佛对他满怀信任。她讲了一些自己的事，他才发现，原来她有那么多秘密。她有秘密！他心中浮起了一股强烈的幸福感。她突然很友好地使用了一些平时只有他才会说的语句。在万千事物中——云朵、树影、水洼——她看见了各种形象——这些都是他再也感受不到的……

阿涅丝跑到孩子们中间，他心满意足地读着亨利·詹姆斯小说中经常出现的服饰描写。终于不用读报纸了。“她穿着一件白色棉布裙，上面有无数皱褶和镶边，还系着一个浅蓝的蝴蝶结。她没有戴帽子，手上却摇着一顶镶着宽边的绣花大阳伞：她有一种令人惊叹爱慕的美貌……”他不断往下读，同时感到很开心，因为待会儿要去给自己买东西——他很久没有这么做过了。他想像着自己穿一件崭新的浅色夏装穿过广场的样子。带着他遭遇的新事物，和他无法遗忘的旧事物，他将经历一段闻所未闻的故事。

科士尼格抬起头，发现孩子不见了。其他的孩子依然在投入地玩耍，仿佛阿涅丝早就不在了，他们已经制定了不包括她在内的新游戏规则。他跳起来，然后立即坐下，甚至又往下读了几行，一个字都没有漏。涂脏自己的脸，赶快！剪掉头发！树刷刷地响起来。在盛夏时节，他突然感到了一丝阴冷无比的寒冬气息。他屏住呼吸，试图不想任何事情，仿佛为了制止什么。他沉浸在恐慌中，想让自己为即将降临的事件做好准备。一个女人盯着他，仿佛了解某种他不知情的事情。谁会第一个告诉他？身后传来女人的吵嚷，不是笑声，而是灾难临头的怒吼。之前这些人是怎么嬉戏打闹的！现在一切都严峻了。此时此刻，仿佛在一切力所能及的尝试之后，他决定不再活下去。

7

他找遍了整个广场，看所有经过车辆的车厢，但这些只不过是必经程序。无法想像之物才有一种更可怕的真实感。他巴不得自己立刻发疯，似乎那才是最后的救命稻草。在疯狂中，一切都可以挽回，**死人都会复活！**人们可以永远和死人们相伴，不再有死亡的念头……然而他无法进入疯癫状态，只觉得浑身无力。他沉浸在一种恐怖的清醒状态中，双手自动地摸索着脸上的所有骨骼，伴着一种莫名的享受。他冷静而审慎地——管理员以后会这样形容他——将自己的地址告诉了公园管理员，声称自己要去叫警察，然后斜穿过城区，朝东走去。

在死亡的意识中，科士尼格和路上相逢的人们有了同感，而长久以来的无动于衷变成了一种甜美的参与感。那些开车的人们——他们无休无止地奔波在路上，关在铁盒子里，痛苦地从一个地方到另一个地方，多么辛苦；这样生存下去多么辛苦！货车的气闸多么绝望地一路鸣叫！刹那间，他想到，政治不仅是一种生意，不仅是对荒诞的粗暴掩饰，同时还是一种世界性的地区自治手段，因此政治是一种可以想像的事件，是值得拼搏的。他坦然接纳每一个细节，不再觉得一切都是断裂的。一个女出租车司机拉着一位女乘客；一个男孩拿着玩具冲锋枪大喊大叫着跑在母亲身后……他觉得自己变强大了。他愿意和所有人说话，祝福他们。一次他走过一个男人身边时，还提醒他鞋带松了，那男人向他表示感谢，一点都不惊讶。他看见一个头戴得克萨斯牛仔帽的人，便上前去问他从哪里来，仿佛在帮助他。他不再觉得一切都很可笑。看见一个戴红头巾的女人下地铁站的台阶，他不明白自己为什么从前只想着自己。想到自己现在要去死，一种强烈的遗憾攫住了他。他小心地避开每一辆车，不想被撞上。

他完全感觉不到自己的身体，轻巧地穿越在疲惫缓行的人群中，并为其他人感到遗憾！他连一丝一毫的牙疼都没有了！一个男人坐在巴士车站边，头低垂着，双手放在胸前，仿佛正在等待迫害者的到来。他觉得只要随便搭讪一句，那人就会全盘托出。他真的在那人身边坐了一会儿，问他在干什么。那人望着他，仿佛这样的问题是对他的侮辱！

城里到处都有喷泉，他就着一个小喷泉清澄宁静的水流洗把脸，仿佛之前真的在脸上涂了什么。在这个温暖的日子，连流水也如此温暖！越接近巴黎东边的绍蒙丘陵，科士尼格看到的城市就越发生机盎然。他看见一个女孩子用脚跟蹬开摩托车支架，骑着车扬长而去；一个高大的女黑人用头顶着一个满满的塑料包；一辆拖拉机穿过城市，车后落了一地干草；一个面包店店员像往日一样，提着一篮长面包从一家咖啡馆走到另一家；一个胖男人坐在长椅上，身边放着一大堆皮带；遥远的地方，公园栅栏的顶部在某一刻泛出了金色光芒……他能用目光攫住一切。一个女人把钱包夹在下巴下，购物袋夹在膝盖间，打开一扇门，用脚踢开，这一幕在他眼中代表了一种可能的生活瞬间，这是他事后才窥见的生活。他看见人行横道上闪光的金属片，看见树冠无风自动，仿佛要不断变幻形状。他听见一群鸽子飞过，声音仿佛人的低笑，电影院里的枪声和嘶叫声结束后传来了影片的剧终声——轻柔的音乐和一对男女低沉友好的对话。他闻到一家开门的修鞋店飘来的刚上色的鞋的气味，看见一家理发店地上堆满了头发，一个冰激凌自动售货机上插在脏兮兮奶汁里的大勺，一只没有尾巴的猫从一户人家出来，飞快地蹿到一辆停靠的汽车底下蹲着不动，他听见一家马肉店香肠切割机的轰隆声，一个即将完工的楼盘各层都传出了水泥块的撞击声。他看见一家餐馆的女店主抱着一束花打开餐馆门，为晚上的营业做准备，他大声说："真丰富！"今年的第一批葡萄上盘旋着第一批黄蜂；第一批榛果装在一个木箱子里，旁边还有皱巴巴的果叶；人行道上留着第一批被吹落到地上又飞开的树叶的痕迹……夏天的集市规模比平时小了很多。咖啡馆里的服装摊位几乎都是空的！邮局大楼刚被重新粉刷过，人行道路面被挖开了，为了装新电话线，工人们站在矿井里，看着一个摇摇晃晃踩着塑料旱冰鞋的孩子笑。一家电影院正在上映动画片，放的是《大力水手》，这个家伙只需吃一罐菠菜就足以对抗全世界。他觉得自己很做作，很无耻！他肯定漏看了什么，错过了什么，这些都是补不回来的。他站住了，在所有的口袋里翻找。一个女人不会在人行道上这样站着不动，他想。终于他觉得自己不引人注目了。他几乎是满足地闻着自己的汗味。无休无止的车流轰鸣声让他觉得头很舒服，他发出了一声动物般的吼声。既然已经没有可以爱的人，我也就不再需要死亡征兆了！他想。一个人的钥匙链掉到地上。一个优雅的女人滑倒了，一屁股坐在地上。但他没有像平时那样移开目光，他观察那个女人，看她如何羞涩地微笑着站起身来。他双手背在身后走，仿佛一个无所事事的餐馆领班。飘浮的云层下，起重机正在摇摇晃晃地工作，他怀着一种永恒的安宁感从它们下面穿过。

科士尼格不想再为自己追求什么。一些日常的景象在他面前闪动，仿佛它们只是现象——自然现象——每个细节都展示给他一种无限的丰满。他是一个已经脱轨的人，走入了在忘我的精力中四处奔波的人群中。他相信，当他把自己已不再需要的幸福传递给他们时，这些人都会改变自己的步伐。他依然在以某种方式活着——和他们一起。这种状况不是一种情绪，不是一种转瞬即逝的短暂气氛，而是一种他从所有流逝不息的短暂气氛中获得的信念，是有所用处的。这时，他想起自己在绿地广场的沙地上看见的三个物品，那时产生的观念现在似乎能派上用场了。正是因为他觉得这个世界变得神秘了，它才敞开了自己，你就可以重新赢得这个世界。他走过东站边一座桥时，看见桥下的铁轨旁躺着一把黑伞：它不再是某种其他事物的征兆，而是一个自我存在的事物，为自己而美丽或丑陋，和万物同时美丽或丑陋。他的目光所及之处总是有所发现，仿佛身在一个捡钱的梦里，每一次弯腰都能看到闪光的东西。无数细节分散在各处——街面上一只沾着蛋黄的勺子、高空的燕群——在一种整体感中震颤着，他不需要任何记忆或梦境来认识它：那是一种让人随时可以回家的感觉。

太阳已偏西，行驶在明亮逼人的大街上的汽车变得轮廓模糊。有人走在他身后，步伐跟他一致，既没有赶前也没有落后，但他并没有回头。一些人在影院前排队准备看《宾虚》。他自己第一次看这部电影，已经是很久之前了——然而到处都在不断放映它，还在放，又在放！那些第一次看的人和他完全不同，此刻却又相同。很多人和他迎面走过，胳膊下夹着衣服袋，因为七月底时，大多数洗衣店都会关门，另一些人用篮子装着叠起的气垫，从游泳馆回家。他坐在一家咖啡馆的天台上，馆子的遮篷上缝着一块布，上面写着“改变方向”：旅游真美。街上一节已废弃不用的老电车轨闪着微光，柏油还没有完全掩盖铁轨。对面的一幢楼房里有一家公寓出售。两只狗在咖啡馆的桌子下吵架。一个很苍老的男人将一封航空信扔进邮筒里，然后微笑了……

只有在看见一个女人走过时，科士尼格才有些紧张。小腿肚的线条、膝盖、大腿和正在萌发的胸部令他充满渴望，并感到自己的脸色变得非常严肃！一次，他透过牛奶杯看见一个女人经过一个巴士站的轮廓，竟盼望她能永远在牛奶杯后行走。一种痛苦攫住了他，他感到愤怒，因为这些女人都不是为他而生，他再也不会见到她们，他已预知到她们对他可能具有的意义。如果恰好看不清楚她们的脸，他会感到非常失落，仿佛错过了十分重大的事情。

后来遮阳伞被撑开了，风渐渐猛烈起来，支架上的伞打着圈转动。拿到小费的侍者微笑着，他很认真地接受了。他感激那些坐在他身边却不观察他的人。脚边有水从消防栓中淌出来，鼓着泡沫流进了排水渠，他便久久地盯着水看。他在一份别人没带走的报纸上看到一句话：一个歌手成功地唱出了“灿烂的 C 大调”，为他感到开心，差点大叫出来。他想在桌上到处留下自己的指印。一个坐在他旁边读书的人突然摘下了眼镜。他蓦地很害怕那人会离开——但那人只是突然把书推远了一点，又继续读下去：他才感到一阵轻松，一阵平静……

科士尼格东张西望，看周围还有没有能够启发他思考的事物，或机遇。早早就有人在咖啡馆的地下室打乒乓球，他厌恶地听着那有规律的啪答声。球终于打飞了……他脑中一片空白，毫无恐惧地离开了，沿着比特－绍蒙公园陡峭的台阶往山上走去。

他经过一个红色柱子，是用来在紧急情况下叫警察的。在这片蔓延的痛苦荒野中，那深红色的柱子仿佛是一种真切的慰藉，他毫无必要地记下了这个位置。有人在他身后跑，不，那人并不是为他而跑；有人在吹口哨，为什么不对他吹呢？！此刻他还感觉到了自己的身体的紊乱：一个女人用报纸包裹的马铃薯滚出了一只，他吃了一惊；一个孩子在山下骑车过一个水坑时，他不由得拐了个弯。

他又觉得冷。公园边的灌木丛后有蓝色的衣服在动，他莫名其妙地想起了自己的出生地，他回忆的并不是某个特殊事件，而是一段漫长至极的死寂时期。这段回忆似乎成了一个机遇，他试着打开记忆中的其他图景。但什么都没有发生。他突然觉得自己正身处冬天的斯德哥尔摩，站在一个地铁站的入口……

能不能在新的姿势和表情中找到出路呢？比如说，撅起嘴唇，来回摇头，用手往嘴里扇气，像这里的法国人那样？一点乐趣都没有……他站在一座假山的高处，眺望黄色夕阳下的巴黎西部。这是一个短暂的白日梦，或许这就是拯救！他摸索身上，看护照在不在身边。现在只有另一个体系的人才能制止他。他身旁有一个女人，满脸皱纹，下巴汗毛很重，正在啧啧有声地和一个比她年轻的男人接吻，似乎在告别。科士尼格产生了一种莫名的好奇，一直等在一旁看，想看看那男人擦拭对方的口水。但男人只是一动不动地望着山下的城市，然后拖着缓慢的步子离开了。

这一刻，科士尼格为自己的求死和死亡感到羞耻。事已成定局，最后一口呼吸，然后成为尸体。如果世界和他同时完蛋，他还可以忍受自己成为尸体的事实。但他只是自欺欺人，他的身体在面临死亡时突然开始自命不凡起来。他向前迈了一步，不是想做什么，而是不知道自己到底要什么。这只是一种抵抗方式。——他经常感到一种毛骨悚然的羞愧，因为自己还活着，因为自己是一种赤条条、肉乎乎的奇怪生物。这种多余的感觉阻止了他发出最后一句特别的生存感言，他愣愣站在假山顶上。

他环顾四周，虽然知道已无出路，但这个动作只是出于本能。在不远的地方，他竟看见了那个胖作家。作家似乎已观察了他很久，因为他并没有因为陡峭的山路而气喘吁吁。他合上了笔记本，放到大衣内口袋里，仿佛现在已经不需要它了。“我跟了你一天，格里高尔，”他说，“我把自己的观念藏到各种现象当中，现在已经满足了。《迷魂记》这部电影的最后，那个女凶手从西班牙的教堂钟楼上掉下来时，天空并不是蓝的，而是在最后的夕阳中乌云密布。‘愿上帝宽恕她的灵魂。’修女说，并让人敲响了钟。你的孩子和斯蒂芬妮一起在我家，她暂时会在那里住一阵子。我已不需要你了，祝你一切都好。”作家站了很久，然后做了几个鬼脸，似乎为了向科士尼格证实他是真切存在的，然后穿过草坪走了，走时不小心还踩坏了一个花坛。“你根本不了解我！”科士尼格在他身后大喊，但作家只是挥挥手，根本没有回头。

科士尼格想马上跟人说话，他可以给使馆的那个女孩打电话。但只有看到他现在的样子，别人或许才会相信他！

8

他离开比特－绍蒙公园，继续往东走去，下了山后来到乡下的茅屋和美丽城的高层楼房之间。高楼上的遮阳帘已经卷了起来。他买了一套带裤兜的西装，这样可以把手斜插进兜里，此外还买了袜子和鞋。“不贵的！”卖主由衷地说——在这个商业萧条的地区，他或许经常说这句话。科士尼格把脱下来的衣服留在店里，沿着山路回城西，朝着歌剧院广场走，去和平咖啡馆。

在他眼中，一切现在都显得无比清晰，仿佛是展品，不再像一小时之前那样灿烂。一切宛如都被清洗过一遍。他在水底潜了那么久，现在终于浮出了水面，阳光渐渐温暖着他冰冷的身体。看着石板路缝里的闪光，他想起了一个在夏天空荡的街道上朝他微笑的女人的嘴角。云层飘动着，树冠绽开又合起，叶子滑落下来，散落在广场的四处，盖住街面，一切似乎都在运动。他望着一片漏斗形状的云——我感知到了一个形象！他想——再去看时，那云却已消散在蓝天中。他惊讶地站住了，激动地观察着笼罩在楼顶上的天空，天的光芒穿透了树叶，仿佛有新的事物正在那后面起步——不是海洋，更不是任何地区，而是一种陌生的感觉。他突然想到家里的床还没有铺好，这个念头并不让他难受。美丽城的小茅屋给人一种黄昏的假象，科士尼格听见从其中一栋茅屋里传来一声喷嚏。一个黑衣老妇人站在家门前，长筒袜外还套着短袜，正朝着街道另一头的人说话，两人的话声都清晰可闻。晚风中，树叶的影子在房子的墙面上瑟瑟闪动着。一个敞开的楼梯间外有一块标牌，写着：**不要在台阶上吐痰！**巴黎在他脚下延伸，城市浸在红光中，已变成了一个荒漠都市，楼房的窗户反射着刺眼的光，那些房子宛如被遗弃的殖民建筑。他望向西边灿烂逼人的天空，楼房和树木丛生的小巷似乎连成了一个整体，车流仿佛是从幽暗无比的原始森林中冒出来……太阳正在下沉。暮霭降临了，晦暗的光线中，几个孩子宁静地坐在围着人行道的铁路护栏上。那护栏已被磨得十分光滑，孩子们很安静，一语不发，有人喊他们回家睡觉，他们也不愿散开。一个女孩在一丛接骨木后面观察他，膝上放着一本书，他也回望她。注视她的同时，他也渐渐看清了自己。他从厌烦中开始感知世界，现在竟一发而不可收拾！所有那些无言地向他袭来的故事几乎让他感到痛苦。不要睡觉——保持空洞！一辆停靠的车敞开着车门，他听见车里传出羽管键琴的音乐。突然他为自己今后面对的时光感到一阵深切的愉悦。他需要一个工作，他的成果应该像法律一样具有效力，不可逆转！他的生活不需要体系，他想，如果未来的生活中不再会有新事物和新面孔，那么他需要一种更稳定的渴望。

他望着迎面而来的一切，仿佛其中有为他存在的什么。一家咖啡馆平时很整洁的柜台上放着一个盛煮蛋的餐盘！那个黑人是怎么回事，大衣上竟别着竹纽扣？他始终害怕做错事，错过什么本质的东西！一个女人迎面而过，他很喜欢她走路的方式，片刻后他转身跟在她后面跑，想看看她走路。她有时会回头看一眼，仿佛正在离开他，惟独离开他一人……

他看见一个被打翻的活动箱，这时意识到自己对此多么无动于衷——箱子倒了，可这跟他不再有什么关系了。他是自由的，至少在这个黄昏，这个夜晚。他怀着一种征服的欲望往山上跑去，一排排高楼渐渐矮下去，仿佛已经被他的目光所征服。“我正在改变！”他说。他觉得自己仿佛已经沉默了难以想像的漫长时间。他吼出一种人们恐吓动物的声音，但他恐吓的是所有的一切。就连纯粹的呼吸、甚至吞咽都让他觉得舒服——每一次吞咽的动作都有一种新鲜感。周围的环境似乎已然改变，他看见一张电影海报上画着一对赤裸的男女躺在床单下，竟感到惊讶：现在居然还有电影用床单来装饰情侣！有人扔了一份报纸，他习惯性地瞥了一眼上面的标题：“……腹部中枪”，心想：原来还有人因为腹部中枪而死！虽然他看的是同样的事物，用的也是同样的视角，但一切都变得陌生了，变得可以体验。他神情坚决，伸展着四肢。暮色中飘来一阵陌生的香水味，那味道并不像往常那样，让他想起令人窒息的绝望拥抱——他不再回忆，只是怀着期待。经过一个长廊时，他想：就在这里，那件独一无二、闻所未闻的事要发生了！他看见一家咖啡馆外有一个独身女人，浑身散发着不可接近的游离感，但在他眼中，女人还是获得了某种象征：她是一个诱人的禁忌，他又想：这就是她的所有故事——我对她的了解永远不会超过这一刻，因为现在我看见的她正独自坐着。他贪婪地跟踪自己的念头，随时做好制止它们的准备。他什么都不想忘记，为了以后派上用场。（无论如何，他为今天将遇到的所有人感到开心，即便不和他们交谈。）他经过一个灯火通明的教堂，门大开着，他看见一个神父正在挥手让大家开始唱祷歌。他又注意到，一只手正将一支燃烧蜡烛的烛泪滴到一个托盘上，盘里竖着很多点燃的蜡烛。倾斜的蜡烛滴出的烛泪突然让他喘不过气来，并不是那个物体本身，而是他正在**体验**的所见之物。他继续走在山下的平坦街道上，同时觉得自己能看到路面下方的景观，仿佛道路正在离他远去。他一眼可以览尽正在朝下卷起的地面。这时他发现石子路上有个东西（是什么？他想），那玩意儿似乎对他意义重大——原来是最后一缕日光。他在巴士站读着《注册机械师》，仿佛那是一首流行歌的歌名……夜蓝色的天幕中，已有一颗星星出现在西方，他看见内城的大片楼群已成一片黑影，却显出一种毛绒绒的柔感和圆润，仿佛它们都变成了帐篷，而那巨型大皇宫是其中的主帐篷。他放慢了脚步。街道依然空空如也。有人群活动的地方却很拥挤，他们低声交谈，比平时靠得更近。突然他以为一场战争即将爆发，炮弹将轰隆隆地从天而降。一切都已转好，再没有不测降临，他觉得有些难受。

从博纳努韦勒大道开始，街道又热闹起来。还没有睡觉的孩子被拖着走，走到排气管下便咳嗽起来；四处都是喧闹声，如果孩子们想说话，大人们得弯下腰凑近他们。科士尼格听见人群中传来一声怒吼，所有人都乱了阵脚，想逃开。这些人怕什么呢？只有他一个人去歌剧院广场吗？很多老人都一副愤懑不平的表情，虽然他们已经那么苍老。他看见一个女人站在敞开的窗口，立刻认定她会跳下来。一个人打哈欠时连口水都喷出来了。科士尼格想招一辆出租车，但他招呼司机时，那人看都不看他一眼，只是往车顶牌上盖了一个黑色皮套作为回应。一个迎面而来的女人对他做了一个鬼脸，他发现女人的脚踝肿得很大。一个人靠在挡风玻璃已经开裂的车边呕吐。几个男人蹦蹦跳跳地走在人行道上，不时笑着捏对方的脸，捏时却咬紧牙关，因为下一秒他们会真的打起来。一个西装口袋里插着白手绢的男人坐着轮椅被人推着经过。整个大街充斥着混浊的烟雾，地铁入口处的黑色街灯下方已经被煤烟熏得漆黑。一个正在尖声大笑的女人笑到一半突然严肃起来，猛一转头，仿佛她在这一刻必死无疑。没有人给旁人让路；在这些你挤我撞的混乱中，马上就会有人抽出一支手枪，朝人群乱射。他看着迎面而来的人，仿佛在看一部历史已久的老电影；事实上他们早已不存在了——他所看到的，只是他们的最后一段影像。他们活动着，听任自己行走，仿佛早就腻烦了自己的功能。虽则如此，但他们还是顺从地显现出影像！他们家里的牛奶早就酸了，橙汁也结了块，抽水马桶里的水面已经蒙了一层灰尘！他走在人群中，不断躲避，生怕失去重获的平衡感。如果有人挡住了路，他会很客气地将对方挤到一旁——经历了一切之后，他容许自己这样做。他在排水渠里捡起了一封被踩烂的信，一边走一边看。“很多年前的一天，我在转瞬之间突然变得对一切都无动于衷。由此，我一生中最恐怖的一章开始了……”他突然想到，自己从来都没有一个真正的敌人，没有一个他想毫不留情地毁灭的人。我要尽可能地与人为敌！他怀着一种奇特的快乐想。望着脚下被炎热烘软的石子路面，他突然觉得自己像一个陌生故事中的主角……想到待会儿要结识某人，他觉得有些无趣，有些郁闷。他走向和平咖啡馆，歌剧院广场的三盏街灯恰好在这一刻照亮了咖啡馆门外。天台上掠过一道闪光灯的光。卖烟的女人站在店里，对顾客们晃着她的托盘。有人走近咖啡馆，里面的人正向他招手。

在一个夏天炎热的黄昏，一个男人穿过巴黎的歌剧院广场。他的双手斜插在看起来簇新的西装裤袋里，方向明确地朝和平咖啡馆走去。那件西装是浅蓝色的，那男人穿着白袜子和一双黄鞋。他走得很快，系得松松的领带走动时被甩来甩去……

（1975 年）

左撇子女人

任卫东　译

她三十岁了，住在一片坐落于一个小山南坡的别墅区里，正好在城市的雾霭之上。她的眼睛，即使是在不看着人的时候，有时也会闪闪发亮，但面部表情不会发生变化。在一个冬日的下午，她坐在向外伸出去的房间的窗前，用电动缝纫机干活，黄色的光线从窗外射进来，照在她身上。身边是她八岁的儿子，正在写学校布置的作文。这间房子的一侧全部是玻璃，面对着一个长满青草的平台，边上是邻居房子的一堵墙。孩子坐在一张漆成棕色的桌子旁，俯身在作业本上，用一支钢笔在写着，舌头伸在外面。有时候，他停下笔，看一会儿窗外，然后又更快地继续写；或者，他朝母亲看去，母亲虽然没有面朝着他，但能感觉到他的目光，于是也转过头来看他。女人嫁给了一家欧洲著名瓷器公司本地分公司的销售经理，他去斯堪的纳维亚出差好几个星期了，今天晚上应该回来。这个家庭并不富有，但生活得还算舒适，住的别墅是租的，因为男人随时会被派到其他地方。

孩子写完了，开始读他的作文：“《我想像的美好生活》，我希望，天气不冷也不热。应该一直吹着温暖的风，有时候刮狂风，行人不得不蹲下来。汽车应该消失。所有房子都是红色的。灌木是金色的。人们什么都知道了，不需要再学习。大家都住在岛上。街上的汽车都开着门，谁累了，就可以进去休息。而且，人们根本就不会再感到累。那些汽车谁的也不是。晚上，大家都不睡觉。人们在哪儿觉得累了，就在哪儿睡。从来不下雨。所有朋友中，各样的有四个，那些不认识的人都消失掉。所有不认识的东西都消失掉。”

女人站起来，从那扇狭小的横窗看出去，远处有几棵云杉树，一动不动。树下有好几排独立的车库，外表很相似，都是四方形的，都有着像别墅一样的平顶，车库前都有进出车的通道，有个孩子正在没有雪的人行道上拉着雪橇。树后面很远处，地势平缓的地方，是城市最边缘的住宅区，一架飞机正从那里拔地而起。孩子走过来问女人在看什么，女人已经完全陷入沉思，但并没有发呆，而是漫不经心地站在那里。女人什么也没有听见，连眼睛都没眨一下。孩子摇晃着她嚷道：“醒醒！”女人回过神来，把手放在孩子肩上。孩子也把目光投向窗外，张着嘴，呆呆地看着。过了一会儿，他摇晃着身子说：“我现在也瞎看起来了，像你一样！”两个人都笑了起来，笑得停不下来。当他们终于平静下来时，其中一个立刻又开始笑，另一个也跟着笑起来。最后，他们笑得抱在一起倒在地上。

孩子问，现在可不可以看电视。女人回答说：“我们不是要去机场接布鲁诺吗。”不过，孩子已经打开了电视机，坐下看了起来。女人俯下身来对他说：“我该怎么跟你爸爸解释呢？他已经出国好几个星期……”看着电视的孩子什么也不听。女人大声叫他，用双手在嘴边拢成喇叭形，好像他们是在室外什么地方。但是孩子只是盯着电视看。她把手挡在他眼前，孩子把头侧向一边，大张着嘴继续看。

女人站在车库前的院子里，裘皮大衣敞开着，天色开始渐渐暗下来，积雪开始冻结。人行道上到处散落着圣诞树被拖走时留下的松针。她一边打开车库门，一边抬头望着山坡上的住宅区，几座相互掩映的方盒子形别墅里，已经亮起了灯。住宅区后面是一片混杂的树林，主要是橡树、山毛榉和云杉，树林从住宅区后面一直缓缓延伸到山顶，其间没有村庄或房屋。孩子出现在她那个“单元”——她丈夫把别墅称为单元——的窗户前，朝她挥手。

到达机场时，天还没有完全黑下来。女人在进入境外到达大厅之前，抬头看到灯光已经打到了旗杆上挂着的各种旗帜，上面的天空还显露出一些亮点。她站在人群中等待着；她的脸充满了期待，但很放松；坦然而心无旁骛。广播通知来自赫尔辛基的航班已经降落，乘客们陆续出现在海关安检口后面，布鲁诺也在人群中，手里提着一个箱子和一个免税店的手提袋；一脸倦色。他跟她年纪一样大，总是穿着双排扣的灰色细条纹西服，不打领带。他的眼睛是深棕色，颜色深得几乎看不到瞳孔，所以，他可以长时间地盯着别人看，而被看的人不会察觉到。小时候，他曾经梦游；长大了以后，他也经常说梦话。

在接机大厅里，众目睽睽之下，他把头靠在女人的肩膀上，仿佛他必须立刻在女人的裘皮大衣里休息一下。她接过他手里的箱子和手提袋，现在他可以拥抱她了。他们长时间拥抱着；布鲁诺身上有些许酒味。

在去地下车库的电梯里，他仔细看着她，而她也在打量着他。

她先坐进汽车，给他打开副驾驶的车门。他还在外面站着，两眼看着前方。他用拳头敲了敲自己的额头，然后捏住鼻子，使劲呼气让空气从耳朵里出来，好像长途飞行把他的耳朵堵塞了。

他们开车驶向坐落在坡上的小城，他们的别墅区就在那里。车上，女人一边伸手打开收音机一边问：“想听音乐吗？”他摇摇头。这时天已经黑透了，路旁的高层写字楼里，几乎所有灯都熄灭了，而四周山坡上的住宅区里却灯光闪烁。

过了一会儿，布鲁诺说：“芬兰总是黑天，不管白天还是夜晚。他们说的话我一句也听不懂！在其他国家，至少总有些相似的词语——但是在芬兰，没有一个字是国际通用的。我记住的惟一一个词是啤酒：olut。我在那里经常喝醉。有一天午后，天刚刚开始有点亮，我在一家自助咖啡馆吃了饭，突然开始抓挠桌子。黑暗，钻进鼻孔里的寒冷，我不能跟任何人交谈。有一次我在夜里听到狼叫，对我来说，那狼叫声几乎是种安慰。或者，偶尔，我小便时发现小便池上有我们公司的缩写，也能让我感到很亲切！我想告诉你，玛丽安娜：我在那儿的时候想你，想施泰凡，在我们共同生活的这么多年中，我第一次有一种感觉，觉得我们相互属于对方。我突然之间有了一种恐惧感，怕我会因为孤独而疯掉，以一种极其痛苦的、没有任何人体验过的方式疯掉。我以前经常跟你说我爱你，但是直到现在，我才感觉到，我和你是紧紧连在一起的。生生死死。而最奇怪的是，我甚至认为，没有你们我也可以生活，因为我已经经历了这一切。”过了一会儿，女人把手放到布鲁诺的腿上问："谈判怎么样？"

布鲁诺笑了："订单又增加了。北欧人吃得已经很差了，那至少应该用我们的瓷器吃吧。下一次，那里的客户就会争相到我们这里来订货了。价格下滑已经止住了。我们也用不着像在危机期间给他们那么高的折扣了。"他又笑着说："他们连英语也不说。我们不得不通过翻译跟他们交谈，那是一个有孩子的单身女翻译，她在这里上过大学，我觉得是在南方。"

女人："你觉得？"

布鲁诺："不，是我知道。她跟我说的。"

进入住宅区，他们经过一个亮着灯的电话亭，里面有人影晃动。然后，他们拐进一条人造的弯弯曲曲的小窄路，这些小路把住宅区分割成一块一块的。他一只手搂着她的肩膀。女人开门时，又抬眼向上看去，夜幕下的小路静静地躺在昏暗的路灯下，别墅层层叠叠坐落在山坡上。

布鲁诺问："你还愿意住在这里吗？"

女人说："有时候，我真希望，家附近就有一个散发着奶酪臭味的比萨饼店，或者是一个报刊亭。"

布鲁诺："反正我一回到这里，就能长出一口气。"

女人微微笑了一下。

客厅里，孩子坐在落地灯旁一把宽大椅子里看书。父母进来时，他抬头看了一眼，又低下头继续看书。布鲁诺走到他身边；但他没有停止看书。过了一会儿，他终于让人察觉不到地偷偷笑了一下，然后起身在布鲁诺的包里翻找起来。

女人从厨房走过来，手里拿着一个银托盘，上面有一杯伏特加，但父子两人已经不在客厅了。她到房间里去找，这些房间在过道两边，像是过道延伸出来的枝杈。当她打开浴室门时，看到布鲁诺坐在浴缸的边缘，一动不动地看着孩子，孩子已经换上睡衣，正在刷牙。孩子把袖子卷得高高的，免得被水弄湿，他仔细地把牙膏管边上的牙膏舔干净——儿童牙膏是草莓味的，然后踮起脚尖把牙膏放回架子上。布鲁诺接过托盘上的酒杯，问道："你不喝吗？你今天晚上还有什么事要做吗？

女人："我今天跟往常不同吗？"

布鲁诺："跟往常一样不同。"

女人："这是什么意思？"

布鲁诺："你属于为数不多的那种人，在你面前，别人用不着害怕。而且，你是那种别人不愿意在你面前装假的女人。"他轻轻拍了孩子一下，孩子走了出去。

客厅里，女人和布鲁诺整理着孩子白天游戏时乱扔在地上的东西，布鲁诺直起身来说："我耳朵里还有飞机的嗡嗡声。我们去好好吃顿饭吧。我觉得今天晚上的时间都是我自己的——好像有什么魔力。请你穿上那条低胸连衣裙，好吗？”

女人弯着腰继续收拾，问道：“你穿什么？”

布鲁诺：“我就这样出门；不是一直这样吗？我到饭店的前台借一条领带就行了。你愿意一起走着去吗？”

他们来到附近一家饭店，一个罗圈腿服务员领他们走进餐厅，布鲁诺边走边整理那条刚借来的领带。餐厅天花板很高，给人置身宫殿的感觉，装饰得富丽堂皇，但客人很少。服务员殷勤地帮他们在椅子上坐好。他们同时打开白色的餐巾；他们笑了起来。

布鲁诺不仅吃光了自己那份食物，而且还用白面包把盘子擦得干干净净。然后，他一边举起一杯法国白兰地，对着灯光欣赏着，一边说：“我今天需要这样的服务。一种很安全的感觉！一种永恒的感觉！”服务员静静地站在后面。布鲁诺继续说：“在飞机上我看了一本英国小说。里面有一个场景是，一个服务员通过自己高贵的服务，让主人公赞叹几百年来封建服务的成熟美。能成为这种骄傲的、充满尊重的服务的对象，哪怕只是在喝茶时的短暂时间，对他来说，不仅意味着与自己的和解，而且也是以一种奇特的方式与整个人类的和解。”女人把目光转向别处。布鲁诺叫她，她转回目光，却没有看他。

布鲁诺说："我们今天晚上住这个饭店。施泰凡知道我们在哪里。我把这饭店的电话号码放在他床边上了。"女人低下头，布鲁诺挥手叫来服务员。服务员躬下身来。布鲁诺说："我今天晚上需要一个房间。我太太和我要睡觉，马上，您明白吗？"服务员看了看他们两人，带着并不诡秘、而是显得很理解的微笑说："现在有个展览会正在举办，但我会去问一下。"在门边，他又回身说："我马上回来。"

就剩他们两人在餐厅里，每张桌子上都点着蜡烛。旁边的圣诞树上，无声无息地落下松针。墙上的挂毯是狩猎的场景，上面光影摇曳。女人长久地看着布鲁诺。虽然她很严肃，但她的脸闪闪发光，让人感觉不到她的严肃。

服务员回来了，用一种仿佛匆匆赶回来的声音说："这是塔楼房间的钥匙。国家领导人在那里面住过的；但愿这不会影响您。"布鲁诺挥了下手，服务员诚恳地补充道："祝您有一个美好的夜晚。但愿塔楼的钟不会打扰您，因为那个巨大的指针每分钟都会嘎嘎响。"

布鲁诺推开房门时平静地说："今天晚上，我觉得我希望的一切都实现了。仿佛我能把自己从一个幸运的地方变到另一个幸运的地方，中间就没有停顿。玛丽安娜，我现在能感觉到一种魔力。我需要你。我很幸福。我身体里的一切都发出幸福的嗡嗡声。”他向她微笑着。他们进了房间，立刻打开所有的灯，包括前庭和浴室的灯。

天刚亮，女人就醒了。她朝开着一条缝的窗户望去，窗帘没有拉上，冬天的雾气钻了进来。塔楼钟的指针发出嘎嘎的声音。她对睡在旁边的布鲁诺说：“我想回家。”

他在睡梦中，但立刻就明白了。

他们沿着回家的路慢慢往山下走；布鲁诺伸手搂着她。然后他跑开，在冻得硬邦邦的草地上翻了个跟头。

女人停下来，摇了摇头。已经跑到前面去的布鲁诺询问地看着她。她说：“没什么，没什么！”然后又摇了摇头。她长时间看着布鲁诺，仿佛她的注视有助于思考。之后，他走近她，她把目光转向公园里的树木，树木挂满白霜，在晨风中摇动。

女人说：“我有了个奇异的想法；其实不是，而是一种——念头。但是我不想说。我们回家吧，布鲁诺，赶快。我要送施泰凡上学。”她想继续走，但布鲁诺拦住了她：“你要是不说出来，多难受啊。”

女人说：“我要是说出来了，你会难受的。”同时，她为自己说的话笑了起来。他们长时间互相看着，一开始不太严肃，然后变得很紧张、恐惧，最后很冷静。

布鲁诺：“好了，现在说吧。”

女人："我突然有了个念头，"她为这个字眼又笑了起来，"你要离开我；你要留下我一个人。是的，就是这些：走吧，布鲁诺。让我一个人吧。"

过了一会儿，布鲁诺不停点着头，抬起双臂问道："是永远吗？"

女人："我不知道。只是你会离开我，留下我一个人。"他们沉默着。

然后，布鲁诺微笑着说："我先回饭店去喝杯热咖啡。今天下午我去取我的东西。"

女人毫无恶意，而是关心地说："头几天你可以搬到弗兰齐斯卡那里去住。她的那个男同事刚和她分手。"

布鲁诺："我喝咖啡的时候会考虑的。"

他返回饭店。她离开了公园。

在通往住宅区的长长林荫路上，她跳了一步；然后突然开始奔跑。回到家，她拉开窗帘，打开唱机，音乐还没开始，她就舞动起来。孩子穿着睡衣走过来问："你在干什么？"女人说："我觉得我有点儿不安。"然后又说："穿衣服，施泰凡。该去上学了。我去给你烤面包。"她走到过道里的镜子面前说："耶稣——耶稣——耶稣。"

这是一个晴朗的冬季早晨，散开的浓雾里飘落下雪花样的东西，很慢，很少。在学校外面，女人遇到了她的女友，弗兰齐斯卡老师，一个留着金色短发的健壮女人，她的嗓音极具穿透力，让人能从众多的声音中立刻分辨出来，哪怕她并没有大声说话。她几乎只发表看法，但并不是出于深信不疑，而是出于担心，担心交谈或许会成为闲话。

上课铃声正好响了。弗兰齐斯卡拍了一下孩子的肩膀，算是打招呼，然后，等孩子进了校门后对女人说："我都知道了。布鲁诺马上就给我打了电话。我和他说：你的玛丽安娜终于清醒了——你也这么认为吗？你是认真的吗？"

女人说："我现在不能说，弗兰齐斯卡。"

弗兰齐斯卡老师边进校门边回头说："放学后我们在咖啡馆见面。我很兴奋。"

女人拿着一大包衣服从洗衣店出来，进了一家肉店，又在这座小城超市的停车场上把沉重的塑料购物袋堆进他们那辆大众车的后备厢里。她还有点时间，于是穿过丘陵起伏、视野开阔的公园，走过结了冰的池塘，冰面上有几只鸭子在蹒跚行走。她想找个地方坐一会儿，但是，冬天里的公园长椅上总是坐满了人。所以，她站下来，注视着天空的云彩。几个老人在她身边停下来，也抬头看着。

她在咖啡馆跟弗兰齐斯卡见面；孩子坐在她身边读一本漫画书。弗兰齐斯卡指着书说："这本书里的这只鸭子，是我惟一允许班上孩子看的。我甚至要求他们，读一读它忧伤的冒险故事。从这只总是吃亏的小动物身上，孩子们能了解各种生存形式，比他们在舒适的家里或者只知道模仿电视的生活环境中了解得更多。”看书的孩子和女人交换了一下眼神。

弗兰齐斯卡问道：“你想怎么办呢？一个人？”

女人：“坐在家里，不知所措。”

弗兰齐斯卡：“不，别开玩笑：还有别人吗？”

女人只是摇摇头。

弗兰齐斯卡：“你考虑过没有，你们两个靠什么生活？”

女人：“没有。不过我可以重新开始翻译工作。我当时离开出版社的时候，出版商就跟我说，原来作为出版社的雇员，我不得不处理外国法律合同，现在离开出版社，我终于可以开始翻译真正的书了。从那以后，他还经常问我能不能翻译书。”

弗兰齐斯卡：“小说？诗歌？这种东西可能也就20马克一页吧，折合小时工资3马克。”

女人：“我觉得每页15马克。”

弗兰齐斯卡久久地看着她。“我希望，你能尽快加入到我们中间来。你会看到：我们是一个团体，我们中间的每个人都神采奕奕！我们不是交换菜谱！你根本不知道，女人之间有多少美妙的可能。”

女人：“我很愿意去看看。”

弗兰齐斯卡：“你一个人生活过吗？”

当女人又摇摇头时，弗兰齐斯卡说：“我一个人生活过。而我蔑视孤独。如果我一个人的话，我也蔑视我自己。另外，布鲁诺会暂时住在我那里——假如你，我估计，今天晚上不想要他回去的话。我还不能相信这一切。尽管如此，我还是很兴奋，玛丽安娜，而且很奇怪，我为你感到骄傲。”

她把女人拉到自己身边拥抱着。然后，她敲了敲孩子的膝盖问道：“那个显摆自己有钱的人是怎么对待他的穷亲戚的？”孩子正专心致志看书，没有回答她，所以，有很长一段时间没有人说话。然后，女人回答说：“施泰凡总是想成为富人，因为他说，富人是好人。”

弗兰齐斯卡把空杯子举到嘴边，做了个喝水的动作。她放下杯子，来回打量着女人和孩子，渐渐地，她的脸变得柔和了。（有时候，弗兰齐斯卡会突然没有任何具体原因而陷入一种无言的感动，这时，她的脸就会因为放松而与其他各种各样的脸有一种相似——仿佛她在这种莫名的感动中发现了自己。）

在家里的过道里，女人打开壁柜，为布鲁诺收拾箱子。当她打开一个箱子时，发现孩子蜷缩在里面。他跳起来，跑了出去。从第二个箱子里跳出来施泰凡的一个朋友，一个胖胖的男孩，他随着施泰凡跑到平台上去了，两个孩子把脸贴在门玻璃上，伸出舌头，冰冷的玻璃立刻让他们觉得疼了。女人跪在过道里，仔细叠着衬衫，把箱子拖到客厅放好，让它随时可以被拿走。门铃一响，她立刻跑到厨房。布鲁诺打开门进来，像个不速之客一样四处看看。他看到地上的箱子，然后叫女人的名字；他指着箱子冷笑着说："你是不是把床头柜上我那张照片也拿掉了？"

他们握了握手。

他问她施泰凡在哪儿。她指了指落地窗那边，两个孩子正不出声地做着鬼脸。

过了一会儿，布鲁诺说："今天早上我们俩之间的事，太奇怪了，是不是？而且当时我们两个都没喝醉。现在我觉得自己有点儿可笑。你不觉得自己可笑吗？"

女人："是的。不，其实没有。"

布鲁诺拿起箱子："明天又开始上班了，挺好。——你还从没有一个人生活过。"

女人："你从弗兰齐斯卡那里来？"

然后她又说："你不想坐一会儿吗？"

布鲁诺一边往外走一边摇着头说："你什么也别担心……你还记得吗，我们之间曾经那么亲密，这跟我们是男人女人没有关系，但肯定跟我们曾经是夫妻有关。"女人在他身后关上门，站在那里。她听到汽车开走的声音。然后她走到门边的衣帽架旁，把脸埋在挂着的衣服中间。

傍晚，女人坐在电视机前，没有开灯，她通过一个监控频道看着小区的儿童乐园。她看着无声的黑白画面，看见自己的儿子正在一个倒着的树干上练平衡走路，那个胖男孩老是掉下来；除了这两个孩子，乐园里什么人也没有。女人的眼中泪光闪烁。

晚上，女人和孩子在客厅里吃饭。她已经吃完了，看着孩子出声地喝汤，吧唧吧唧地吃东西。屋子里非常安静；只是偶尔能听到厨房里冰箱的工作声，厨房跟客厅之间有一个递菜窗口。女人的脚下是电话机。

她问施泰凡，要不要陪他上床睡觉。孩子回答说："我不是一直自己睡觉吗。"

女人："至少让我陪着你嘛。"

在儿童房里，她给略显吃惊的孩子换上睡衣，想把他抱起来放到床上。孩子不让，自己躺下了，然后她给孩子把被子盖得严严实实。孩子拿了一本书，指着上面的一张照片，照片上明亮的背景下，是一座高山，一群寒鸦正在盘旋。孩子大声读着图下的文字："深秋的山里，如果天气适宜，高山仍然有吸引力。"孩子问这是什么意思，她给他解释说：天气好的时候，人们仍然可以在深秋季节登山。她朝他俯下身来，他说："你身上有洋葱味。"

女人独自蹲在厨房里一个敞开的橱柜前，里面是垃圾桶，她手里端着孩子用过的餐盘，一只脚已经踩在垃圾桶的踏板上了，桶盖翻开。她就这样弓着身子，用叉子盛起几片食物放到嘴里咀嚼，把剩下的食物倒进垃圾桶。她保持这个姿势一动不动很长时间。

夜里，女人躺在床上，把眼睛睁得大大的。寂静无声；她跑到窗边，打开窗户；但是寂静只是窃窃私语。她手上拿着自己的被子，走进孩子的卧室，躺在他床边的地板上。

第二天早上，女人坐在客厅，在一台打字机上打字。她出声地读着刚打出的句子："现在，我终于可以答应您翻译法语书的要求。请您告知您的条件。目前，我更愿意翻译通俗的专业书籍。我常常回想起在出版社的工作。（她自言自语地补充说：'当时我经常因为打字引发腱鞘炎。'）期待您的回电。"

在住宅区的电话亭边，有一个信筒，她把信发了出去。她转过身来的时候，迎面碰上了布鲁诺。他粗暴地抓住她的胳膊，然后又四周看了看，看是否有人在看着他们：路上面很远的地方，有一对夫妇正在树林里走路，身上背着背包，手里拿着登山拐杖，灯笼裤挽了起来。布鲁诺把女人推进电话亭里，然后突然开始道歉。

他长时间地看着她："这个游戏还要继续下去吗，玛丽安娜？我反正是不想玩了。"

女人回答道："你别开始跟我谈孩子。"他挥手打她，但是在狭小的电话亭里却没有打到她。然后，他做了个手势，仿佛要用双手捂住脸，但是又立刻垂下双手："弗兰齐斯卡认为，你根本不知道自己在做什么。她说，你对自己行为方式的历史条件没有意识。"他笑了，"你知道她叫你什么吗——私人神秘主义者。是的，你是神秘主义者。神秘主义者！见鬼。你有病。我对弗兰齐斯卡说，让你挨几下电击就能恢复理智了。"

接着，他们沉默了很长时间。然后，女人说："你当然可以经常来，比如周末带施泰凡去动物园。或者是历史博物馆。"

他们又不说话了。突然，布鲁诺把一张照片举到女人面前，让她看看清楚，然后用打火机点燃。女人试着忍住笑，把目光转向一边；但还是笑了。

布鲁诺走出电话亭，扔掉烧着了的照片。她也跟了出来。他朝四周看了看，平静地说："那我呢？你觉得我不存在吗？你觉得，所有人中只有你是有生命的？我也活着，玛丽安娜。我活着！"

这时，女人拉了布鲁诺一把，他已经走到了马路上，一辆车正好开过来。

布鲁诺问："你需要钱吗？"然后掏出几张钞票。

女人："我们不是有个共同账户嘛。还是你已经把它冻结了？"

布鲁诺："当然没有。不过请你还是拿着吧，哪怕你不需要。"他把钱递到她面前，最后她还是收下了，两个人都感到轻松了。临走，他让她问候施泰凡，她点点头说，她很快会去他办公室找他。

从远处，布鲁诺再次回头冲她大声说："别老一个人待着。否则你早晚会孤独死的。"

回到家里，女人站在镜子前，长时间地看着自己的眼睛。她并不是在观察眼睛，仿佛这是一种能安静地反思自己的可能性。

她开始大声说话："你们愿意怎么想就怎么想吧。你们越觉得可以对我指手画脚，我就离你们越远。有时候我觉得，人们刚知道别人的某些新情况，其实已经不是这么回事了。如果以后有人想告诉我，我是什么样的——哪怕他是想讨好我或者鼓励我——我一定会禁止他这样做。”她伸展双臂：毛衣的腋下有个洞，她把一个手指头伸了进去。

她立刻开始重新摆放家具；孩子帮助她。两个人站在不同的角落，打量着变化了的房间。外面下起了大雨，冬季的雨，像冰雹一样砸在坚硬的地上。孩子推着一个地毯刷来回来去清扫地毯。女人光着脚在平台上用旧报纸擦玻璃。她把去污剂喷洒在地毯上。她把报纸和旧书扔到一个垃圾袋里，旁边已经放着几个满满的、扎紧了口的袋子。她用一块抹布擦门口的信箱；在客厅里站在一个梯子上，拧下旧的灯泡，换上一盏新的，比原来的亮多了。

晚上，房间里灯光明亮，棕色的桌子上铺了白色的桌布，摆好了两个人的餐具。桌子中间点燃了一根粗壮的黄色蜂蜡蜡烛，能听到蜡烛融化的声音。孩子叠好餐巾，放到盘子上。在轻柔的宴会音乐声中（“单元里的宴会音乐”，这曾经是布鲁诺的表达方式），他们面对面坐下。当他们同时打开餐巾时，女人愣住了，孩子问她是不是又抑郁了。女人长时间地摇头，否认了，同时感到惊讶。她揭开锅盖。

吃饭时，孩子说：“学校里又有新鲜事了。我们班现在只要四分钟就能脱了大衣和鞋子，换上拖鞋和学校的大褂。校长今天计时了，用一个真正的秒表。这个学年开始时，我们还是十分钟呢！校长说，到学年结束，我们肯定能轻松地把纪录缩短到三分钟。要不是胖尤尔根半天解不开大衣扣子，我们本来今天就能这么快的。后来他哭了一上午。休息的时候，他还藏到大衣里，还尿裤子了。你知道我们要怎么达到三分钟吗？我们会在楼梯间就开始跑，一边跑一边脱衣服！”

女人说：“所以你这么冷的天还要穿薄大衣——因为扣子容易解开！”她笑了。孩子说：“别这么笑。你笑起来像胖尤尔根一样：他总是努力让自己笑。你从来没有真正高兴过。只有一次，你为我而高兴——那是游泳的时候，我突然不用救生圈就游到了你身边。那次，你抱住我，真的欢呼起来。”

女人：“我根本想不起来了。”

孩子：“但我能想起来。”他恶毒地嚷着，“我能想起来！我能想起来！”

夜里，女人坐在窗边，拉上窗帘，读书，旁边摆着一本厚厚的字典。她放下书，又拉开窗帘。一辆汽车正拐进车库的院子，人行道上，一位上了年纪的女人正牵着狗出门，仿佛一切都逃不过她的眼睛似的，她立刻抬头看着窗户，并挥了挥手。

女人推着购物车穿过超市狭窄的通道。这种通道窄到只能通过一辆购物车，如果有人从对面走来，就必须拐到另外一条通道去。一个工作人员正把空购物车推到一起，空空的购物车咣当咣当地响着，还有收款机嘎啦嘎啦的声音，空瓶回收处的摇铃声。同时，超市的音乐震耳欲聋，间或插播当日、本周和本月的优惠信息。女人一动不动地站了一会儿，越来越平静地看着周围。她的眼睛开始发亮。

在一条比较安静的通道，她遇到了弗兰齐斯卡。弗兰齐斯卡说："我刚才在面包柜台看到，他们用纸为一个本地女顾客包面包，而对后面一个南斯拉夫人就直接递到手里……平常我都是到我家附近拐角的那家零售店去买东西，哪怕那里的生菜经常是打蔫儿的，或者像现在这种天气就冻了。但是，要是一个月都在这里经历这样的不友善态度，那可没人受得了。"

两人都被别人撞了一下，女人说："我在这里还感觉挺好。"

弗兰齐斯卡指了指一堵塑料泡沫隔墙后的监视孔，那里有个穿着白大褂的男人正监视着顾客们。超市里噪音很大，她们只能大声嚷嚷："有这么个活死人，你是不是有安全感啊？"

女人："他挺适合超市。超市挺适合我。至少今天是这样。"

她们在一个收款台排队。弗兰齐斯卡突然轻轻抚摸女人的胳膊肘。她有些尴尬地说："我们肯定又站错队了。左右两边的队都比我们走得快，就我们这队不动。我每次都这样。"

超市外面拴着几条狗，在寒风中瑟瑟发抖。弗兰齐斯卡挽着女人的胳膊说："明天晚上来参加我们的聚会吧。其他人都盼着你来。现在那里有一种感觉，就是脑子里都明白了，但生活却还是另一回事。我们需要有个能在世界的前进中停下来休息一会儿的人。简单说吧，一个有点儿胡思乱想的人。你知道我的意思。"

女人："最近一段时间施泰凡晚上不愿意一个人待着。"

弗兰齐斯卡："这个原因你可以在任何一本心理学概论里找到答案。布鲁诺也受不了一个人。他说，每当这时候，他都会犯一些小时候的老毛病。另外，你昨天晚上看没看电视里关于孤独者的纪录片？"

女人："我只记得里面有一段，采访者对一个人说：'请您谈一件关于孤独的事！'而被问到的人只是沉默不语地坐着。"

停了一会儿，弗兰齐斯卡说：“明天能来还是来吧。我们不像平常那些女人聚在餐馆里叽叽喳喳。”

女人朝停车场走去，弗兰齐斯卡在她身后大声说：“玛丽安娜，可别一个人喝酒啊。”

她提着满满的购物袋子继续走。购物袋的提手拉断了，她只好用一只手托着。

晚上，女人和孩子坐在电视机前。终于，孩子跳起来关了电视机。女人迷乱而吃惊地说：“噢，谢谢。”她揉揉眼睛。

门铃响了；孩子跑去开门，她恍恍惚惚地站起来。出版商从门缝里迅速挤了进来。他是个粗壮又有点儿好动的人，五十岁左右，说话时习惯不断靠近谈话对象。这时，他的声音就会有一点点加重。（反正是他认为要讲什么重要的事了，他只是发挥一下，让别人感觉到，他不需要显示自己。包括他与非常熟悉的人在一起时，他也会一开始表现出好像是刚刚被叫醒似的漫不经心，然后，好像才真正醒过来，恢复状态。他不论在什么地方，都好像是主人一样，他的自来熟风格，常常会令人感到惊奇，并且会让人跟他保持距离。只有遇到一个非常沉默寡言的对象时，他才会有所收敛，才会在他不停的交谈中休息片刻。）

他一手拿着花，一手拿着一瓶香槟酒。

他说："我知道您是一个人，玛丽安娜。一个出版商必须具有能从字里行间读出些什么的能力。"

他递去手里的东西："十年了！您还认得出我吗？反正，我还记得当时您在出版社告别聚会上的一切细节，玛丽安娜。我尤其记得您某一只耳朵后面散发出的铃兰香味。"

孩子站在那里听着。女人问："您今天闻到什么味儿了？"

出版商吸了一口气。

女人："是紫甘蓝味儿。这种味道几天都散不掉。但是孩子们喜欢吃。——我去拿两个汽酒杯子。"出版商大声说："不是汽酒！是香槟！"很快，他换了一种语气说："顺便问一下，法语里紫甘蓝怎么说？"

女人说："Choux de Bruxelles。"

出版商拍了拍手说："考试合格！我给您带来了一本法国女人的回忆录，里面有许多这样的词。您明天就可以开始翻译了。"

女人："为什么不今天晚上就开始呢？"

出版商："金龟子在飞。"

女人："您怎么会想到金龟子呢？"

出版商："可能使我想到了铃兰。"

女人只是微笑了一下："您打开酒瓶吧？"她把花拿进

厨房。出版商摇晃着香槟酒瓶子；孩子看着。

他们坐在客厅里喝酒，孩子也跟着喝了一点儿。隆重地碰了一下杯后，女人抚摸着孩子。出版商说："我本来也是来这附近办事的。我的一个作者住在附近。他让我很担心，是个非常难办的事。他不写了，我担心他再也写不出来了。当然，出版社会每个月资助他，直到责任期满。我今天晚上又催他了，至少要写出本自传——传记现在很受欢迎。但他只是摆手；他不再跟任何人说话，只是发出一些声响。玛丽安娜，等待他的将是一个可怕的晚年，没有工作，没有人陪。"

女人很令人惊讶地激动地说："您其实根本不了解他。也许他有时候感到很快乐呢。"

出版商转身对孩子说："现在我给你把桌子上的酒瓶塞变走。"孩子盯着桌上的瓶塞。出版商一只手指着空气说："它飞了。"但孩子仍然不错眼珠地盯着瓶塞，于是，出版商只能放下胳膊。

他很快地对女人说："您为什么要替那个男人辩护？"女人挠起孩子的痒痒，好像代替了回答。她亲了亲孩子的头，抱起孩子放在腿上，拥抱着他。

出版商："您不愿意跟我在一起？我感觉，您没完没了地弄孩子，只是为了不必搭理我。您为什么要玩这个妈妈—孩子的游戏呢？你是怕我吗？”

女人推开孩子说：“也许您说得有道理。”然后她对孩子说：“去睡觉吧。”

孩子没有反应。然后她抱起他离开。

她一个人回来时说：“施泰凡今天不想睡觉。香槟让他想起了除夕夜。除夕夜他可以一直到半夜不睡觉。”出版商拉着女人在自己身边坐下，要一起坐在一张宽大的椅子上，女人似乎宽容地坐下了。

出版商慢慢地问：“哪个是您的杯子？”

她指了指自己的杯子，出版商端起来说：“我现在想用您的杯子喝，玛丽安娜。”然后他闻了闻她的头发：“我喜欢，您的头发只是头发的味道。这不是嗅觉，而是立刻会变成一种感觉。我也喜欢您走路的样子：那不是一种特别的姿势，不像其他女人那样；您只是自然地走着，这样真好。”

女人自己微笑了一下，然后转向他，仿佛她现在有了说话的兴趣：“有一次，一个女人来我这儿，是位淑女。她跟施泰凡玩儿。突然，施泰凡抓住她的头发说：‘你有味儿！’那个女人非常吃惊：‘是厨房的味儿吗？’‘不是，是香水味儿。’施泰凡回答。——然后，那个淑女松了一口气。”

过了一会儿，出版商看着她，目不转睛地看着她，仿佛不知道该干什么了。孩子叫她，但她没有反应，而是好像好奇地也看着他。出版商垂下目光说："您的袜子脱丝了。"她做了个无所谓的手势。孩子又叫她了。她站起身来，但没有马上走开。

女人回来后，坐到了出版商对面自己的老位子上。她说："我不喜欢这个房子曲里拐弯的设计，从一个房间到另一个房间，总是要拐个直角弯，而且总是向左拐。我不知道自己为什么这么讨厌拐弯；反正它就是让我很烦。"出版商说："那您就把它写下来，玛丽安娜。否则，有一天就突然没有您了。"

孩子第三次叫她了，她立刻过去了。

出版商一个人，神情疲惫。他的头垂向一边。他立刻坐直身子，接着笑了，仿佛是笑自己，然后又允许自己放松身体，后背稍微弯曲一些。

女人回来了，就站在他对面。他抬起头看着她。她把一只手放在他额头上，然后在他对面坐下。他拿起她放在桌子上的手亲吻着。他们长时间沉默着。

她说："要我给您放音乐吗？"出版商立刻轻轻摇了摇头，仿佛他知道她要问这个问题。他们沉默着。出版商问："您的电话从来不响吗？"

女人："最近几天几乎没响过。冬天本来电话就很少。也许春天会多一些。"

长时间的安静之后，女人说："施泰凡现在肯定睡着了。"然后又说："要不是您刚成了我的雇主，我可能敢在您面前表现出我累了。"

出版商说："而且酒瓶也空了。"

他站起身了，她陪他走到门口。他拿着自己的大衣，低垂着头，挺直身子。突然，她拿过他手里的大衣说："我们再喝一杯吧。我现在突然感觉，我们每一分钟都会错过一些永远不会再来的东西。您知道，死亡。请您原谅我说这个词。反正这个词现在让我很伤心。我希望您别误解我。厨房里还有一瓶勃艮第红酒。它酒劲很大，喝完了能睡个好觉。"

他们站在客厅的窗户前，喝着红酒。窗帘没有拉上；他们看着窗外的花园，外面正下着雪。

出版商说："不久前，我刚跟一个女朋友分手，分手的方式很奇特，所以我想跟您说说。那天夜里，我们坐出租车。我一只手搂着她，我们都看着一侧的车窗外面，我们感觉很好。您肯定也知道，她是个很年轻的姑娘，刚刚二十岁，我非常喜欢她。我突然看到外面的人行道上有个男人走过。当时外面很黑，我看不清他的样子。我只是看到，那人很年轻。突然，我想像，身边的女孩看到那个男人会意识到，坐在自己身边搂着自己的是个老男人，她肯定会在这一刻觉得我恶心！这个想像让我感到震惊，所以我立刻把手从她肩上拿开。虽然我还继续跟她坐在车上，一直陪她到她家门口，但是我随后跟她说，我不想再见她了。我朝她吼叫，让她消失，我受不了她了，我们之间完了。然后我立刻走了。我敢肯定，她到今天都不知道我为什么离开她。很可能她看到人行道上的那个男人时什么都没想。可能她根本就没有注意到他……”

他喝干了杯子里的酒。他们沉默地看着窗外，正好那个老妇带着狗走过，并且马上朝上面打了个招呼；她打着一把伞。

出版商说：“跟您在一起真好，玛丽安娜。不，不是好，而是很不同。”

他们朝门口走去。出版商：“我会让您的电话有响起的时候，哪怕是在深冬。”

在打开的门边，她问已经穿上大衣的他，是不是开车来的。出版商：“对，但是有司机。他在车里等着呢。”

女人：“您让他等了这么长时间？”

出版商：“他习惯了。”

车子在门口等着。司机坐在昏暗的车里。女人：“您忘记把那本要翻译的书给我了。”

出版商：“在车里。”

他朝司机招了招手，司机马上把书送了过来。

出版商把书递给女人，她问："您是想试探我吗？"

出版商停了一会儿说："玛丽安娜，您要开始很长一段时间的孤独了。"

女人："最近所有人都这么威胁我。"她转头向站在旁边的司机说："您呢，您也威胁我吗？"司机不知所措地笑了笑。

夜里，女人一个人站在过道里看书。她头顶上的天窗，在积雪下发出轻微的声音。她开始读出声来："Au pays de l'idéal: J'attends d'un home qu'il m'aime pour ce que je suis et pour ce que je deviendrai."她试着翻译："在理想国：我期待遇到一个男人，他爱我，爱我现在的样子和我将会成为的样子。"她耸耸肩。

白天，她坐在桌边的打字机前，戴上眼镜。她把要翻译的书，按照每天能完成的页数，分成几部分，用铅笔标上计划的日期：结束的日期将是春季的一天。她一边翻着字典，一边用一根针清洁打字机上的一个字母键，一边用抹布擦拭着键盘，断断续续写着："迄今为止，所有男人们都削弱了我。我丈夫对我的评价是：'米谢勒很能干。'实际上他希望的是，我能在他不感兴趣的事情上能干些：比如孩子、家务、税务。但是，在我的工作方面，他却打击我。他说：‘我妻子是个爱做梦的人。’如果做梦意味着自己是什么样就什么样，那我愿意当一个爱做梦的人。”

女人抬头看着平台，孩子正一手提着书包，在那里跺掉鞋子上的雪。他从平台的门进来，笑了。女人问他为什么笑。

孩子：“我还从没见过你戴眼镜。”

女人摘下眼镜，又戴上说：“你回来这么早。”

孩子：“今天又取消了两节课。”

女人继续打字，孩子靠近她坐下来。孩子异乎寻常地安静。女人停下来，抬起头来说：“你饿了，对吗？”孩子摇摇头。女人：“我做事情打扰你吗？”孩子自己笑了笑。

于是，女人移到卧室窗边的桌子上去工作，抬头就能看到云杉。孩子和他的胖朋友出现在门口：“外面太冷了。我们又不能去尤尔根家，他们家正在打扫卫生呢。”

女人：“他们家不是昨天就打扫卫生了吗？”孩子耸了耸肩；女人重新开始工作。

孩子们站在门口。虽然他们没有动，女人还是察觉到了，她转过身来。

后来，她打字时，听到隔壁房间传来唱片的声音：是配音演员的声音，在模仿孩子和精灵说话。她起身穿过过道走进孩子的房间，看见一张唱片在一架小唱片机上转着，一个人都没有。她关掉唱机。这时，两个孩子喊叫着从窗帘后面冲出来，好像要吓唬女人。女人也确实被吓了一跳，因为两个孩子互相换了衣服。

她对他们说："你们听着，也许你们不觉得我是在工作，但我确实在工作。所以，对我来说，重要的是不被打扰。因为我工作的时候不能想别的，这跟做饭不一样。"

孩子们看着她，然后开始互相做鬼脸。

女人："请你们理解我。"

孩子："你现在给我们做点什么吃吗？"

女人低下头。然后孩子生气地说："我也难过，不光是你会难过。"

她坐在卧室的打字机前，没有打字。房子里很安静。孩子们从过道走了过来，小声说着话，吃吃地笑着。突然，女人把打字机推到一边，打字机掉到地上。

在附近一家大型购物中心，她把巨大的商品包装堆到购物车里，然后推着购物车从一个商品部到另一个商品部，直到购物车满得再也堆不下了。她在收款台前排在长队里。她前面顾客的购物车都跟她的一样满。在购物中心前面的停车场上，她推着沉重的购物车走向自己的汽车，购物车的轮子不时歪向一边。她的东西塞满了汽车，就连后座上都装满了，她看不到后窗外面。到了家，她把这些东西都搬到地下室里，因为所有的柜子和冷藏柜早就装满了。

夜里，她坐在别墅客厅的桌边，把一张纸装到打字机上。她静静地坐在打字机前。过了一会儿，她把双臂伸到打字机上，把头放在手臂上。

夜深了，她还是这个姿势，已经睡着了。

她醒过来，关了灯，走出客厅。她脸上印着毛衣袖子上的图案。小区里只有路灯还亮着。

他们去市中心布鲁诺的办公室看他。从窗户往外看，能看到城市的全景。布鲁诺跟她和孩子坐在屋角的一张桌子边，孩子在读一本书。

他看着孩子："弗兰齐斯卡说，施泰凡最近明显变得沉默寡言。而且他不洗澡了。弗兰齐斯卡认为，这意味着……"

女人："弗兰齐斯卡还认为什么？"

布鲁诺笑了，女人也跟着笑了。

当他把手伸向她时，她往后缩了一下。他只是说："玛丽安娜。"女人："请原谅。"

布鲁诺：“我只是想靠近些看看你的大衣。好像掉了颗扣子。”

他们无望地沉默着。

布鲁诺对孩子说：“施泰凡，我现在让你看看，我是怎么吓唬进我办公室的人的。”他抓住女人的胳膊，微笑着看着孩子，表演道：“首先，我把我的受害者和他的椅子挤到一个非常狭窄的角落，让他觉得自己很无力。我在他面前很近的地方说话。如果他是个上了年纪的人，”他突然用耳语般的声音说，“我就会用特别小的声音说话，让他以为自己已经耳背了。穿什么鞋，也是很重要的，要穿这种皱胶底的鞋，比如我脚上的这双，这是权力之鞋。而且必须擦得锃亮！你必须要能散发出一种神秘的气息。而最重要的是一张有威慑力的脸。”他在女人面前坐下，开始紧紧盯着看。同时，他把胳膊肘支在桌子上，弯回小臂，把手指握成拳，但没有全部握回来：大拇指还竖着，好像要戳人一样。他一边目不转睛地看着，一边把嘴撇向一边，并保持着这个姿势说：“我让人从美国带来一种特殊的药膏：我把这种药膏抹在眼睛周围，就可以不眨眼睛；或者涂在嘴周围，嘴就可以不抽动。”他真的把一种药膏抹在眼睛周围：“这就是我权利的注视。我希望，它能很快让我当上公司董事。”他继续一动不动地盯着看，女人和孩子也看着他。

他挥了挥手，站起身来对孩子说："我们下星期天去暖房看食肉植物。或者去天文馆！我们去看穹顶上演示的南十字星座，就像夜空一样——好像我们真的就在南海边。"

他送他们两人去门口。在门口，他在女人耳边说了句什么。她看着他，然后摇摇头。布鲁诺过了一会儿说："玛丽安娜，事情还没有解决。"他让他们出了门。一个人的时候，他挥拳打在自己脸上。

女人和孩子走出写字楼，走在一条安静的街道上。冬日下午的阳光很晃眼，他们眯起了眼睛。他们沿着一条允许机动车通行的马路朝市中心方向走去。街道左右两侧都是银行大楼，玻璃立面里相互映照出对方的影子。在一个行人红绿灯前，孩子模仿着灯上人形的动作，停下的样子，过马路的样子。在步行街上，孩子在很多商店橱窗前停下来，女人在前面很远的地方等他。她每次都要走回来把孩子拉走。每隔几步张贴着一份发行量很大的报纸的晚报版广告，标题都一样。暮色降临时，他们走上了一座过河的桥。车辆很多。孩子在说什么。女人向他打手势，表示她听不见，孩子挥了下手。他们在暮色中沿着河走，孩子的节奏跟女人不一样：他停一下，然后跑几步到前面去，所以，女人一会儿要等他，一会儿要追他。有一段时间，她走在他身边，用自己的步伐告诉他走路要流畅，并默默地用手势催促他。当孩子在离她比较远的昏暗之处盯着一丛灌木看时，她跺着脚催他走，结果鞋跟断了。两个小年轻从她身边走过，朝着她的脸打了个嗝。她和孩子走进河边的一个公共厕所，孩子不敢一个人进去，所以她不得不陪着孩子进男厕所。他们把自己锁在一个小隔间里，女人闭上眼睛，背靠着门。旁边隔间的隔断墙上——隔断墙没有一直到天花板，突然出现了一个男人的头，他是跳起来看的；然后他又跳了一次。接着，这个男人狞笑的脸出现在他们的脚边，因为隔断墙也没有接着地面。她跟孩子逃出厕所，飞快地跑了，因为鞋跟断了，跑起来一瘸一拐的。当他们路过一个低层住宅时，看见屋里的电视已经打开了，正好有一只巨大的鸟从画面的前方飞过。一个老妇在马路中间脸朝下摔倒了。两辆车撞在一起，开车的两个男人冲下来，一个要打另一个，另一个则死死拽住对方。这时几乎已经是夜里了，女人和孩子站在市中心，在两幢银行大楼之间，一个快餐店旁边，孩子正在吃一个咸面包圈。马路上汽车的声音很大，仿佛正在发生一场有规律的灾难。一个男人走到售货亭边，用手捂着心口，请求给他一杯水来吃药。他蹲下身子，缩成一团。各个教堂的夜晚钟声敲响了，一辆消防车驶过，接着是好几辆闪着蓝灯、响着警报的救护车。灯光在女人的脸上闪烁。她额头上渗出了汗珠，嘴唇干裂了。

晚上，她站在家中客厅里那面没有窗户的墙边，在写字台上那盏阅读灯的灯影里。四周寂静无声。远处有狗叫声。然后电话响了。她让电话响了几声。她轻轻接起电话。出版商用法语说，她的声音今天很奇怪。

女人："可能是因为我正在工作吧。我发现了，我工作的时候声音会变得不一样。"

出版商："您是一个人吗？"

女人："孩子跟我在一起，他睡了。"

出版商："我也是一个人。今天夜里天非常晴朗。我一直能看到您住的那个山坡上。"

女人："我愿意在白天见到您。"

出版商："您也在勤奋工作吗，玛丽安娜？还是您只是闲坐着，看着窗外的荒野？"

女人："我今天跟施泰凡进城去了。他不理解我。银行大楼、加油站、地铁站，他觉得这些都好极了。"

出版商："也可能那些东西真的有一种新的美，只不过我们还不能看到。我也喜欢城市。从出版社的平台上，我能一直看到机场，看到飞机的起降，而听不到它们的声音。

那是一幅非常柔美的画面，能让我内心深处感到振奋。”

过了一会儿，出版商说：“您现在要干什么呢？”

女人：“我要穿上漂亮的衣服。”

出版商：“也就是说我们见面？”

女人：“我穿上漂亮衣服是为了继续工作。我突然来兴致了。”

出版商：“您吃药吗？”

女人：“有时候——是为了不睡着。”

出版商：“我还是什么都不说了吧，因为您把每个劝告都理解成威胁。只是您要当心，不要像我的很多译者那样，最后都变得目光柔弱而忧伤。”

她让他先挂了电话，然后从壁橱里拿出一条真丝连衣裙。她站在镜子前试戴一条珍珠项链，又立刻摘了下来。她默默地从侧面打量着自己。

晨曦中的小区，路灯刚刚熄灭。女人一动不动地坐在写字台边。

她闭着眼睛，在屋子里走来走去；然后，每次都用脚后跟转身，又来来回回地走。她倒退着走，非常快，转弯，又转弯。她站在厨房里，面前的水槽里堆着用过的餐具。她把餐具放进洗碗机，打开配餐柜上的晶体管收音机，收音机里立刻传出晨间音乐和播音员欢快的声音。她关掉收音机，弯腰打开洗衣机，取出里面缠绕在一起的湿床单，平铺在厨房地上。她用手使劲挠着发际线，一直挠到皮肤渗血。

她打开门口的信箱，里面塞满了广告宣传单；没有任何手写品，就是有，也是广告里模仿的手写体。她把这些纸揉成一团撕掉。她在屋里走来走去做家务，一会儿停下来，一会儿回身，一会儿弯腰，路过时顺便擦掉一块污迹，或者捡起地上的一个米粒扔到厨房垃圾桶里。她坐下，又站起来，走几步，又坐下来。她拿起靠在墙角的一个纸卷，把纸散开，然后又卷上，最后又放回去，在原来位置旁边一点儿的地方。

孩子坐在一边看着她，看她这儿一下那儿一下地忙着。她用刷子清扫孩子坐的那个沙发椅，打了个手势让他起来。孩子刚站起来，她就用胳膊肘把他推到一边，立刻扫起孩子刚坐过的地方，其实那里根本不脏。孩子往后推了一步，静静地站在那里。突然，她用尽全力把手里的刷子扔向孩子，但没有打中，只是打碎了一个玻璃杯。她握紧双拳走向孩子，孩子只是看着她。

门铃响了：他们两人都争着跑去开门。她推了孩子一把，孩子仰面倒在地上。她打开门，却没有看到人。然后她往下一看，孩子的那个胖朋友正蹲在门边坏笑。

她呆呆地坐在客厅里，孩子和他的胖朋友大声唱着歌从椅子上往垫子上蹦："屎跳到尿上，尿跳到屎上，屎跳到痰上……"他们边唱边发出尖叫，笑得直不起腰来。然后，他们相互耳语了几句，指指点点地看着女人，又开始笑。他们不停地笑，女人毫无反应。

她坐在打字机前。孩子踮着脚尖走过来，靠在她身上。她用肩膀把孩子顶开，孩子站在她身边。女人把孩子拉到自己怀里，突然掐住他的脖子，摇晃他，然后放开他，把目光转向一边。

夜里，女人坐在桌旁。她哭了，默默地，一动不动。

白天，她去外面，在平坦、开阔、冰冻的户外，她走在一条笔直的路上。她一直走，一直向前走。直到天黑了，她仍然这样走着。

在这个小地方的电影院里，两个孩子互相推搡，银幕上正放映一部动画片，发出巨大的声响。她打着盹儿，突然又醒了。然后，她把头靠在孩子的肩膀上，孩子张着嘴看着电影。她睡着了，头靠着孩子的肩膀，直到电影结束。

夜里，她站在打字机前，读着自己的翻译："'没人帮助您吗？’来访者问。——‘没有，’她回答说，‘我梦想的男人，应该爱我的独立性格。’——‘那您会爱他的什么呢？’——‘他的这种爱。’”她耸了耸肩，突然伸出舌头。

她躺在床上，睁着眼睛。床头柜上有一杯水和一把折叠刀。外面，有人在拼命敲打百叶窗。她打开折叠刀，爬起来，穿上睡袍。是布鲁诺的声音：“马上打开门，要不我就踹门了。快开门，要不我就炸了这房子！”她放下刀，打开灯和平台的门，让布鲁诺进来。他大衣和衬衫都敞着。他们面对面站着，然后穿过过道走进客厅，客厅里亮着灯。他们又面对面地站着。

布鲁诺：“你夜里也开着灯。”他四处看看：“你还重新摆放家具了。”他拿起几本书：“你现在看的书也跟以前完全不一样了。”他靠近女人：“我给你从远东带回来的化妆包，你大概也不用了吧。”女人：“你不脱了大衣吗？你想喝杯伏特加吗？”

布鲁诺：“你还是用‘您’来跟我说话吧。”

过了一会儿，布鲁诺说：“你呢？你得癌症了吗？”

女人没有回答。

布鲁诺：“这儿允许抽烟吧？”他坐了下来。她站着。

布鲁诺：“你就是这样让自己过得好的，一个人，跟你的儿子，在一所温暖漂亮的别墅里，有花园、车库和新鲜的空气！你多大岁数了？很快，你的脖子上就会堆满皱纹，你脸上的色斑上会长出毛，你的腿会变成青蛙腿那样细，上面的身体会成为一个松松垮垮的口袋。你会变得越来越老，但你会说，这没关系，然后有一天，你会自己上吊而死。你会这样懵懵懂懂地进入坟墓，就像你懵懵懂懂地生活过一样。你要怎样度过死之前的时间？很可能你就这么呆坐着，啃着自己的手指甲，对不对？”

女人说：“别嚷嚷，孩子在睡觉。”

布鲁诺：“你说‘孩子’，你不能对我提他的名字吗！你总是这么理智！你们女人们病态的理智！对一切事物和人的残酷理解！你们这些废物，从来不会觉得无聊。你们高高兴兴无所事事地让时间溜过。你知道你们为什么一事无成吗？因为你们从来不会一个人喝醉！你们像高傲的照片一样，懒洋洋地坐在你们舒适整洁的房子里。你们故作神秘，为一点屁事兴奋不已，你们是出色的伙伴，能用你们无聊的人性杀死别人，你们是摧毁一切生命力的机器。你们在地上爬来爬去，到处嗅来嗅去，直到死亡撬开你们的嘴边。”他朝旁边啐了一口：“我还没见过一个永远改变自己生活的女人。也就是橱柜——然后又是老一套。你知道吗，你现在做的一切，以后你会像翻看发黄的旧报纸一样翻过，作为你一生中惟一的时间！那时候你就会明白，你只不过是在赶时髦，玛丽安娜，就像一个冬季的时髦！”

女人：“你来之前就想好了这些话，对吗？你根本不想跟我交谈，根本不想跟我在一起。”

布鲁诺嚷道：“我更情愿跟一个鬼魂交谈！”

女人：“布鲁诺，你看上去非常难过。”

布鲁诺：“你说这些就是为了让我无力反抗。”

他们沉默着。然后布鲁诺笑了。他转过身，很快就控制住自己：“我是走路来的。我想打垮你。”女人靠近他。他说：“别碰我。请你别碰我。”过了一会儿，他说：“有时候我觉得，你可能只是在跟我做个试验；现在发生的一切，只是在考验我。这个想法能让我稍微平静些。”过了一会儿：“昨天我在想，要是有个上帝，有时候也挺好。”

女人长时间看着他说：“你刮掉胡子了。”

布鲁诺摆了一下手：“一个星期前就刮了。——你换新窗帘了。”

女人：“没有，还是旧的。——你要是给施泰凡写信，他会高兴的。”

布鲁诺点点头，女人笑了。

他问她为什么笑。

她回答说，她只是突然想到，他是这几天来惟一跟她交谈的成年人。

他们就这样站着，每个人做着自己的小动作，过了很长时间，布鲁诺问她怎么样。

女人仿佛在说别人一样平静地回答说："一个人待在家里，很容易就累了。"

她陪他走到街上。他们并肩走着，到了电话亭。突然，布鲁诺停下来，卧倒在地上，脸朝下。她蹲在她身边。

寒冷的上午，女人坐在平台的秋千椅上，一动不动。孩子站在她旁边，看着自己嘴里呼出的白气。女人看着远方。她身后的玻璃窗上映射出云杉的影子。

晚上，她走在这个小地方空旷的街道上，仿佛在朝着一个目标走去。在一个巨大的落地窗前，她停了下来。里面亮着灯，几个女人坐在一个像教室一样的房间里，前面有黑板，弗兰齐斯卡正用粉笔在上面画一个国民经济流程图，听不见她在说什么。笔记本都合上了，弗兰齐斯卡走到她们中间。她说了些什么，其他人都笑了起来，但不是放声大笑，而是会心地笑。有两个女人伸出胳膊相互搂着。一个女人在抽着烟斗。另一个女人替同桌轻轻擦掉脸上什么东西。弗兰齐斯卡停止了说话，几个女人举起手。弗兰齐斯卡数了一下，然后又有另外几个女人举起手。最后，所有人像鼓掌一样一起敲桌子。女人们的样子显得很平和：好像这不是一个小组，而是每个人出于自己的需要走到一起来了。

女人离开了窗户。她走在空旷的小城里。教堂的钟敲响了。她走过教堂时，里面传出了歌声和管风琴声。

她走进教堂，站在旁边一个角落里。一排排的长凳之间站着许多人，跟着牧师唱圣歌；中间有人咳嗽。一个孩子坐在大人两腿之间的地上，吃着自己的大拇指。管风琴发出轰鸣声。过了一会儿，女人走了出去。

她沿着夜色中的林荫路，朝住宅区走去，边走边做出一些手势，仿佛在跟自己说话。

夜里，她一个人站在厨房，喝光了一杯水。

明亮的中午，女人和弗兰齐斯卡穿得整整齐齐的，并肩坐在平台的两个秋千椅上。她们看着孩子，孩子们正在砍一棵干枯的圣诞树，想用干树枝点火。

过了一会儿，弗兰齐斯卡说："我理解你当时不能进来和我们在一起。我自己也有过这样的经历，特别是我从安静的家走到聚会地点，我会突然之间因为毫无兴趣而变得非常疲惫，不想加入到聚会中……"

女人："我在等着你说'但是'。"

弗兰齐斯卡："我以前也跟你一样。比如说，我会在某一天不能说话。我只能写纸条跟别人交流。或者，我会几个小时地站在打开的衣柜前哭泣，因为我不知道自己该穿什么。有一次，我跟男朋友去一个地方，路上，我突然不走了。我站在那儿，他劝说我。那时候，我当然还很年轻……你没有渴望幸福的要求吗？跟别人一起？"

女人："没有。我不想幸福，最多只是满意。我害怕幸福。我觉得我脑子里承受不了幸福。我会彻底疯掉，或者死掉。或者我会杀人。"

弗兰齐斯卡："那你就想一辈子这样一个人？你就不渴望有一个人，一个心灵和肉体都是你朋友的人？"

女人大声说："当然。当然。——但是我不想知道这个人是谁。就算我跟他永远在一起，我也绝对不想认识他。我只有一个要求，"她好像在笑自己似的说，"我只希望他笨手笨脚，是个笨蛋；我自己也不知道为什么。"她打断自己说："弗兰齐斯卡，我这样说话像个没长大的人。"

弗兰齐斯卡："但是我能解释你为什么想要一个笨蛋！你父亲不也是这样一个人吗？上一次他来的时候我们一起吃饭，他隔着桌子跟我握手，一下子把手伸到芥末瓶子里了。"

女人笑了，正在玩的孩子转身看着她，仿佛这笑声在他母亲身上是不寻常的。

弗兰齐斯卡："顺便告诉你，他今天下午坐火车来。我是发电报请他来的。他希望你们去车站接他。"

过了一会儿，女人说："你不该这么做。我现在不需要任何人。在大家看来，这一切都无关紧要。"

弗兰齐斯卡："我感觉，你现在觉得这个屋子里的其他人都是些陌生的噪音。"

她把手放到女人的胳膊上。女人说："我正翻译的那本书里引用了波德莱尔的一段话，大概意思是：他惟一能理解的政治行动是造反。我突然想到：我惟一能理解的政治行动是持刀杀人。"

弗兰齐斯卡："一般认为男人才会这么干。"

女人："你跟布鲁诺在一起怎么样？"

弗兰齐斯卡："布鲁诺是那种似乎只适合快乐的人。所以他现在完全不知所措。就像演戏一样！他快烦死我了。我会把他轰出去的。"

女人："弗兰齐斯卡。你总是这样说别人。但是到最后，都是别人离开你。"

过了一会儿，弗兰齐斯卡打了一个抗议的手势，令人惊讶地说："其实你说得对！"

她们相互看着。然后女人朝孩子们喊道："孩子们，今天别打架！”——两个孩子正好像互相生着气，背朝着对方站着，那个胖孩子好像很难过。

胖孩子解脱般地笑了，两人开始慢慢朝对方走去，尽管还都低着头。

女人和孩子在小城的终点站等着。火车进站后，一个戴眼镜的苍白老人在一扇车窗后挥手，那是她父亲。很多年以前，他曾是个著名作家，现在只是用复写纸誊写一些随笔和幽默故事给报社投稿。下车的时候，他打不开车厢门，女人从外面打开门，帮他下到站台上。他们相互打量着，然后都高兴地笑了。父亲耸起肩膀，向四周看了看，抹了一下嘴唇说，他的手摸过火车，现在都是金属味儿。

到了家，他和孩子坐在地上，孩子从旅行包里掏出给他的礼物：一个指南针，一个色子游戏。孩子指着屋里屋外的各种东西问外公它们的颜色。外公经常说错。孩子说："你还是色盲啊！"外公："我只不过是没学过看颜色。"女人走过来，手里端着一个银托盘，上面放着浅蓝色的茶具。刚倒出的茶冒着热气，父亲用茶壶暖着手。他坐在地上时，兜里的硬币和钥匙都掉了出来。女人捡起这些东西说："你现在又把钱乱塞在衣兜里。"父亲："上次你送我的钱包，我回家的路上就丢了。"

他们喝着茶，父亲说："前几天，我家里来客人。我一打开门就发现，来人全身都被雨淋湿了，正滴着水。而我刚刚打扫过家里！我把他让进屋里，跟他握手，却发现，我自己正站在门口的脚垫上拼命蹭我的鞋底，好像我是那个浑身湿透的客人。"他吃吃地笑着。

女人："你还是老觉得自己干坏事被当场抓住了？"

父亲继续吃吃笑着用手挡着嘴说："最难堪的就是躺在停尸床上的时候张着嘴。"

他喝茶的时候呛了一下。

女人说："爸爸，你今天晚上在布鲁诺的房间睡吧。"

父亲回答说："我反正明天就走。"

晚上，女人在客厅写字；父亲拿着一瓶葡萄酒，坐在离她很远的地方，看着她。然后，他走到她身边。她抬起头看了一眼，继续打字。他朝她弯下身来说："我刚发现，你这件衣服上少了一粒扣子。"她脱下衣服递给他。

她继续打着字。他从一个饭店带回的针线包里找出针和线缝扣子。他又看着她。她感觉到了，于是询问地看着他。他道了歉，然后说："你真漂亮，玛丽安娜！"她笑了。

她结束了工作，又做了些修改。父亲尝试着打开一瓶新的葡萄酒，半天都没成功。她过来帮忙。他去厨房给她拿个杯子。她大声告诉他杯子放在哪儿。但是，她还是听到父亲在厨房里翻找了半天，然后没有声音了。最后，还是她到厨房去帮他找到了杯子。

他们面对面坐着喝酒。父亲打了个手势。女人说：“说吧。你不就是为这个来的吗！对吧？”

父亲又开始打手势，他摆了下手说：“我们不出去走走吗？”他朝不同的方向指了指，然后说：“你小的时候，从来不愿意跟我一起去散步。只要我一说出‘散步’这个词，你就不乐意了。但是如果是‘傍晚散步’，你立刻就会同意。”

他们走在夜里的街上，朝电话亭方向走去，经过一个个车库时，常常会听到汽车防护罩发出咔嚓咔嚓的声音。在电话亭前，父亲说：“我得赶紧打个电话。”女人：“你可以在我家里打。”父亲只说了句：“我的女朋友等着呢！”就已经走进电话亭了。他打着电话，隔着棱纹玻璃听不清他说什么，只看见他有很多肢体动作。

他们朝山上走去，旁边是沉睡中的住宅区，偶尔能听到抽水马桶的声音。

女人：“你的女朋友，她说什么？”

父亲：“她就是问问，我是不是吃药了。”

女人："还是去年那个女的吗？"

父亲打了几个手势说："现在这个生活在另外一个城市。"

他们到了小区最上边，再往前就是森林了。天上飘着小小的雪花，落在干枯的橡树叶上，发出沙沙声，在冻住的狗尿上慢慢堆积起来。

他们停住脚步，看着山下平地上的灯火。他们脚下一幢房子里，有人开始弹钢琴，《致爱丽丝》。

女人问："爸爸，你满意吗？"父亲摇了摇头，然后，仿佛光有手势还不够似的，又补充说："不。"

女人："你有没有设想，人能够怎样生活呢？"

父亲："行了吧，别谈这个了。"

他们沿着森林外面继续走。女人又是抬起头来，让雪花飘落在脸上。她朝森林里看去，里面悄无声息，只有雪花轻轻飘落。在稀疏的树木后面，远处有个人工水塘，水面闪闪发亮，有细细的小溪流进水塘，发出清亮的水声。

女人问："你还在写作吗？"

父亲笑了："你是想问，我是不是会到生命的最后一刻还继续写作，对吗？"他转身朝着她说："我觉得，我肯定是在某个时候开始朝着错误的方向生活了——我不是把责任推到战争或者其他外部事物上。现在，我有时候会觉得写作是个借口，"他吃吃地笑着，"有时候当然也不是。我太孤独了，常常在晚上睡觉前，都没有一个人可以想念，因为我白天就是一个人。如果连一个可想的人都没有的话，那还怎么写作呢？另外，我跟那个女的在一起，主要是想在万一猝死的时候，能及时被发现，不会让尸体躺那么长时间。”他又吃吃地笑了。

女人：“你别胡说八道了。”

父亲打了个手势，然后指着森林上面说：“那后面的山根本看不见了。”

女人：“你有时候也会哭吗？”

父亲：“哭过一次，对——是在一年前，当时是傍晚，我坐在家里。哭完后我就去散步了。”

女人：“你还像年轻时候那样，觉得时间过得很沉重吗？”

父亲：“噢，比以往都沉重。每天我都会有一次停在时间里不动。比如现在：天黑已经好几个小时了，可我还在想，夜才刚刚开始。”

他挥动着手臂在头顶上转圈。

女人模仿着他的动作，问这是什么意思。

父亲：“我刚把厚厚的毛巾裹在头上，想像着漫漫长夜。”

他不吃吃地笑了，而是放开声音笑着说：“玛丽安娜，你的结果也会跟我一样。这是我要提醒你的，说出这句话，我到这儿来的任务也就完成了。”

他们微笑着，女人说：“天冷了，是吧？”

他们沿着小区的另一边下山。父亲突然停了下来，竖起食指。女人边走边转身对他说：“爸爸，你突然想起什么事时，别老停下来。我小时候就特别烦你这点。”

第二天，他们在一家购物中心，走过一个大店铺的女装部。一个外国女顾客正穿着一件绿色套装，从试衣间出来照镜子，一个女售货员对她说：“这件衣服您穿着合适极了。”父亲走过去说：“这不是真话。这件衣服难看极了，根本不适合她穿。”女人赶紧走过来把父亲拉走了。

他们上了滚梯，到了顶头时他绊了一下。他一边继续走，一边看着她说：“我现在一定要看看我们两个在照片上的样子。这儿有快速自动照相亭吗？”他们站在自动照相亭前，有个男的正在更换洗相液。父亲弯腰看着那些贴在照相亭外面的样片：样片上是同一个年轻人的四张相片，照片上的人咧开上嘴唇、露出牙齿笑着。其中一张照片上还有个女孩。父亲审视着那个更换洗相液的人，他正关上盒子站起身来。然后，父亲惊奇地指着照片对他说：“这是您吧，对不对？”

那人站在照片旁边：他现在已经老多了，几乎秃顶了，笑得也不一样了。他只是点点头。父亲又打听那个女孩，但那人只是打了个好像是往身后扔东西的手势，然后走开了。

照完相，在等照片的时候，他们在附近闲逛。父亲在很多东西前站下来看。当他们又回到照相亭前时，正好有一条照片出来了。女人伸手拿过来，但照片上是一个陌生男人。

她回身寻找：照片上那个人站在她身后说：“您的照片早就出来了。请您原谅，我未经允许就看了您的照片。”他们交换了照片。父亲看了那个男人很久，然后说：“您是演员，对不对？”

男人默默地点点头，把目光转向一边：“但眼下我失业了。”

父亲：“您总是为您说的话感到不好意思。其实这才是尴尬的原因。”

男人笑了，又朝旁边看去。

父亲：“您是放不开还是胆小？”

男人先是笑了笑，朝旁边看着，然后很快把目光转过来。

父亲：“我认为，您的错误是，您总是把自己的一些事留给自己。作为一个演员，您脸皮太薄了。您想成为像美国电影中那样的人物，但又从不去冒险争取。所以您只是装腔作势啊。”

男人看着女人，但女人没有干预。

父亲：“我认为，您应该学习真正奔跑，真正喊叫，张大嘴。我观察了，您就连打哈欠时都不敢使劲张开嘴。”父亲朝他肚子上打了一拳，男人缩起身子。“您也没有经过训练。您失业多长时间了？”

男人：“我根本不数日子了。”

父亲：“如果您理解了我的话，请您在您的下一部电影中给我打个手势。”

男人一手握拳打在另一个手掌上。父亲也做了一下这个动作：“就是这样！”他转身走了，又回头大声说：“您还没被发现呢！我希望能在一部接一部电影里看着您慢慢老去。”

演员和女人看着父亲的背影，互相伸出手来告别，但是因为静电又缩了回去。

女人说：“冬天容易有静电。”

他们想分手，但又发现，他们朝着同一个方向走。于是，他们默默地一起走着。在停车场前，他们赶上了父亲。他们又相互点头告别，但又继续一起往前走，因为他们的车几乎停在一起了。

女人开着车，看到男人超过自己。他看着前方。她拐弯了。

她和父亲还有孩子站在火车站。火车进站时，她说：

“爸爸，你来这儿我感觉很好。”她还想继续说，但结结巴巴说不出来了。父亲打着各种手势，突然对提着旅行包的孩子说：“你知道，我还是分不清颜色。但是你必须知道，还有一些别的事我仍然不做：比如说，我很快就会被人称作老头了，但我在家里从不穿家居鞋，我为此几乎感到自豪。”他敏捷而利索地倒退着上了脚踏板，消失在已经开动了的火车里。孩子说：“他一点儿也不笨手笨脚。”女人说：“他只是一直装得笨手笨脚。”

他们站在空旷的站台上——下一列火车要一个多小时后才进站——转身看着小城后面缓慢升起的山坡。女人说：“明天我们去爬山吧。我还从来没上去过呢。”孩子点点头。女人说：“那我们不能磨蹭。现在天还是很短。带上指南针。”

下午晚些时候，他们到了附近一个露天动物园。那里有很多游人，默默地在园子里走动。只有在一个游乐室里有一些人站着，笑着。太阳下山了，大多数游客马上朝出口走去。女人和孩子站在一个笼子前看着。天色变暗了；起风了，动物园里几乎只剩他们两人了。女人坐在一片水泥地边上，孩子在玩电动车。

女人站起来，孩子大声说：“这里真好。我还不想回家。”

女人：“我也不想。我站起来只是因为太美了。”

她看着西边的天际，最下边还有一道黄色。天幕前，掉光了叶子的树枝显得尤其光秃秃的。突然，风不知道从什么地方卷来干枯的落叶扫过水泥地面，仿佛来自另外一个季节。

他们在黑暗中回到自己家门前。信箱里有一封信。女人看了看地址，递给孩子。她把钥匙插进锁眼，但并没有转动钥匙。孩子等着，最后说："我们不进去吗？"

女人："我们再在外面待一会儿吧！"

他们在门外站了很长时间。一个提着公文箱的男人从他们面前走过，走过去很远了还不断回头看他们。

晚上，女人在厨房里准备晚饭，还不时跑到客厅修改她的翻译稿，孩子自己在念那封信："亲爱的施泰凡！昨天我看见你了，你正在放学回家的路上。当时我正开着车，车很多，我没法停下来。你用胳膊卡着你那个胖朋友的脖子。"读到这里，孩子笑了。"有时候我感觉从来没有过你。我想马上见到你……"——孩子一边读一遍皱起眉头——"闻一闻你身上的味儿……"

夜里，女人一个坐在客厅里听着音乐，翻来覆去同一张唱片：《左撇子女人》。

她跟别人从地下通道走出来
她跟别人在一家快餐店吃饭
她跟别人在一家洗衣店坐着
但是有一次
我看见她独自站在报刊窗前

她跟别人从一幢办公高楼出来
她跟别人挤在一个市场摊位前
她跟别人坐在沙地游乐场边
但是有一次
我透过窗户看见她独自下象棋

她跟别人躺在公园草地上
她跟别人在一个游艺厅笑着
她跟别人在过山车上尖叫
然而我看见她
独自穿过我的梦想

但是今天在我敞开的房子里：

电话听筒突然放反了

铅笔放在记事本的左边

旁边的茶杯手柄朝左

旁边的（削了一半的）苹果

是朝相反的方向削的皮

窗帘是从左边拉开的

房门钥匙放在外衣左手兜里

你暴露了自己，左撇子女人！

还是你想给我一个暗号？

我想在**地球上一个陌生的地方**看见你

因为在那里我将看到人群中孤独的你

而你将在千万人中看到**我**

我们终将走向对方

早上，女人和孩子穿着登山的衣服出了门，山不太高。他们穿过街道，走过其他的别墅；在一座正面几乎没有窗户的房子前停下，在一扇棕色的门前，门的左右两边各立着一个黑杆路灯，好像守卫着一个巨大的石棺。

他们走上一条坡度不大的林中小路，阳光被树遮挡住，显得很昏暗。他们离开小路，开始朝一个山坡爬上去。他们路过一个鱼池，不过冬天池子里的水都放干了。他们在林中一个犹太人公墓停住脚步，墓碑的一半都埋在地下。头顶上空的风在簌簌作响，音频很高，让人觉得耳朵疼。这里的雪洁白，而山下的雪上却有煤末子；这里的雪地上不再有狗的踪迹，而是鹿的脚印。

他们穿过矮树丛往山上走。周围传来鸟叫声。融化的雪水欢唱着流进一条小溪里。橡树的树干上长出了细细的树枝，零星的枯树叶挂在上面，在风中摇摆。桦树的树干挂着一条一条的干树皮，在风中颤抖。

他们穿过一片林中空地，旁边有鹿群挤在一起。不深的积雪里有枯萎的草尖露出来，在风中摇曳。

他们上得越高，光线越明亮。他们的脸都刮破了，上面全是汗水。走了没多久，他们就到了山顶。他们在一块大石头的背风处坐下，用干树枝点起一堆篝火。

现在刚过中午，他们坐在火边，看着山下的平原，偶尔会有汽车反射太阳光。孩子手里拿着指南针。有时候，山下远处会有一道非常亮的光，过一会儿就消失了：那是许多关着的窗户中有一扇被打开了。

天气非常寒冷，篝火上升起的烟雾刚一离开背风处，就立刻散成碎片消失了。他们把随身带来的土豆放到火里烤熟了吃，喝着保温瓶里的热咖啡。女人转向孩子，孩子正一动不动地看着山下的平原。她轻轻抚摸着孩子的后背，孩子笑着说，好像因为自己离她最近。

过了一会儿她说："有一次，你就这样坐在海边，盯着海浪看了好几个小时。你还记得吗？"孩子："当然。当时天已经暗下来了，但是我还不想走。你们生气了，因为你们没法回酒店。你当时穿着一条绿裙子，一件尖摆的衬衫，还有一顶宽边帽子，你不得不用手紧紧抓住帽子，因为起风了。那个海边没有贝壳，只有圆圆的石子。"

女人："你开始回忆都让我有点儿害怕了，怕我有什么不好的事以后被你记住。"

孩子："第二天，布鲁诺开玩笑地把你连衣服带鞋推到海里。你当时穿着一双棕色的鞋，带系扣儿的——"

女人："那你还记得吗，有一天傍晚你静静地躺在门前的沙箱里？"

孩子："这我一点儿也不记得了。"

女人："现在轮到我回忆了！你当时把双手垫在头下面，弯着一条腿。那是夏天，夜空非常晴朗，没有月亮，满天星星。你躺在沙箱里，谁也不理。"

过了一会儿，孩子说："可能是因为沙箱里很安静吧。"

他们看着，吃着。女人笑了起来，摇了摇头。然后她说道："好多年以前，我看过一位美国画家的画，十四幅画是一个系列，据说画的是基督耶稣受难的过程——你知道的，就是耶稣在橄榄山上流血，被鞭打，等等。那些画面都由黑白色块组成，画面下部是白色的，上面是纵横交错的黑色线条。倒数第二个场景是‘耶稣被从十字架上放下来’，画面几乎是黑的，后面一个场景，也就是最后一个——耶稣被埋葬到坟墓里，又突然变成全白的。而最奇特的是：我沿着这些画慢慢走过，当我站在最后一幅画前——就是那幅全白的——时，我突然在一个瞬间觉得视网膜上还遗留着前面那幅几乎全黑的画，然后又只有白色的了。”

他们看着，吃着喝着。孩子试着吹口哨，但因为太冷吹不出声来。女人说：“我们走之前照张相吧。”

孩子用一架笨重的老款宝丽来给她拍照。照片是从下往上照的，她的目光朝下看着，头顶着天空，连树枝都没照进去。女人好像是吃惊似的大声说：“孩子们原来是这样看成年人的！”

在家中的浴室里，她跨进浴缸，孩子也进来了。他们两人躺下闭上眼睛。孩子说：“我眼前还全是山上的树木。”浴缸里升腾起水蒸气。暮色中的住宅区仿佛与它后面山上森林和半明半暗的天空融为一体。孩子在浴缸里吹着口哨，女人盯着他看，表情几乎是严肃的。

夜里，她挺直身子坐在打字机前，飞快地打着字。

白天，她在这个小城的步行区混杂在人群中，手里提着一个被用得皱巴巴的塑料袋。她前面人群里有布鲁诺。她跟着他，他继续往前走着。过了一会儿，他好像是偶然地回过身来，她立刻说："我前两天在前面一家店里看见一件毛衣挺适合你。"她马上拉住他的胳膊，一起走进那家服装店，里面有个女售货员坐在一个橱窗模特前打盹儿，粗糙发红的双手放在两腿间，眉毛像是在平静的痛苦中皱在一起，嘴角向下垂着。他们两人进店时，她立刻站起来，碰翻了椅子，被扔在地上的一个衣架绊了一下。

她打了个喷嚏，戴上眼镜，又打了个喷嚏。

女人仿佛是要让售货员平静下来似的慢慢说："我上个星期在橱窗里看见一件灰色的男式羊绒衫。"

女售货员在架子上翻找着。女人从她肩膀上看过去，伸手把毛衣拿了过来递给布鲁诺，让他试试。一个角落的地板上放着一个篮子，里面传出婴儿的哭声。女售货员说："我感冒了，不敢靠近孩子。"女人走过去弯下腰去哄着孩子。布鲁诺穿上毛衣，询问地看着女售货员，她只是耸了耸肩，使劲擤着鼻涕。女人小声示意布鲁诺就穿着这件毛衣。他想付钱，但她摇摇头，指了指自己，递给售货员一张钞票。女售货员指了指空空的收款箱，女人小声说，她可以明天再过来一趟取找的零钱。“或者您来找我。对，您来找我吧！”她立刻写下自己的地址。“您是自己带着这个孩子，对吗？偶尔在时装店里见到一个不是画成鬼一样的人，感觉也挺好的。请您原谅我这样说您，好像我有资格能这样说似的。”

他们往外走时，女售货员掏出一面小化妆镜打量自己。她取出一管鼻塞膏放在鼻子下面，然后往嘴唇上涂。

外面，女人对布鲁诺说：“你还活着。”

布鲁诺用几乎欢快的声音回答说：“有些下午，我自己也会突然感到惊奇，自己还存在。另外，我昨天突然发现，我已经不再数跟你分开的日子了。”他笑着说：“我做了一个梦，梦里所有人都一个接一个地疯了。每次轮到某个人疯的时候，他都明显开始为自己的生活感到高兴，所有我们剩下的人都用不着内疚。——施泰凡问起过我吗？”

女人一边撕下毛衣后面的价格标签一边说：“尽快过来看看吧。”她走开了。他朝着另一个方向走了。

她在咖啡馆里看着日报，嘴里小声嘟嘟囔囔着。那个演员走过来站在她面前：“我认出您的汽车了，在外面停车场里。”

她毫不惊讶地看着他说：“我正在看报纸，已经很长时间没看报纸了。我根本不知道世界上正在发生什么事。现在是几月？”

演员在她对面坐下：“二月。”

“我们生活在地球的哪个部分？”

“许多部分中的一个。”

女人：“您有名字吗？”演员说出了自己的名字。他把目光转向一边，笑了，把桌子上的玻璃杯推来推去。终于，他又看着她说：“我还从没有追过女人。我找您好几天了。您的脸非常柔和——仿佛您一直意识到，人是要死的！请原谅我说傻话。”他摇摇头。“每次我都想立刻收回我说的话！前几天，我因为渴望您而无法安静下来。请您别生我的气。我觉得您是那么自由，您脸上有一条”——他笑了——“生命的线条！我抑制不住地想您，我身体里的一切都火烧火燎地渴望您。也许您认为，我是因为失业太久过于紧张了？但是您什么都别说。您必须跟我走。您别让我一个人。我想要您。我们一直都是迷失了的存在，不是吗？我在一个电车站看到：**他**爱你，他会解脱你。当时我立刻就想到了您：不，不是**他**，而是**我们**将相互解脱。我想全方位跟您在一起，到处感受您，我要在我触摸到您之前，就用我的手感觉您的体温逐渐升高！噢，我是多么渴望您！跟您在一起，现在马上，非常强烈，直到永远！”

他们一动不动地相对而坐。他几乎有点生气了。然后他跑出咖啡馆。女人继续坐着，没有动。

一辆车厢里灯光明亮的公共汽车在夜色中行驶，只有几个老女人坐在里面，车正绕着一个大广场缓缓行驶，然后消失在黑暗中；空荡荡的吊环扶手不停地摇晃。

晚上，女人和孩子坐在客厅里玩色子。外面狂风呼啸，拍打着门窗。有时候，两人都停下游戏，静静地听着风声。

电话响了，很长时间。终于，孩子走过去接电话，说：“我现在不想说话。”他对女人说：“布鲁诺想过来，跟那个女老师。”女人打了个同意的手势，孩子对着电话说：“好吧，我还不会睡觉的。”

然后，他们继续玩，铃声又响了。这回是门铃。

出版商站在门外，立刻对开门的孩子说：“小伙子，眼睛都睁不开了，看完儿童节目还不去睡觉？”

他迈着大步走向女人，拥抱她。

女人问：“您这回又是从那个失去的作家那儿来吗？”

出版商：“没有失去的作家。从来就没有过。”

他从大衣兜里掏出一瓶香槟酒来说，汽车里还有几瓶。

女人："您让司机也进来吧！"

出版商想了一会儿，打开门朝司机招了招手，司机在门口蹭了半天鞋底，才犹犹豫豫地走进来。

出版商说："您被邀请进来喝一杯。"

女人："或者两杯。"

门铃又响了，司机过去打开门，服装店的女售货员微笑着站在门口，漂亮了。

所有人在客厅里或坐或站，喝着酒。孩子还在玩色子。音乐。出版商盯着自己眼前，然后走到别人面前。他突然看上去很高兴，给司机又倒了一杯酒。

电话又响了。女人跑过去接起来，立刻说："是您，对吗？您的声音听起来很近。您就在拐角的电话亭里，我听出来了！"

门铃响了，很短，好像门外是熟人。

女人向别人示意去开门，自己继续对着电话说："不，我不是一个人。您能听出来吧。不过您尽管来吧。您来吧！"

布鲁诺和弗兰齐斯卡从门口进来。

弗兰齐斯卡对女人说："我们以为会在这里见到世界上最孤独的人。"

女人："请原谅，今天晚上很偶然，我不是一个人。"

弗兰齐斯卡对孩子说："我有名字。以后再提起我，不要像刚才在电话里那样说‘那个女老师’。”

出版商：“那我现在也不愿意被称作‘出版商’，而是恩斯特。”

女人拥抱了布鲁诺。

出版商走过来对弗兰齐斯卡说：“那我们也互相拥抱吧！”说着已经用双臂拥住了她。

女人出门站在路上，演员正慢慢往下走。她默默地让他进屋。

布鲁诺打量着他，然后说：“您是她男朋友？”然后说，“您跟我妻子睡觉，对吗？至少您有这个念头，对不对？”

他像在办公室那样紧紧盯着演员：“您肯定是那种人，开着一辆破旧的小车，后座上扔着那些政治裸体杂志。”

他继续盯着：“你的鞋也没擦。不过至少您是金发。也许您还是蓝眼睛？”他继续盯着演员，突然放松下来。女人静静地站在一边。

他说：“您知道，我只是这么说说而已，没什么别的意思。”

他们都在客厅。出版商跟女售货员跳舞。司机从车里拿进来好几瓶香槟酒。然后，他一个接一个跟所有人碰杯。

孩子在大人们中间，坐在地上玩。布鲁诺蹲在他身边，看着他。

孩子："你跟我玩吗？"

布鲁诺："我今天晚上不能玩。"他扔了几下色子，说："真的，我今天晚上不能玩！"

女售货员松开出版商，弯下腰来掷色子；又接着跳舞，间或又来跟孩子玩色子。

出版商和弗兰齐斯卡端着斟满的酒杯，面对面绕着圈走。

布鲁诺在浴室里给孩子剪脚指甲。

出版商和弗兰齐斯卡在过道里微笑着慢慢擦肩而过。

布鲁诺站在孩子旁边，孩子已经躺在床上了。孩子说："你们大家都出奇地安静。"布鲁诺还站在那儿，只是把头歪向一边，然后关了灯。

他跟女人穿过过道走向大家。演员迎面走来，布鲁诺把手臂搭到妻子肩上，然后又放了下来。

演员对她说，他在找她。

他们都坐在客厅，偶尔说几句话。他们似乎越来越对别人没有什么要求，只是这样待着。

女售货员把头往后仰着说："又是漫长的一天！我都感觉不到自己的眼睛了，只是两个洞，火烧火燎的。现在才不怎么疼了，我又慢慢能看见东西了。"

坐在她旁边的司机手动了动，似乎要去抓她的头发，但又把手放下了。

出版商在女售货员面前跪下，一个挨一个亲吻她的手指尖。

司机从钱包里掏出照片，一一给大家看。弗兰齐斯卡对女售货员说：“您为什么不加入一个党派？”

女售货员沉默着，突然拥抱弗兰齐斯卡。弗兰齐斯卡挣脱开，眼睛看着女人说：“孤独会让人感到最冰冷、最恶心的疼痛，那是空虚的疼痛。那么就需要有人来教给他，不能这么堕落。”

司机使劲点着头，看着出版商。出版商抬起双臂说：“我不反对。”

女售货员轻轻跟着音乐哼唱。然后她躺在地上伸开双腿。

司机拿来一个便条本，一一给大家画像。

弗兰齐斯卡想张开嘴，但司机说：“请您不要动！”弗兰齐斯卡又闭上嘴。

所有人都沉默着；喝酒；又沉默。

突然，他们同时笑起来。

布鲁诺对演员说：“您知道吗，您坐在我的位子上了？”

演员站起来，想换个座位。正在画像的司机严厉地说：“您待在那里别动！”

布鲁诺把正在继续摆着架势的演员身后的椅子挪走，演员一屁股坐在地上。

演员慢慢站起来。然后，他犹豫不决地，朝布鲁诺走过来。

两个人扭打在一起，在地上滚来滚去，司机想拉开他们。

女售货员戴上眼镜。

弗兰齐斯卡跟出版商交换了眼色，然后，出版商说，他在战争中曾经遇到过一次海难。

女人朝窗外看去，花园里的树冠在风中一个劲地摇摆。

司机从车里拿来一个急救箱。

他把两个男人的手放在一起，然后往后退去，示意他们两人保持这个姿势，然后开始画画。布鲁诺和演员脸部抽搐了一下，司机大声说："不要笑！"

布鲁诺和演员在浴室里一起洗脸。

女售货员和弗兰齐斯卡走进来，用毛巾给他们擦拭。

司机四处展示他画好的画。

女人和布鲁诺站在平台上。

过了一会儿，布鲁诺问："现在你知道自己以后要怎么样了吗？"

女人回答："不知道。有一个瞬间，我似乎清楚地看到了我未来的生活，这让我感到不寒而栗。"

他们站着，看着下面的车库，塑料袋在四处飞舞。那个上了年纪的女人在路上走着，这回没牵着狗，大衣下面穿着长长的晚礼服，伸出双臂抬头朝他们打招呼，仿佛她对一切了如指掌。他们俩一起朝她挥手回应。

女人问他是不是明天要去办公室。

布鲁诺：“现在别说这个。”

他们手挽手穿过平台门走进客厅，正在喝酒的司机指着他们大声说：“真的，还是有爱情的！”

女售货员打了一下他伸出的手指说：“孩子在睡觉。”

司机小声重复了一遍他的看法。

出版商靠着弗兰齐斯卡的椅子在打盹，睡着了。弗兰齐斯卡小心翼翼地站起来，拉着司机的手跳舞，脸贴着脸。

演员走到女人身边，女人站在窗户前。

他们一起往外看着，外面狂风大作，天空群星璀璨，星星后面的天空反射着星光。过了一会儿，他说：“有一些星座距离我们很远，所以光线很弱，只能作为夜空的背景光。我想现在跟您一起在别的地方。”

女人立刻回答说：“请您不要跟我订规划。”

演员长时间地看着她，直到她也盯着他看。突然，她说：“有一次，我住医院，我看到一个极其悲伤、病重的老妇抚摸着站在她身边的女护士，不过只是抚摸拇指的指甲，只是拇指的指甲。”

他们继续互相看着。

终于，演员说："我们现在互相看着的时候，我突然明白了我前半生的障碍，就像门槛，一道接一道的门槛，威胁着我对您的注意，同时，只有我一直看着您的时候，我才体验到，这些障碍一个接一个地消失，只有您还在。现在我爱您。我爱您。"

布鲁诺一动不动地坐着；只是喝酒。

女售货员推开司机，跟弗兰齐斯卡跳舞。

司机脚下有些蹒跚。他走了几步，想去一个人面前，然后又想去另一个人那里，最终还是站在人群之外。

布鲁诺在自己吟诗：

痛苦就像螺旋桨
却不能把人带向任何地方
只有螺旋桨在空转。

弗兰齐斯卡一边跳舞一边笑他。

演员从窗前回头看着布鲁诺，布鲁诺问这是不是一首优美的诗。

出版商闭着眼睛回答，仿佛他只是在装睡："我把这首诗印在明年的出版社日历上。"他看着喝酒的司机说："您喝醉了。"他摇摇晃晃站起来说："我送您回家。您住在哪儿？"

司机："哦，我们再待一会儿吧。明天反正您不会再跟我说话了。"

出版商："您怎么知道的？"

女售货员走到窗前的女人身边说："我住在阁楼上，也常常站在天窗前，只为了看看云。每当这时候我都能感觉到，我还活着。"

她看了看表，女人立刻转身向正跟弗兰齐斯卡跳舞的出版商说："她得回家照顾孩子了。"

出版商在弗兰齐斯卡面前把手放在胸口，对女售货员欠了欠身。

他非常严肃地对女人说："我们又没有在白天见面！"

他们朝门口走去，司机在他们身后跌跌撞撞，手里的车钥匙叮叮当当直响，出版商从他手里拿过钥匙。

女人送走他们，关上房门，回到客厅，弗兰齐斯卡一个人坐着，揪着自己金色的短发。女人寻找布鲁诺和演员，弗兰齐斯卡打了个手势，表示两人在地下室。音乐结束了，能听到乒乓球的声音。弗兰齐斯卡和女人面对面坐着。狂风吹着平台上的秋千椅。

弗兰齐斯卡："女售货员和她的婴儿！你和你的孩子！明天又要上学！其实孩子挺让我烦的。有时候我从他们脸上看得出来，他们想杀了我，用他们的声音和动作。他们乱喊乱叫，到处乱跑，让人窒息、头晕。有孩子有什么好？”

女人像是赞同似的垂下头，过了一会儿回答说：“没有孩子的话，可能会多一些思考的机会。”

弗兰齐斯卡手里拿着一张小卡片说：“临走的时候，你那个出版商把他的地址塞给我了。”她站起身来：“现在连我也想一个人了。”

女人伸出胳膊搂着她。

弗兰齐斯卡：“这样好多了。”

房门打开了，弗兰齐斯卡穿上大衣，说：“我有我的间谍，告诉我你自己跟自己说话。”

女人：“我知道。我非常喜欢自言自语，所以我会做得有些过。”

过了一会儿，弗兰齐斯卡说：“关门吧。你会着凉的。”她沿着小巷慢慢往上走，一步一步，头向前垂着，一只手背在后面，好像拖着一辆满满的手推车。

女人来到地下室，布鲁诺和演员在那里。布鲁诺问：“就剩下我们了吗？”

女人点点头。

布鲁诺：“我们打完这一盘就走。”

他们打得很认真，女人抱紧双臂——因为地下室很冷——看着他们。

他们三个从楼梯走上来。

在衣帽间，布鲁诺穿上外衣。演员也穿上。他穿无袖毛衣的时候，头差点儿钻到胳膊那个口去。

女人看到笑了。

她打开门。

布鲁诺已经穿好大衣了。演员跟着布鲁诺走出来说，他是开车来的。

布鲁诺盯着面前发了一会儿呆说："好。我出了很多汗。"

女人站在门口，看着他们两人沿着小巷往上走。

他们停下来，并排站在那儿小便，背朝着她。继续往前走，谁也不想走在右边，所以他们不断交换着位置。

女人回到房里。她关上门，上了锁。她把杯子和酒瓶拿到厨房，倒干净烟灰缸，冲洗。她把客厅里的椅子都放回原位，打开窗户通风。

她打开儿童房的门，孩子正在睡梦中翻了个身，布鲁诺笨手笨脚帮他剪的脚指甲在被子里刮着床单。

她站在镜子前说："你没有暴露自己。不会再有人贬低你了！"

她坐在客厅里，腿平放在另一张椅子上，看着司机放在这里的那些画。她给自己倒了一杯威士忌，捋起毛衣袖子。她自己微笑了，摇晃着色子杯。她把身子靠在椅子背上，除了脚指头浑身一动不动。她这样静静地坐了很长时间，她的瞳孔因为血液不断流动而越来越大，越来越黑。她突然跳起来，拿来一支铅笔和一张纸，开始画画：先是她放在椅子上的双脚，然后是后面的房间，窗户、在夜里不断变化的星空——每件物品的所有细节。她画得并不连贯，而是颤颤巍巍，很不熟练，不过偶尔会有一些几乎一笔画成的线条。几个小时过去了，她把纸放到一边。她长时间地看着纸，然后继续画。

明亮的白天，她坐在平台的秋千椅上。窗户里映出她身后杉树的树冠。她开始摇晃秋千。她举起胳膊。她穿得很少，膝盖上也没有盖毯子。

“大家就这样，每个人以自己的方式，继续着日常生活，有人反思，有人不反思；一切似乎都按部就班地进行，就连一切都处于危险时的极端情况下，大家也继续这样生活，仿佛什么事情也没有发生。”

——歌德《亲和力》

（1976 年）

文
景

社科新知　文艺新潮

Horizon

左撇子女人

[奥地利]彼得·汉德克 著
韩瑞祥 主编
任卫东　王丽萍　丁君君 译

出 品 人：姚映然
责任编辑：陈欢欢
封扉设计：园　里

出　　品：北京世纪文景文化传播有限责任公司
(北京朝阳区东土城路8号林达大厦A座4A　100013)
出版发行：上海人民出版社
印　　刷：山东临沂新华印刷物流集团有限责任公司
制　　版：北京大观世纪文化传媒有限公司

开 本：850mm×1168mm　1/32
印 张：12.25　　字 数：185,000　　插 页：4
2013年8月第1版　　2019年11月第2次印刷
定 价：49.00元
ISBN：978-7-208-11368-8/I·1129

图书在版编目（CIP）数据

左撇子女人/（奥）汉德克（Handke, P.）著；韩瑞祥主编；任卫东，王丽萍，丁君君译. —上海：上海人民出版社，2013
ISBN 978-7-208-11368-8

Ⅰ.①左… Ⅱ.①汉… ②韩… ③任… ④王… ⑤丁… Ⅲ.①中篇小说-小说集-奥地利-现代 Ⅳ.①I521.45

中国版本图书馆CIP数据核字（2013）第075940号

本书出版得到奥地利教育、艺术和文化部所提供之翻译资助